Feathered
Serpent
Press

La Comedora de Suciedad

Tlazolteotl

La Comedora de Suciedad

La Comedora de Suciedad

Es

Impreso en Palatino Linotype

Impreso en los Estados Unidos de América

ISBN: 978-1-7345949-9-7

Un Reconocimiento Muy Especial

Para Valerie, la partera alentadora, cuyos suspiros de frustración y el lápiz afilado llevaron al nacimiento de este libro.

Gracias.

Al Hogar de Niños del Padre Flanagan, Ciudad de Niños, Nebraska, por ayudarme a cambiar mi vida. Las palabras me faltan cuando pienso en lo que podría haber pasado.

Un Reconocimiento Muy Especial

Sin la paciencia, la caridad y la amistad de la familia González-Corzo de la Ciudad de México, Guadalajara y San Cristóbal de Las Casas este libro y sus secuelas nunca se habrían escrito. El significado de su contribución y la profundidad de su amistad no pueden ser expresados. Gracias y vayan con Dios, amigos.

Un Reconocimiento Especial

Un agradecimiento especial a los profesores de antropología Harriet y Martin Ottenheimer de la Universidad Estatal de Kansas, que han dotado a varias generaciones de estudiantes de cristales para que a través de ellos pueden ver el comportamiento esotérico y aparentemente extraño del hombre y darle sentido.

Elogios para La Comedora de Suciedad

Concursos y Premios

Mención de honor - Categoría Suspenso/Thriller

Amigos de la Alta Sociedad

Toulomne Co. California

Elogios para La Comedora de Suciedad

"Este seguro y emocionante melodrama con emociones arqueológicas rivaliza con Indiana Jones en entretenimiento y al Dr. Leakey en información. La más alta felicitación para toda la familia al leer "La Comedora de Suciedad".

Dr. Lew Hunter-UCLA Presidente de Guionistas

"Una hábil mezcla de antropología e intriga, La Comedora de Suciedad es un verdadero libro que querrás leer sin detenerte!"

Dra. Harriet Ottenheimer-Universidad Estatal de Kansas

"En una intrigante mezcla de arqueología, excitación sexual y artimañas políticas de alto nivel en México en los años 80, Stanley Struble presenta un escenario acelerado que involucrará a un espectro de lectores cuyo interés en la cultura mexicana puede variar de intenso a inexistente".

Jim Tuck-Guadalajara Reportero

Elogios para La Comedora de Suciedad

"Un cuento de brutalidad y asesinato para obtener objetos invaluables, La Comedora de Suciedad expone los pecados de la codicia y la gula dirigidos a procurar vastas riquezas a cualquier costo... posee una vívida visión de las trampas de la estructura social moderna."

Cheryl Golden-Omaha Reader

"Una mirada intrigante al México de hace unos años, así como un vistazo a la conquista española y los problemas que trajo."

Sally Fellows - The Whole Truth Review

"Un libro de primer orden - el uso del diálogo de La Comedora de Suciedad es innovador y efectivo. Buenos paralelos entre el antiguo Comedor de Basura y las modernas creencias religiosas de pecado y redención."

Club de Mujeres de Sierra Foothills

Comedora de Suciedad

por

Stanley L. Struble

Editorial de la Serpiente Emplumada

PROLOGO

La Noche Triste

10 de Julio de 1520 Tenochtitlán, México

—El bastardo pagano murió cuando más lo necesitaba, dijo el Capitán Cortez, de pie en el templo azteca. —Maldito sea de todos modos. Seguro que se asará en el infierno.

El capitán volteó a ver a Malinche, y luego volvió a ver al dios-rey muerto, Moctezuma. El monarca yacía boca abajo en un colchón de paja, vestido con plumas de quetzal, turquesa y adornos de oro. La muerte tiñó su piel con su palidez amarilla y cerosa. Un penetrante y asqueroso olor a sangre y heces emanaba del cuerpo.

Malinche, la traidora guía india de Cortés, parecía aterrorizada por la muerte del rey. Se acercó reverentemente para tomar una estatuilla de oro de una mujer que daba a luz que estaba a su lado. Antes un sucio sacerdote, apestando a sangre seca y tabaco, la había dejado junto a su rey moribundo.

— ¿Qué es eso? La barba del capitán hizo poco para ocultar un ceño fruncido de desaprobación.

—Es Tlazolteotl, dijo fervientemente. —Es La Comedora de Suciedad. Se come los pecados y la suciedad de la vida de uno. Da la absolución a los moribundos, para que puedan entrar en el Paraíso del Sol.

— ¡Pagana, tonterías paganas! Cortez la arrancó de su alcance y la arrojó sobre una pila cercana de vasijas de oro, adornos y joyas robadas del Tesoro Azteca. —Es una abominación. Se la daremos a los Reyes de España. Ellos sabrán qué hacer con ella. Harán buenas piezas españolas con ella, lo harán. Se volvió bruscamente y caminó hacia su caballo, luego se detuvo y se volvió hacia Malinche.

—Ahora eres cristiana, ¿recuerdas? Sus ojos ardían con el fuego de un fanático. —Sólo un Dios da la absolución del pecado y no es ninguna Comedora de Suciedad.

Los conquistadores no eran más que unos pocos cientos. Fuera del templo, bajo una lluvia torrencial, había caballeros Tigre y Águila a la cabeza de miles de guerreros, todos empeñados en la destrucción total del Conquistador.

Cortez había permitido que el rey azteca creyera que él, Cortez, era un dios encarnado, el legendario rey tolteca Quetzalcóatl, regresando a reclamar el reino que había abandonado mil años antes, cuando se deshonró a sí mismo con la borrachera y desapareció en el este. Así, Moctezuma había recibido a Cortés y su ejército en Tenochtitlán, la ciudad capital de los aztecas.

A la clara luz de la tarde, Cortez había obligado al rey azteca a subir a la cúspide del templo para apaciguar y sofocar la ira de los aztecas. Pero el pueblo ignoró a su rey-dios y respondió con dardos, piedras y flechas, dejando a Moctezuma mortalmente herido. El rey azteca había muerto, y con él la única esperanza de Cortez de escapar de la isla ciudad. El ejército azteca, enorme y famoso por su salvajismo, creía que su rey se comportaba como un tonto y quería destruir los rostros barbudos y blancos del este. El sol poniente no había traído a Cortez, un gran estratega del campo de batalla, ninguna solución para sacar a sus fuerzas de su propia trampa. No estaba preparado para cosechar las consecuencias de sus mentiras, y sabía que permanecer en el templo traería una muerte segura. Si lo atrapaban, él y sus hombres serían sacrificados al voraz Huitzilopochtli, el dios de la guerra azteca. Si iban a vivir, los conquistadores debían tomar el oro y marcharse... ahora. El éxito o el fracaso se mediría de una manera: la huida o la muerte.

Cada noche, temerosos de la venganza de aquellos a quienes habían conquistado y exigían constantes sacrificios, los aztecas obedientemente quitaban el acceso a su ciudad. Cortez había ordenado que un puente improvisado construido con fuertes vigas y tablones fuera transportado y colocado en su posición por los aliados indios del Conquistador. Reemplazaría la sección faltante del viaducto en la calzada que lleva a tierra firme y a Tacuba. El puente seguía siendo su única esperanza de escapar, y Cortez sabía que sería una noche sangrienta. Afuera la tormenta no disminuyó. La lluvia soplaba en olas implacables, golpeando las paredes y puertas, desafiándolo a salir y pagar por su engaño.

Después de una rápida oración, maldijo en silencio y montó su caballo. Con todo casi listo, dio la orden de cargar primero el oro del Rey Fernando, ya que una quinta parte del tesoro pertenecía a la Corona. Su banda de usurpadores y sus traidores aliados indios se llenaron los bolsillos y cargaron sus caballos con las cuatro quintas partes restantes del tesoro azteca. Sin querer dejar los frutos de su traición, los soldados llenaron cada espacio disponible dentro de sus armaduras con metales preciosos. Muchos estaban tan cargados que caminaban con torpeza, agobiados por su riqueza. La codicia y el desastre son hermanas.

El miedo empapaba el aire y penetraba en las fosas nasales de los caballos. Pisoteaban nerviosamente y mordisqueaban sus bridas de hierro. La mayoría sufrieron heridas abiertas en las batallas de los últimos días y algunos se quedaron cojos, heridos de una pierna, pero todos estaban muy cargados.

Cortez ordenó que el puente fuera primero. Se envió una vanguardia de 400 indios y 150 soldados para llevarlo a casi media milla y colocarlo en posición. Vigilarían el paso hasta que el capitán y su séquito pudieran pasar y escapar. Con Cortés y sus tenientes a la cabeza, los conquistadores dejaron el refugio del templo saqueado.

Por toda la ciudad, los Caballeros Tigre y Águila arengaron a las crecientes multitudes, incitándolas a atacar al ejército español, acusándolas de matar al rey. — ¡Somos los mexicas!, gritaban.

De repente, la chispa del rumor se prendió como la yesca en llamas: ¡Cortez y su ejército estaban huyendo de la isla! Un caballero águila hizo un llamado a las armas con un caracol, haciendo sonar una ráfaga de advertencia por los canales y calles de la ciudad. Otros se unieron, haciendo sonar la alarma para despertar a los enemigos de los Conquistadores e impedir su huida. Cientos más agarraron espadas, lanzas y palos con bordes de obsidiana, y luego abordaron canoas para impedir que Cortez escapara por la calzada. Si lo atrapaban en el puente antes de llegar a tierra firme, la victoria sería suya.

El capitán y su ejército encontraron poca resistencia hasta que se acercaron al puente móvil. Mientras se enfrentaban a los guerreros aztecas que ya estaban en el lugar, la batalla comenzó.

El corazón de Cortez latía con fuerza y su cuerpo se quedaba sin aliento. Su brazo se cansó del peso de su espada de acero mientras avanzaba hacia el combate cuerpo a cuerpo, sólo para retirarse de un mar de aztecas furiosos vestidos con ropas de plumas y pieles de jaguar. Sus espadas de obsidiana brillaban y resplandecían con la luz reflejada en el agua del lago. Más adelante, en la calzada, su ejército de indios tlaxcaltecas había sido masacrado y arrojado al lago Texcoco, tratando de defender el puente improvisado. Los cielos tronaron con furia y la lluvia cayó en enormes gotas. Impulsado por poderosas ráfagas de viento, el tormento barrió la calzada con cortinas punzantes, cegando al capitán y a su ejército. No podía ver para golpear y su empuñadura de su espada se resbaló, mojada por la lluvia. El miedo le atravesó como una lanza de luz cuando volvió a oír el sonar de los caracoles. Como por arte de magia, las canoas con miles de antorchas iluminaron el lago a ambos lados de la calzada y los aztecas comenzaron a cantar mientras remaban hacia el capitán y su pequeño ejército.

Cortez sintió una oleada de furia de batalla que aflojó el miedo que se apoderaba de su pecho. —Es ahora o muerte, se dijo a sí mismo, y luego gritó, — ¡Santiago! con toda su voz, reuniendo a sus hombres mientras blandeaba su espada en el aire para que todos la vieran. Instando a su montura a avanzar en la batalla por el puente, escuchó el eco de los gritos de — ¡Santiago! y el golpeteo de las pezuñas desde la retaguardia.

Cortez y diez hombres a caballo llegaron al puente a todo galope, dispersando y lanzando a los aztecas y a sus propios hombres al lago para ser arponeados como peces en un barril por canoas de indios. El conquistador y sus diez hombres a caballo siguieron adelante. La marea de la batalla se equilibró momentáneamente, luego los aztecas se internaron a ambos lados del lago y en la calzada, lanzando el puente al lago de Texcoco.

Una vez más los aztecas se pusieron a cantar mientras las canoas iluminadas por antorchas competían por alcanzar al ejército atrapado de Cortez. Por todas partes, cuerpos y caballos cayeron en el abismo dejado por el puente perdido. Los soldados lucharon mano a mano a ambos lados de la brecha. Los conquistadores, cargados de tesoros, se convirtieron en presa fácil y fueron arrastrados al lago para ser asesinados. Cientos se despojaron del botín arrojándolo al lago, tratando de salvar sus vidas, pero para muchos la muerte vino antes que la sabiduría. Los pocos conquistadores que quedaban estaban atrapados en la calzada, rodeados de coloridos estandartes y guerreros de todos los niveles que venían a vengar la muerte de su rey. Mientras los indios cantaban, mataron al ejército de Cortés y la lujuria de la batalla llenó de alegría a los aztecas.

La matanza continuó, y el espacio del puente perdido se ahogó con el tesoro abandonado, el oro, los cuerpos de los caballos y los soldados muertos. Esto permitió que unos pocos soldados desesperados se deslizaran sobre una

14

pesadilla de lluvia y barro, heridos y muertos, abriéndose paso hasta el camino de la calzada que lleva a Tacuba, una pequeña ciudad a orillas del lago. Siguieron a Cortés y a sus diez, llegando tambaleándose a Tacuba con las manos vacías, un día por delante de los aztecas.

Poco después de la medianoche, su ejército destruido y sus aliados indios dispersos, Cortez se sentó y sollozó bajo un árbol de ahuehuete añadiendo sus lágrimas a la tierra empapada, lamentando su destino y su ejército perdido. Un fraile de túnica marrón se colocó delante del capitán. Con las manos en la cintura, el sacerdote regañó a Cortés por abandonar la lucha y su ejército a los aztecas. Lo amenazó con el fuego del infierno y la condenación y amenazó con retener los sacramentos si el capitán no tomaba a sus tenientes y se enfrentaba a los sucios paganos en la batalla de inmediato! El fraile gritó y arengaba hasta que Cortez volvió a montar su caballo ensangrentado y cabalgó de nuevo por el camino hacia la negra y tempestuosa noche en busca de supervivientes. Sólo se encontró con rezagados que huían, y mientras cabalgaba, Cortez juró que los aztecas pagarían caro por esta Noche Triste, esta triste noche.

El Cholo se Despelleja los Nudillos

El 1 de Junio de 1983, la famosa Zona Rosa de la Ciudad de México

Cholo Rodríguez, ex sicario colombiano, se sentó al volante de un taxi blanco y oxidado en la Zona Rosa de la Ciudad de México. La mayoría de los juerguistas se habían ido a casa. El taxi apestaba a cuerpos sin lavar y a pulque agrio, una savia viscosa y fermentada de la planta de agave. Sus tres zopilotes contratados se encorvaron incómodamente en el asiento trasero. Los zopilotes fueron reclutados en una pulquería de un barrio vecino. Esperaban con impaciencia la aparición del joven arqueólogo, Juan Degas, y su novia. Con Cholo al mando, le darían al joven una paliza que nunca olvidaría.

El reloj de pulsera de Cholo decía que eran las 3:00 a.m., la madrugada antes del amanecer. Un matón de toda la vida y jubilado del sicario de Medellín, Cholo frunció el ceño y cambió su peso sin descanso, descontento por tener que hacer este trabajo. Pero sus pesos eran pocos y sus necesidades grandes, y este sórdido negocio trajo un pequeño bono además de un salario mensual. El Toro, su patrón, a quien nunca había conocido, había dejado instrucciones explícitas pegadas en la parte inferior del asiento del confesionario de la iglesia. Aquí era donde Cholo recibía sus instrucciones, y sabía que no importaba por qué El Toro quería hacer el trabajo. Cholo era un buen soldado y los soldados hacen lo que se les ordena. Así que robó un taxi y dejó a su dueño muerto en un charco de sangre, con un agujero de bala en la nuca.

Entrecerró los ojos a través de gafas de lentes gruesos con montura de alambre y se puso de pie y se estiró cuando su pierna comenzó a acalambrarse. Su bilis se elevó y le quemó la garganta cuando los efectos de dos Tagamets recetados y un porro de marihuana comenzaron a disminuir.

¿Dónde estaba el pinche bastardo? ¿Pasaría toda la noche bebiendo y bailando? Frustrado, se metió un antiácido en la boca y se movió hacia adelante, apoyándose en el volante.

¡Entonces aparecieron! La pareja se detuvo para abrazarse, y luego caminaron de la mano en dirección opuesta a su coche aparcado, lejos de Cholo y sus secuaces. Degas y su novia se movieron inestablemente, riendo y conversando mientras caminaban hacia El Parque Violeta donde varios grupos de mariachis de lentejuelas daban una serenata a los amantes de ojos estrellados.

Los pensamientos del colombiano corrían. Era factible. Miró el lejano parque y sus ocupantes, y luego observó las calles vacías en busca de ingenio. Satisfecho, hizo callar a los zopilotes, arrancó el taxi, y mientras se alejaba lentamente de la acera, les habló del nuevo plan.

Condujo dos manzanas más allá de la pareja y giró a la derecha. Aquí los zopilotes salieron del taxi y se quedaron listos y fuera de la vista detrás del edificio. Cholo retrocedió hasta la esquina y se estacionó entre los jóvenes amantes y el parque.

La desprevenida pareja caminó, con el brazo de él alrededor de su delgada cintura, hacia su encuentro con el desastre. El joven dijo algo que provocó una risa fácil y un golpe de la chica. No se fijaron en el taxi estacionado, algo común en la Zona Rosa. Los sonidos distantes de los mariachis se hicieron más fuertes con cada paso.

Cholo abrió su puerta y se acercó al joven cuando llegaron a la esquina. — ¿Taxi, señor? ¿Para usted y la señorita?

—No, gracias, llegó la respuesta inevitable, y el joven arqueólogo se movió para caminar alrededor de Cholo.

El colombiano pateó al desprevenido arqueólogo en la ingle, y luego le metió un puño con la mano en el estómago. Los zopilotes doblaron la esquina y la chica gritó.

El joven se levantó para defenderse, mostrándose como un luchador valiente, pero finalmente sucumbió a la paliza, no es rival para el terrorista y sus matones. Dejándole sangrando e inconsciente, se volvieron hacia la chica gritona. Un rápido golpe en el estómago detuvo los gritos y la puso de rodillas. Los zopilotes comenzaron a patearla hasta dejarla inconsciente, golpeando con sus gruesas botas su cabeza y su cuerpo.

— ¡Basta! ordenó Cholo, sacando a un frenético matón de los cuerpos, — ¡no queremos matarlos! ¡Suban al auto, cabrones!

Este es el último, se dijo a sí mismo amargamente, viendo a los zopilotes arrastrarse al asiento trasero. Cholo odiaba trabajar con tipos poco profesionales y de los bajos fondos. Prefería los asesinatos y las bombas y sólo se sentía seguro cuando trabajaba solo. Pero desde que dejó Colombia, se había visto reducido a una existencia apenas de clase media. El dinero era escaso y ya no podía rechazar trabajos, por muy desagradables que fueran.

Puso el acelerador en el suelo y dirigió imprudentemente el taxi seis manzanas hasta una entrada de metro donde pagó y dejó a los zopilotes. —Espuma, murmuró, alejándose. Condujo otra milla antes de estacionar el taxi y llamar a otro para que lo llevara a casa. Lupe, la mujer que vivía con él, le estaría esperando. Estaría angustiada y ansiosa y habría una discusión. Él lamió la sangre de sus nudillos con anticipación. Esta noche le daría la bienvenida a una pelea.

\#

Tres horas después, el Capitán Luis Alvarado, detective de homicidios, conducía hacia el este por Madero en su Mercury convertible blanco del 55 cuando vio el taxi robado al otro lado de la calle. "Sitio 28" estaba claramente pintado en letras negras pequeñas en el guardabarros. Comprobó los espejos, miró el taxi, hizo un giro en U y se puso detrás. Destapó su 45 automática y se acercó al coche con cautela. Parecía abandonado. Las puertas se abrieron libremente. No vio ningún signo visible de juego sucio; sólo un paquete de antiácidos en el asiento y el olor agrio del pulque.

Cuatro horas antes el taxista muerto había sido encontrado con su cartera y su reloj de bolsillo de oro intacto. Ya que el robo no había sido el motivo, ¿qué lo había sido? Luis se desconcertó por un momento sobre este dilema, y luego miró su reloj eran las 5:00 a.m. El día había comenzado temprano y mal. Demasiado tarde para ir a casa y demasiado temprano para ir a la casa de la comisaría. Volvió a su coche y silenciosamente debatió sus opciones. Finalmente, su estómago le sugirió el restaurante más cercano para los huevos y el chorizo. Podría trabajar en el taxi más tarde. No había prisa, razonó. El taxista estaba muerto y el vehículo había sido recuperado. Se aseguró de que el trabajo de medio día había terminado, conduciendo hacia el restaurante Denny's. Debía recordar tomarse su tiempo o esperarían que fuera concienzudo todo el tiempo.

#

El Dr. David Wolf, expatriado americano y profesor de antropología en la Universidad Nacional de México en el Distrito Federal., se sentó en la mesa de su cocina tomando té caliente y masticando un mango fibroso mientras leía el periódico de la mañana. Su reloj de la cocina marcaba las 7:00 a.m. cuando el timbre del teléfono rompió su concentración. La historia de primera plana sobre ganado mutilado y cabras tendría que esperar.

—Bueno.

—David...soy yo, Marco.

—Es muy temprano... no puede esperar hasta...

—El profesor... Juan y Linda fueron golpeados... están en el hospital.

La policía está aquí haciendo preguntas.

— ¿Qué pasó? una sensación aburrida y plomiza envolvió al arqueólogo.

—Unos tipos los asaltaron en la Zona Rosa anoche. Linda está en mal estado.

— ¡Jesús! dijo David. —Tenía miedo de esto. Le advertí sobre el proyecto del museo. ¿Dónde están?

La conversación de fondo silenciada se había pasado de la raya. —El Hospital de Jesús.

—Dile a la policía que estaré allí en una hora...y Marco...

— ¿Sí?

—Tú y yo sabemos quién probablemente hizo esto, pero mantén la boca cerrada hasta que estemos seguros. ¿Entendido?

Una larga pausa, luego, —Si usted lo dice, profesor, pero...

—No hay peros, muchacho. Están en el hospital ahora. Estarán en una caja de pino si mencionas el nombre de la persona equivocada. Mantén la cabeza fría. Sus vidas dependen de ello.

—Vale, pero tenemos que hablar...

—Nos vemos allí, Marco.

El profesor colgó el teléfono, pensando en su estudiante, un joven luchando una buena batalla y casi perdiendo la vida. —Awww, México... gimió con asco, enterrando su cara en sus manos.

Cuestiones no Resueltas

Miércoles 11 de Junio de 1984 Ciudad de México, un año después

David se sentó en una silla de cuero en el estudio de su modesto apartamento de varias habitaciones en la Colonia del Prado. Sus cejas surcadas en estado de concentración, revelando ojos oscuros y arrugas de patas de gallo, resultado del sol e incontables horas en el campo como "arqueólogo de la suciedad". Las líneas de la sonrisa tiraban de la parte inferior de su rostro, identificándolo como un hombre de rápido ingenio y alegre disposición.

Al acercarse la medianoche, una inevitable fatiga lo encontró. A los 52 años le costaba mantener el ritmo frenético de la juventud: acostarse a las 12 de la noche y levantarse a las 5 de la mañana. Dios le había dotado de una mente aguda y una energía ilimitada, y su padre le había inculcado una ética de trabajo inflexible. El profesor necesitaba dormir poco.

Una lámpara enfocaba un estrecho rayo de luz sobre los materiales del escritorio. Cansado de la concentración, se sentó encorvado sobre un montón de inventarios de artículos, la compilación de muchos años de excavación del sistema de metro metropolitano. Las listas estaban casi completas, ya que las excavaciones y la construcción se estaban acabando. A pesar de ser un descubrimiento importante, este trabajo pronto se acabaría, una bendición mixta en el mejor de los casos. Sus grandes manos de dedos gruesos barajaron sin esfuerzo las páginas, buscando y cotejando, buscando la página escurridiza que buscaba.

Si Raúl Córdoba, el director del museo, presentaba sus informes sobre la excavación de Tacuba, David podría terminar su propio trabajo. Raúl, errático en el mejor de los casos, seguía siendo una fuente constante de frustración, y David encontraba irritante trabajar con alguien tan poco profesional y sin escrúpulos. Pero la política estaba siempre presente en todos los niveles en México, y la posición de Raúl como Director del Museo Nacional de Antropología aseguraba que debían trabajar juntos, mezclarse en público, sufrir ocasionalmente circunstancias incómodas y, en general, soportar un mutuo desdén y desconfianza. Raúl era un funcionario político y el profesor un científico. Sus valores y los mundos en los que operaban estaban a años luz de distancia.

Pensando profundamente, David se acarició el bigote y reflexionó sobre las listas mientras una idea incipiente luchaba hacia arriba desde los recovecos de su mente. Aún nebulosa, se escondía tercamente y se negaba a hacer su aparición. Más de treinta años en el mundo académico

23

habían creado un hombre de patrones y hábitos y sabía que la solución se presentaría cuando estuviera listo.

Su taza de yerbabuena se había enfriado. Dio un sorbo y frunció el ceño, y luego decidió tomar un brandy. Le ayudaba a dormir y disfrutaba de una pequeña copa cada noche antes de dormir. Sacó una botella de Presidente del cajón inferior del escritorio y echó dos dedos en los restos del té. Sonrió, recordando el inevitable ceño fruncido de su esposa, Alicia, al observarlo hacer esto. Ella lo consideraba una falta de tacto y lo acusaba de ser demasiado perezoso para encontrar un vaso limpio. En realidad, aunque su mente desordenada le dejaba demasiado olvidadizo para guardar vasos en el estudio, en realidad prefería la mezcla. Bebió a sorbos, y luego lentamente cubrió el interior de su boca, saboreando su dulce mordisco. Delicioso. Tomó otro, y luego suavemente removió el líquido en la copa.

Se dio cuenta de que el recuerdo era la hebra perdida, un tema difícil pero desafiante. Una persona puede tener memoria fotográfica, y sin embargo olvidar lo mismo día tras día. ¿Estaban la memoria y el hábito unidos de alguna manera? ¿Qué fue lo primero en el viaje evolutivo del hombre? ¿Sirvió la memoria como catalizador para la revelación? O, ¿el hábito llevó a la memoria, la memoria a la conciencia y la conciencia a la cognición? ¿Fue la inspiración el resultado de la flexibilidad cognitiva? La conciencia, por supuesto, fue el gran regalo (o accidente) del hombre que lo separó del mundo animal. También fue su mayor fragilidad: comprender lo frágil que era su situación, sabiendo que no conocía ni podía conocer la causa espiritual última que creaba la mente humana. La conciencia también creó miedo y futilidad, así como inspiración y logros a través de la invención cultural. Se masticó el labio inferior y reflexionó sobre el dilema. Como de costumbre, la resolución estaba justo más allá de la periferia de su conciencia, jugando a un juego de espera, tentándolo. ¡Basta! pensó, sacudiendo la cabeza. Si se deslizaba en la hipótesis a estas horas de la noche, nunca se dormiría. La vida, se aseguró, era un enigma. Pero como arqueólogo, eran la base de su profesión. Como todas las cosas importantes, las perseguía con pasión.

David se asomó a la oscuridad, buscando el contorno de las montañas distantes que encerraban el valle de las tierras altas. Oscuras formaciones de cúmulos luchaban por cruzar los picos y deslizarse hacia el valle. Vetas de rayos danzaban en el este, iluminando rayas de trueno gris-negro que amenazaban con capturar la ciudad. Ráfagas de aire cargado de humedad saludaban al valle atrincherado de smog. Aunque a finales de este año, la temporada de lluvias había llegado, trayendo limpieza y renovación. Bostezó, respiró profundamente una vez más, y luego regresó a su apartamento para prepararse para dormir.

Sentado en su cama, sus hombros se desplomaron, sus ojos se desviaron hacia una tabla en su candelabro. En su interior había listas de tareas pendientes, que le recordaban a un antiguo alumno escondido en las montañas de Jalisco. Juan y su novia fueron atacados y casi asesinados el año pasado. Al recuperarse, huyeron de la ciudad por el anonimato del campo. David había escrito a Juan con regularidad y ahora, después de un año, esperaba que su antiguo alumno volviera y aceptara un trabajo como su ayudante. El tiempo curó las heridas, y las antipatías que el chico había creado en el Museo Nacional creando inventarios actualizados de interminables almacenes se podían evitar esta vez simplemente evitando el museo y ocupándose de sus propios asuntos. Además, si el chico iba a hacer algún progreso profesional debía retomar su búsqueda de la arqueología de nuevo. Si Juan regresaba, David planeaba colocarlo en una oficina adyacente en la universidad donde pudiera ver sus actividades y monitorear sus interacciones vicariamente para asegurarse de que no revolviera viejas antipatías. El joven arqueólogo había sido uno de sus mejores estudiantes, y el profesor esperaba tenerlo de nuevo en el personal.

Las cosas se habían enfriado desde el fiasco auto inducido de Juan en el museo. Sus antagonistas, el Director del Museo, Raúl Córdoba, y el Ministro de Recursos Naturales, Héctor Vicario, tendrían que mantenerse alejados de Juan. Habían demostrado ser una peligrosa manada de ladrones que estaban por encima de la ley en México. Su avaricia y el robo de antigüedades eran, hasta ahora, un escándalo desconocido que esperaba irrumpir en los titulares.

Cogió un bolígrafo y escribió en la tableta: comida para gatos, oficina de Juan Degas y comida con Baltazar. Dudó, frunció el ceño, y luego escribió: "Sospechas - Raúl Córdoba". ¡Vete a Tacuba! Subrayó la última entrada con una línea oscura.

El director del museo, como de costumbre, no había presentado su informe sobre la excavación de Tacuba. ¿Por qué lo retuvo? ¿Había descubierto algo? Si alguien que no sea Raúl, el profesor no se preocuparía. Pero Córdoba, personaje desagradable que era, podría estar involucrado en una actividad inescrupulosa o ilegal y estar reteniendo su informe a propósito.

David acarició a su gato blanco persa y le murmuró cariño. Exhausto, apagó la lámpara. Cinco minutos después, su respiración era lenta y poco profunda. El gato bostezó, indiferente, y luego se arrastró para acostarse sobre las piernas de su amo.

Juan Degas Lucha Contra
Un Escorpión

Juan Degas se relajó en la entrada de su cabaña en el rancho Ojo Zarco, en lo alto de la Sierra Madre del Estado de Jalisco. En el interior, las melodías melancólicas de Mozart tocaban en una casa vacía. Tomó un cigarrillo, arrojó la ceniza, bebió un brandy y descansó su espalda sin camisa contra la pared de estuco blanco. Los delgados músculos de su pecho y hombros se ondulaban con cada movimiento. Su cara y la parte superior de su torso eran un oscuro testimonio del sol castigador de México. Sus manos estaban callosas por años de trabajo arqueológico en el campo y, más recientemente, plantando semillas y cosechando los productos de Ojo Zarco en el altiplano. Pero un duro día de trabajo y el brandy no hicieron mucho para disipar la oscuridad de la pelea de esta mañana con Linda. La

28

discusión lo dejó dolorosamente consciente de los problemas no resueltos y latentes en su relación y el temor de que ella se cansara de él y se fuera.

Mientras meditaba, vio el progreso de un escorpión amarillo que se arrastraba hacia los escalones de su cabaña. Dentro de una botella, vio al animal como una oportunidad para divertirse. Escogiendo un pequeño palo, comenzó a burlarse del arácnido. Profundamente ofendido, el escorpión se posó y golpeó repetidamente. Su púa envenenada se agitaba hacia el enemigo, golpeando a menudo, pero el palo parecía estar en todas partes y el escorpión no tenía recuerdos de este tipo de animal. Se retorcía y giraba, golpeando una y otra vez, luego se detenía, se desconcertaba e intentaba abandonar el área de juego. El palo impidió la fuga, bloqueando todas las vías de retirada hasta que el escorpión, confundido y sin querer presionar el ataque, se sentó inmóvil y esperó.

Cansado del juego, Juan usó el palo para tirar al escorpión a un lado. Se enderezó, se detuvo para soportar, y luego se movió resueltamente hacia el camino de tierra que daba a la cabaña, con su púa preparada y lista. El joven arqueólogo sacó un último cigarrillo y lo lanzó al arácnido en retirada. Un último sorbo del vaso y se levantó para entrar. Linda María había regresado a la escuela en Guadalajara y su ausencia dejó un vacío en la casa. No quería pasar la noche solo, así que decidió conducir hasta Tapalpa, una pequeña ciudad colonial escondida en las sierras boscosas, y revisar su correo. Cogiendo un jersey de lana del perchero, salió de la cabaña.

La parrilla de su Mustang del 65, de color rojo brillante, sonrió cuando se acercó. El emblema del poni cromado en el

29

capó estaba picado y había perdido su brillo, y una inspección más cercana reveló pequeñas abolladuras y marcas de quince años de grava de la carretera, ramas de árboles y gente poniendo objetos en él. Un compañero desde que cumplió dieciséis años, lo había llevado de un sitio arqueológico a otro durante diez años.

Cuando alcanzó el picaporte, algo golpeó su bota. Miró hacia abajo, gritó y saltó lejos del escorpión que había torturado antes. Maldiciendo, pisoteó a la criatura y sintió un crujido satisfactorio. Levantó su bota para echar un vistazo, y luego pateó los restos a un lado.

Deslizándose detrás del volante y arrancando el motor, condujo lentamente por el camino de tierra del rancho, pasando por cabañas de tablones de cedro en ruinas con techos ondulados, y luego por un camino de asfalto revestido con sombreados doseles de cicuta. Con el sol colgando bajo en el cielo, se inclinó hacia atrás en el asiento y propulsó el coche en curvas sombreadas, pasando por pinos de altura de catedral que se mantenían erguidos y austeros cerca de la carretera. Se desvió para evitar los baches y las rocas caídas, manejando con cuidado por el camino familiar otros 10 kilómetros hasta la ciudad de Tapalpa en las tierras altas.

Frenó al ver un pequeño rebaño de ganado bloqueando el camino. Un muchacho indio los espantó con una rama frondosa, golpeando y pinchando sus costillas salientes, haciéndolos cruzar el camino, preocupado por el daño que podría sufrir su carga. Juan se movió con cautela, saludando al joven al pasar. Tomando velocidad, subió la colina, luego retrocedió el acelerador y nada más se deslizó.

Mientras el Mustang devoraba el asfalto, pensó en su más reciente carta del profesor Wolf. David casi había completado sus deberes como jefe de la División Arqueológica de Recobrar Antigüedades para la excavación del Sistema de Metro de la Ciudad de México. Las excavaciones, iniciadas doce años antes, habían revelado maravillosos descubrimientos y capturado la imaginación del pueblo mexicano. Pero Juan sólo sentía descontento y amargura. Había estado fuera de onda durante más de un año - lejos de las excavaciones, la academia y la vida nocturna de la ciudad. Pero la última correspondencia del profesor contenía una oferta de empleo y podría ser una oportunidad para renovar su truncada carrera como arqueólogo precolombino. Juan conoció al profesor hacía 10 años como estudiante y rápidamente se encariñó con el arqueólogo sonriente y conocedor. El hombre se había convertido en un segundo padre para él, velando por sus intereses y dándole consejos no solicitados, mientras le exigía que se tomara sus estudios en serio. Amaba al hombre, y lo respetaba por encima de todos los demás en su campo, y quería complacerlo, si era posible. ¿Pero volver a la Ciudad de México? Tal vez no. Tal vez todavía era demasiado peligroso.

Bajó la velocidad para una curva cerrada en la periferia de la ciudad. La gasolinera Pemex, la única marca de gasolina en México, abastecía a tres camiones Dina cargados de fruta que se dirigían a Aguas Calientes. Las redilas del camión estaban repletas de mango y patatas. Los conductores estaban sin moverse, sin prisa, sin nadie dispuesto a iniciar el tortuoso viaje de veinte kilómetros por las montañas. Mientras se apoyaban en sus camiones y charlaban, un niño sin zapatos y de piel oscura le vendía chicle a cualquiera que descubriera su presencia.

31

Tapalpa, hermosa, pero remota y tradicional, había empezado a desgastar los nervios. ¿Quizás la oferta de David era el remedio? Juan recordó los acontecimientos que le habían traído aquí. Hace dos años había sido seleccionado para trabajar como ayudante de Raúl Córdoba, principalmente porque el director del museo se implicaba lo menos posible en el día a día. Nueve meses después, y sin el permiso de Raúl, Juan había iniciado un inventario exhaustivo de los considerables bienes del museo, sólo para descubrir un completo desorden. Años de apatía y mala organización habían resultado en un caos. Los artefactos - cientos de piezas importantes - habían desaparecido. Peor aún, el personal parecía indiferente y no le importaba. Mientras que muchos estaban visiblemente resentidos por sus esfuerzos, otros eran evasivos o reservados cuando se les preguntaba.

El rastro de la mala gestión y el engaño llevó al director del museo. Córdoba debería haberse preocupado, debería haber ayudado, pero no lo hizo. Esto, por supuesto, llevó a Degas a entender el problema. La mayoría de los artefactos desaparecidos fueron vendidos a coleccionistas privados, algunos de los cuales eran los más poderosos de México. Córdoba, Héctor Vicario, un poderoso ministro del gobierno, y otros políticos poderosos habían robado los artefactos con la ayuda de Córdoba. Cuanto más se acercaba el joven arqueólogo a la verdad, más peligrosa se volvía su tarea.

El acoso comenzó con notas dejadas en su escritorio. Luego vinieron los neumáticos pinchados, el vino en su radiador (el mecánico se había divertido), y el robo de sus propios objetos de dos mil años de edad de su primera excavación en el rancho de su tío en Michoacán. Entonces ocurrió el desastre. Después de una noche de fiesta con Linda en la Zona Rosa, cuatro hombres, apestando a pulque, los atacaron. La mandíbula de Juan se rompió, Linda quedó inconsciente y fue pateada repetidamente mientras estaba en el suelo. Hospitalizada con heridas en la cabeza y la espalda, sus riñones habían fallado y la dejaron cerca de la muerte. Se recuperó, pero ambos todavía tenían cicatrices emocionales. Había sido suficiente.

El profesor Wolf no podía intervenir, así que Juan sintió que no tenía más remedio que irse... antes de que volviera a suceder o antes de que fuera asesinado. Esto era México. Sucedía todo el tiempo; gente poderosa sin restricciones por la ley, haciendo lo que querían cuando querían, a veces con la bendición de sus superiores, que probablemente estaban haciendo sus propios nidos. Pero antes de renunciar, Degas escribió un informe de diez páginas detallando las conclusiones de su investigación, nombrando personas, lugares y objetos desaparecidos. Lo arrojó sobre el escritorio de Córdoba, dejando el museo por última vez, sabiendo que nunca vería la luz del día. La narración decía claramente que había otras copias en manos de personas que actuarían si era atacado de nuevo.

Linda se había mudado a Guadalajara y Juan había aceptado un trabajo con Pafritas en las tierras altas de la sierra como cultivador de semillas de papas de siembra certificadas de Holanda. Pagó las cuentas, pero lo dejó sin cumplir. Quería estar en medio de una excavación en algún lugar, en cualquier parte; en Yucatán o el sur de Chiapas. Sobre todo quería estar con Linda, pero ella vivía en la gran ciudad a setenta kilómetros al norte por serpenteantes carreteras de montaña.

El asfalto se convirtió en un adoquín irregular cuando entró en Tapalpa. Hoyos y baches en las calles y él redujo la velocidad. Grupos de ciudadanos merodeaban por las calles y las aceras, chismorreando y bromeando. Un burro gris, con su espalda arqueada sosteniendo dos recipientes metálicos de leche cruda, se paraba pacientemente en la acera. Negros e importantes, los ojos del burro miraban vacíos mientras su andrajosa y asquerosa cola se movía con ritmo, preocupando a una horda de moscas que intentaban morder y poner huevos en su carne.

Condujo lentamente hacia el zócalo, el centro de la ciudad, y se estacionó frente a la sucia, blanca y encalada Oficina de Correos y entró. El Jefe de Correos le miró, hambriento de noticias o chismes. Juan sabía que el Jefe de Correos ya había leído todas las postales de la oficina. Se veía a sí mismo como un gran proveedor de conocimientos en el pequeño pueblo y una figura central en el gobierno local. De hecho, sus susurros e intrusiones indiscretas habían enfadado a muchos, y después de vivir en este pequeño pueblo toda su vida, podía contar con sus amigos por una parte. Juan revisaba su correo casi todos los días y sabía inmediatamente cuando una carta de Linda había llegado por las miradas conocedoras de los siempre presentes amigos del Jefe de Correos.

Juan recogió su correo, inclinó su sombrero ante los vagabundos y salió. Como forastero, tenía un estatus ambiguo en esta comunidad conservadora. En un pueblo donde el veinte por ciento de los hombres estaban desempleados, nadie quería ponerse en el lado malo de un representante de Pafritas, el mayor empleador de la comunidad en el rancho Ojo Zarco. Por lo tanto, su comportamiento cosmopolita y su escandalosa relación con Linda María deben ser pasados por alto. Ellos estaban esencialmente fuera del sistema. Las lenguas se movían, pero la mayoría se mantenían atentas a lo que decían.

Caminó en diagonal a través de la plaza hacia la Fiesta Mexicana donde trabajaba su amigo Marco. Las 7:30 p.m. se acercaban y la multitud para la cena comenzaba a llegar. Se detuvo un momento, miró alrededor del patio lleno de flores y se sentó en un banco de hierro forjado con maceta de papantlas y galateas alrededor Abrió la carta del profesor Wolf y comenzó a leer.

Marco Quiere Salir

Jueves 12 de Junio de 1984 - 7:30 P.M. Tapalpa, Jalisco

Marco González, de 29 años, y amigo de Juan Degas, estaba de pie ocho metros atrás de la barandilla del balcón bajo una puerta. No era visible desde fuera. Un visitante de la tarde llamado Rodrigo Torres había venido a verlo. Rodrigo había traído a sus amigos: un revólver cromado calibre 32 que apretó en la frente de Marco, y un cuchillo grande y afilado que le apuntaba a los genitales. Mientras Rodrigo hablaba, enfatizó sus palabras levantando el cuchillo y aplicando presión en la ingle de Marco.

—Me alegro de que hayamos tenido esta conversación, Sr. González. Creo que entiende mis sentimientos al respecto. Rodrigo presionó la punta de la espada hacia arriba.

—Nunca la toqué, Rodrigo! Lo juro! suplicó Marco, paralizado de miedo. —Pregúntale, es la verdad. La respeto demasiado para eso.

36

—Cabrón. Ustedes, playboys, vienen al pueblo y se aprovechan de nuestras hijas...luego se van. Ninguna de las chicas del pueblo hablará con ustedes cuando termine.

—Rodrigo... ¡por favor! le suplicó Marco.

—Su madre está en casa comprobando si ha tenido sexo contigo. Enviaré tus benditos cojones a tu tío en un tarro si no es virgen. ¿Entiendes? Presionó el cuchillo en la carne tierna, sosteniéndolo firmemente en la entrepierna de Marco.

El miedo se apoderó de él como un grito silencioso. No había tocado a Lucinda.

Bueno...casi...sólo unos pocos besos. ¿Pero qué les había dicho a sus amigos?

—Rodrigo, estás cometiendo un gran error. ¡Nunca la he tocado! Repitió.

El padre robusto y quemado por el sol ignoró sus protestas. —No quiero volver a hablar de esto. ¿Puedo confiar en que harás lo correcto y dejarás en paz a mi Lucinda?

— ¡Sí...sí!

—Mejor aún, cabrón, tal vez deberías dejar Tapalpa... ¿eh? Esta pistola era de mi bisabuelo. Peleó con Morelos. Me enseñó la importancia de hacer y punto. ¿Estoy haciendo mi punto? Presionó el arma con más fuerza en la frente de Marco.

— ¡Sí! Por el amor de Dios... ¡sí, Rodrigo!

— ¡Bien! Espero no tener que mencionar tu miembro duro y tus malos modales a los otros padres de Tapalpa. No serán tan indulgentes. Dio un paso atrás, bajó el arma y envainó el cuchillo.

—Adiós, cabrón. Con el pulgar y el índice en forma de pistola, apuntó a Marcos y dijo: — ¡bang! Con una última mirada al joven de ojos abiertos, Rodrigo recuperó su sombrero de vaquero de la mesa y se dio la vuelta y se deslizó por las escaleras. Su sombra bailó brevemente en la pared de la escalera, y luego desapareció en la oscuridad.

Marco se desplomó en un taburete de la barra, con las tripas temblando y el corazón latiendo con dificultad. La adrenalina corría por sus venas, señalando a su cerebro que luchara o corriera. Tenso por el miedo, el alivio tardaba en llegar. Se sentó inmóvil, con la cabeza apoyada en la barra, y consideró su situación.

¡Dios! ¿Qué le había dicho la pinche virgen a todo el mundo? Apenas la conocía. Marco sabía que llamar a la policía estaba fuera de discusión. Seguramente se pondrían del lado de Rodrigo o de cualquier otro padre que se quejara. Tenía miedo de que algo así sucediera, y si no era Rodrigo, sería el padre de otro, se dio cuenta amargamente.

La gente del pueblo era conservadora y desconfiada, como en todos los pequeños pueblos mexicanos. Hablaban y bromeaban con él, pero advirtieron a sus hijas que se mantuvieran alejadas. Sin embargo, había encontrado algunos prospectos, chicas jóvenes en su mayoría, a las que les gustaba coquetear. Se comportaban como Lucinda; deseando pero no deseando, temerosas pero coquetas, insinuantemente cercanas pero distantes. La versión paródica de América Latina del Juego de las Citas.

A veces recibía invitaciones a cenar, lo que rompía la monotonía de atender el bar, beber brandy y hablar inútilmente de ganar la Lotería Nacional. En ocasiones separadas dos jóvenes viudas habían arreglado encontrarse con él en Guadalajara y acostarse lejos de las miradas indiscretas de la gente del pueblo. Se habían arriesgado mucho, y si alguien descubría sus indiscreciones serían condenadas al ostracismo y al chismorreo. Eso perjudicaría sus posibilidades de encontrar otro marido. Las reputaciones se hacían rápida y permanentemente en los pequeños pueblos mexicanos.

Con manos temblorosas, encendió un cigarrillo y caminó detrás de la barra para agarrar una cerveza fría. Tres largos tragos de la botella y varias inhalaciones profundas del cigarrillo lo estabilizaron. Miró alrededor del restaurante del segundo piso y consideró su siguiente paso.

Un pueblo limpio con una impresionante arquitectura colonial, la remota ubicación de Tapalpa en la Sierra Madres de Jalisco lo alejó de la corriente principal de comercio. Aparte de un ocasional rodeo o una celebración nacional, Tapalpa permaneció sin incidentes y sin involucrarse con el mundo. Sobrevivió como un anacronismo, incluso en un país del tercer mundo como México. Un hombre joven y educado criado en la ciudad donde la acción estaba disponible a todas horas del día y de la noche necesitaba más de lo que este somnoliento pueblo podía ofrecer.

La Fiesta Mexicana contaba con un techo abovedado, pisos de madera y paredes de cedro aromático. Ventiladores de techo de tallo largo colgaban de las vigas, girando tranquilamente para no molestar al polvo. Rayos de un sol de tarde iluminaban el comedor del balcón, arrojando sombras marcadas y exponiendo motas de polvo flotantes. Un reloj de Tecate sobre la barra decía 7:30 p.m. Todo estaba listo para la hora de la cena.

Durante el último año había atendido el bar de su tío Max, ganando treinta dólares a la semana por sus esfuerzos. Siempre listo para una nueva aventura, Marco había seguido a Juan hacia el sur en las tierras altas. Degas era un buen amigo, pero Marco tenía su propia vida, y estaba considerando volver a la ciudad para encontrar un trabajo serio. La nostalgia por la ciudad y la vida universitaria se había convertido en una constante compañera, y recordaba y soñaba despierto con chicas de primer año de pelo largo y piernas firmes con dientes blancos y brillantes.

El incidente de hoy selló su decisión de irse. Se sentía mejor ahora. La amenaza de Rodrigo Torres se desvaneció con la luz del atardecer. Marco caminó hasta la barandilla del balcón y tiró su colilla a la calle. Allí, sentado en un banco del zócalo, vio a Juan Degas. Su amigo sostenía una carta y parecía estar mirando fijamente a la nada.

— ¿Qué pasa loco? Marco le llamó.

Juan miró a su alrededor, y luego subió al balcón del segundo piso. — ¿A quién llamas loco?

—A ti, amigo. Estás loco por quedarte en esta tierra de desechos provinciales. ¿Yo? Me voy. Lo dice Rodrigo Torres, y creo que estoy de acuerdo. Sube y tómate una cerveza, me hizo un gesto. —Tenemos que hablar.

#

Juan metió la carta en el bolsillo trasero de su jean y cruzó el camino empedrado. Subió dos tramos de escaleras, entró en el restaurante y pasó por el bar.

—Aquí afuera, hizo un llamado a Marco, poniendo una segunda botella de cerveza en la mesa. La expresión melancólica de su amigo invitaba a una pregunta. — ¿Qué pasa? Tienes esa mirada en tus ojos como la vez que comimos hongos mágicos en Palenque. Pero el intento de humor de Marco fracasó.

40

Juan levantó una silla y se dejó caer, fatigado por un largo día de trabajo. Alcanzó la Negra Modelo. —Si recuerdo bien...tú eres el que tuvo una sobredosis. Le dio un trago largo a la botella, frunció los labios y suspiró. —Se perdió y se fue a tropezar a la selva persiguiendo a un pájaro. Atrajo los ojos de Marcos. —Comiste una docena de esas cosas, añadió, tomando otro trago de la botella que escurría gotas de humedad.

—Oye...ese chamán lacandón dijo que tenías que comerte por lo menos seis para volar como un halcón, yo quería volar como un águila.

—Sí...claro, dijo Juan con indiferencia, distraído.

—Ese no es el punto, pensó Marco, intentando poner una cara seria. —Lo hice por curiosidad profesional y por el deseo de experimentar el mismo éxtasis espiritual y religioso que el del ritual maya.

—Sólo querías drogarte, acusó Juan, sonriendo a pesar de sí mismo. —De todos modos... no es posible a menos que seas un creyente nativo y tengas un interés personal en el ritual.

— ¿Por qué?

—Bueno... por ejemplo, los mayas y aztecas creían que la sangre alimentaba a los dioses, por lo que sacrificaban a los cautivos de sus guerras. La sangre servía como tributo, alimento o sustento para nutrir a los dioses y asegurar su bendición y aprobación. Cuando los cautivos no estaban disponibles, se paraban en la cima de las pirámides y se perforaban el prepucio del pene con espinas de cactus, o cuchillas de obsidiana. La sangre se recogía en un papel y se quemaba en ofrendas.

—Sé todo eso... ¿qué sentido tiene?

—El punto es... ¿crees que podrías sacar tu pene y cortarlo delante de todos sin ser un verdadero creyente? ¿Incluso si te hubieras comido una bolsa de hongos mágicos? A menos que ya estés loco, no se puede hacer, excepto tal vez si estás iluminado con psilocibina y en un estado de éxtasis religioso.

—Lo entiendo, concedió Marco, alcanzando protectores para sus genitales mientras visualizaba la automutilación, recordando el gran cuchillo de Rodrigo presionando en su ingle. —Sin embargo...tú también disfrutaste de los hongos.

—No tanto... y no me esfuerzo por conseguirlos. Cuida que los federales no te atrapen y te metan al Bote.

—Deje de predicar. Soy cuidadoso... sólo necesito un poco de entretenimiento a veces. Marco cambió de tema. —Escucha...miró por encima de la barandilla y bajó al zócalo, y luego otra vez a Juan. —He estado pensando... tal vez es hora de volar de este lugar y volver a la civilización. Rodrigo Torres me apuntó con un arma y amenazó con cortarme los testículos. Necesito algo de acción, pero si no me voy de la ciudad en poco tiempo, podría empezar a actuar como un chamán maya una de estas noches.

— ¡Tonto! Te advertí sobre estas chicas de pueblo. Tienes suerte de que no haya disparado primero y hecho preguntas después. — Juan golpeó su botella en la mesa. —Sé que es difícil estar aquí arriba, especialmente para ti. Tengo a Linda, pero ni siquiera eso funciona. Miró fijamente a la mesa. — Peleamos mucho y sé que ella está pensando en romper. El hecho de que esté en Guadalajara y yo aquí arriba me está volviendo loco.

Degas se desplomó en su silla y comenzó a quitar la etiqueta de su botella. —Yo también estoy pensando en irme. El Dr. Wolf sigue escribiendo y me hace saber lo que está

pasando en la Ciudad de México. Hoy recibí una carta. Se dio
una palmadita en el bolsillo. —Me ha ofrecido un trabajo con
las excavaciones y restauraciones de los objetos encontrados
del metro. También está investigando algunos documentos
españoles antiguos y cree que hay una posibilidad de que
podamos dar un gran golpe.

— ¿Cómo?

—No lo sé... pero dice algo grande... sobre los viejos
caminos, las calzadas hacia Tenochtitlán durante la
Conquista. También dice que nunca lo encontrará sin
ayuda... demasiado ocupado con otros proyectos.

—Eso es algo indefinido, ¿no crees? Marco comenzó a
pelar su etiqueta de la cerveza también. — ¿No hay otras
pistas?

—No, pero si David dice grande, no está hablando sólo de
macetas, ¿verdad?

—El Templo mayor de los aztecas fue descubierto hace
ocho años. ¿Qué podría ser más grande que eso? El metro
está casi terminado y la mitad de los rieles están sobre el
suelo. Las excavaciones están terminando.

— ¿Qué más tienes? insistió Juan. — ¿Has tenido alguna
oferta últimamente aparte de la de Rodrigo? David sabe que
haces un buen trabajo. Podría contratarte, si quieres venir.

Marco se masticó el labio y miró fijamente su botella vacía.

Sin escuchar ninguna protesta, Juan presionó el ataque. —
Mira, voy a Guadalajara a hablar con Linda. Me he estado
escondiendo desde el desastre de la Ciudad de México...

—Tenías que hacerlo, interrumpió Marco.

—Lo sé, pero es hora de volver al trabajo, aunque eso
signifique encontrarse con Córdoba y Vicario de nuevo.

David estará a cargo. Yo sólo seguiré las órdenes y haré lo que él diga. Él puede manejar la política y los ladrones.

— ¿Y Linda?

Juan vaciló, se masticó el labio. —El problema será convencerla de que deje esa escuela de arte de segunda clase y su profesor de mano dura.

— ¿Detecto una nota de celos?

—No te haría daño enamorarte de una chica... eh... Casanova? Resolvería el problema de tu erección crónica. El amor no es una enfermedad debilitante. Terminarás muerto o eunuco si Rodrigo u otro padre se cansan de que persigas a sus hijas.

Marco se atragantó con la réplica. —Sí... tal vez, concedió, y eso sería permanentemente debilitante. Tomó su botella vacía, y luego miró a Juan. —Ya lo estoy pensando. Nada me retiene aquí ahora. ¿Cuándo nos vamos?

#

El sol, un hinchado orbe magenta, se deslizó bajo el cielo, derramando un brillo naranja sobre el horizonte, quemando lentamente el techo de tejas rojas de la vieja catedral. Robó la tarde como un ladrón y se escondió más allá del horizonte mientras los dos jóvenes arqueólogos reían y bromeaban, recordando historias familiares que mejoraban con cada relato. El pasado se extendió ante ellos mientras se deleitaban con los recuerdos de ayer, saboreando un evento, saboreando un momento compartido y brindando por su amistad. Su camaradería estaba teñida con la emoción de la aventura que se avecinaba; el conocimiento de que una vez más se convertirían en viajeros en el tiempo, y en científicos. La posibilidad de que la prehistoria emergiera de entre los escombros de los siglos disparó su imaginación.

44

Se hicieron planes tentativos. Se reunirían cuando Juan regresara de Guadalajara el domingo. Se separaron con los espíritus que se elevaban, Juan a su cabaña en los pinos de Ojo Zarco y Marco al bar para saludar a los hermanos Muñoz que llegaban, listos para su comida nocturna.

Con una primavera en su camino, Juan cruzó el zócalo. La luna llena iluminaba un cielo salpicado de estrellas y el aire nocturno se sentía fresco y fresco, prometiendo acariciar y proteger. La risa de las jóvenes parejas que entraban en el zócalo para una noche de cortejo bajo los ojos vigilantes de la ciudad se dejaba llevar por la brisa. Una tropa de cuatro mariachis afinaba sus instrumentos y hablaba con jóvenes vestidas alegremente que coqueteaban y reían, esperando expectantes los estribillos románticos de su música.

Juan condujo a través del pueblo, con cuidado de no castigar a su viejo coche en los adoquines, y luego presionó el Mustang en las curvas que conducen a Ojo Zarco. Mientras conducía, compuso mentalmente una carta a su mentor, el profesor Wolf. La decisión de esta noche y la seguridad de un nuevo comienzo lo mantendrían despierto esta noche. Pero quedaba una cosa. Una cosa podría salir mal. Llamaría y haría los arreglos para reunirse con Linda en Guadalajara. Ella debía aceptar regresar con él a la Ciudad de México. Pensó en lo que le diría, y un plan tomó forma mientras maniobraba el Mustang a lo largo del estrecho camino de la montaña. Estaría en casa en minutos.

La Comedora de Suciedad

Estoy a salvo en la oscuridad. Espero pacientemente a Quetzalcóatl, la serpiente emplumada. Es mi deber divino. Enterrada y olvidada durante quinientos años, he yacido en el cieno de este antiguo lecho de lago, escondida de los ojos de los hombres durante estos años. Fueron los hombres de barba blanca quienes me sacaron de mi templo, y luego lo destruyeron con una furia irracional. Son ignorantes y codiciosos y no tienen respeto por los dioses del Universo Único. Tal vez cometieron sus actos escandalosos en la estupidez o la ignorancia. Tal vez son los peores de los hombres, aquellos sin alma o conciencia. Eso, no puedo entenderlo. Esos pecados son demasiado difíciles de comer.

Soy la Comedora de Basura, Tlazolteotl para la gente del Universo Único. Me alimento de los pecados y transgresiones del hombre. Doy la absolución a los moribundos. Es una responsabilidad impresionante, y he comido los pecados de miles de personas en el Universo Único. En este momento sus espíritus residen en paz y continuarán para siempre en el Paraíso del Sol.

Setenta años antes de la llegada de los rostros barbudos y blanqueados, serví como devoradora de pecados de pasión y lujuria a Moctezuma, y antes de él, a Axayacatl. Axayacatl fue un gran líder. Envió miles de almas agradecidas al Paraíso del Sol sacrificándolas en la gran Pirámide del Sol. Su hijo Moctezuma era un tonto, pero un tonto piadoso. Su anhelo por la Serpiente Emplumada y su deseo de traer el Milenio, de unir el cielo y la tierra, fue el mayor desastre que cualquier líder ha traído a su pueblo. Me comí esta porquería. En los últimos días supo de los engaños y la codicia de Cortez. Impío y sin conciencia, creo que su suciedad está más allá de mi capacidad para comer. ¿Quién podría consumir tal corrupción? Su inmundicia esclavizó a los piadosos del Mundo Único y los huesos y la sangre de la gente no sólo están aquí, sino en todas partes.

Hoy están cerca. Puedo sentir su presencia en el cielo y las vibraciones de sus pies blancos cuando se acercan. ¡Han regresado por la inmundicia de Moctezuma! Esto no debe suceder. Su inmundicia ha estado enterrada, aquí debajo de mí estos quinientos años. Debo prepararme. Debo asegurarme de que la suciedad de Moctezuma no vuelva a enriquecer los rostros blancos. La Serpiente Emplumada aún puede venir. Si es así, la suciedad de los blancos se consumirá en el holocausto con la suciedad de Moctezuma y todos los piadosos que han ido antes que él y se transformará en una penitencia para los sobrevivientes del Universo Único. Mientras tanto, espero.

Hector Quiere El Tlazolteotl

Viernes 13 de Junio de 1984 7:00 P.M. Ciudad de México Un año después de la paliza

Héctor Alfonso Vicario-Sánchez entró en el patio de su resplandeciente casa de Coyoacán, antiguamente Coyohuacan. Echó un vistazo, catalogando las riquezas. Seis columnas de mármol bordeaban la periferia de un techo de tejas rojas que cubría la casa. El suelo del patio, un espejo de hermoso mármol blanco, había sido importado de Italia. Las puertas de entrada de cada lado daban acceso a la mansión de estilo colonial. El patio se abría al cielo y estaba adornado con numerosos árboles. Un aguacate, un tamarindo y dos tilos estaban bien cuidados y cargados de fruta. La opulenta casa, decorada con buen gusto, se encontraba al final de un largo camino circular. Uno no se mudaba a Coyohuacan simplemente por la riqueza; vivir en el exclusivo suburbio requería poder y reconocimiento del nombre. El directorio de la zona decía "Quién es quién en México". Héctor era sólo uno de los muchos personajes famosos - políticos, escritores, artistas y hombres de negocios que residían en el antiguo suburbio tolteca de la Ciudad de México.

La mansión Vicario-Sánchez, sin embargo, era diferente a la mayoría ya que contenía la colección más grande del mundo de objetos precolombinos obtenidos ilegalmente; estatuas, vasijas, mosaicos, joyas de oro y plata, jade y más. Maya, Olmeca, Tolteca, Zapoteca, Tarasca, Azteca; Héctor Vicario lo tenía todo. Algunas piezas nunca habían sido clasificadas y muchas eran completamente desconocidas en la comunidad científica. Algunas habían visto brevemente la luz del día sólo para ser relegadas a la oscuridad en esta colección, para ser aduladas por Héctor. Muchas fueron robadas del Museo Nacional de Antropología.

Héctor Vicario tenía dos compulsiones: el poder y el arte precolombino. Persistente y adquisitivo, coleccionaba obsesivamente ambos. Una obsesión debe ser alimentada o se aprovecha del anfitrión. Héctor alimentó su pozo. Como Ministro de Recursos Naturales de México y miembro vitalicio del partido gobernante, el PRI, había alcanzado el cénit de una carrera política superlativa bajo el Presidente López Portillo. Héctor había asegurado su posición a la manera típica de los priistas: artesanías, robos y tratos amorosos. Dos superpetroleros cargados con crudo de Campeche fueron desviados a España, el contenido se descargó y el dinero de la venta se depositó en una cuenta especial para El Presidente. Héctor, a instancias de su jefe, organizó todo el asunto.

Los pocos que sabían del robo multimillonario, aunque envidiosos, sabían que no debían hablar. Esto, después de todo, era el negocio habitual en México. Comenzó durante La

Conquista y continuó hasta hoy. Aunque los nombres y las administraciones cambian, todos son familiares. Quinientos años de tradición habían creado un sistema corrupto pero estable que todos, excepto los pobres, entendían.

La noticia del escándalo se había filtrado a un reportero demasiado entusiasta del Veracruz Voz. Él, a su vez, había intentado convertir la historia en dinero imprimiéndola. Desgraciadamente, los funcionarios locales del PRI se enteraron de su mal juicio e intervinieron. Hoy en día el hombre camina con una cojera y conduce un taxi en Coatzacoalcos.

Vicario, un hombre grande, medía casi dos metros y pesaba cien kilos. Una frente alineada y una papada caída dominaban su rostro y a los sesenta y un años el vigor de la juventud había sucumbido a las canas y a una considerable circunferencia. Hoy llevaba pantalones de poliéster color canela, zapatos blancos y una camisa blanca de guayabera abierta sobre su estómago, dejando al descubierto un pecho calvo y pectorales caídos. Un brazalete maya de oro sujetaba el antebrazo de la mano que sostenía una copa de brandy mientras la otra le ponía un teléfono en el oído. Mientras hablaba con Raúl Córdoba, el director del Museo Nacional de Antropología, la copa apuñaló el aire, puntualizando su conversación.

—Entonces... ¿cuándo me la dan? preguntó Héctor.

—No lo sé... hay problemas de seguridad y tengo que tener cuidado. El viejo profesor es como una madre que protege a sus hijos. Toma notas de todo y tiene su nariz en los asuntos de todos. Es una peste. Podría ser peligroso.

— ¡Cómprelo! insistió Héctor, exasperado.

—No se puede comprar, es un académico. Creo que sus valores están distorsionados, yo mismo te lo aseguro que sabes que el dinero no significa nada para gente como él.

— ¡Tonterías! Todo el mundo tiene un precio - usted fue un académico una vez.

— ¡Ten paciencia!, suplicó el director del museo. —No queremos que nadie lo sepa. Está ahí desde hace quinientos años... seguramente una semana o un mes más es insignificante. Si tenemos cuidado y seguimos nuestro plan...

— ¡Raúl... si la cagas, me quedo con tus huevos! ¡Quiero esa estatua! ¿Me oyes? Yo sé que tú... tienes tus métodos... tu propia gente... ¡úsalos! Los nudillos de Vicario se pusieron blancos al apretar el teléfono, imaginando que era el cuello de Raúl. — ¡Quiero a la Comedora en mi colección dentro de un mes! Demasiada gente ya lo sabe.

—No es cierto. Sólo un conductor de la moto conformadora y unos pocos campesinos lo vieron, y no les importó. Ninguno de ellos sabe nada de arqueología. Nadie sabe que tenemos a Tlazolteotl. Estará escondida hasta que estemos listos. Esperaré el momento adecuado, luego te la traeré.

— ¿Y el gringo?

— ¿Quién?

—Ese profesor gringo.

—Déjeme al profesor Wolf a mí.

— ¡Es amigo de ese hijo bastardo de Malinche, Juan Degas! Deberíamos haberlo matado y arrojado su cuerpo a un volcán, se quejó Héctor. —Casi nos hunde a todos.

— ¡Ten paciencia! suplicó Raúl, —Estoy más preocupado por los periodistas fisgones que David Wolf y su clan de tontos académicos. Los periódicos están llenos de historias de

51

excavaciones y están hambrientos de más. Si se corre la voz... hasta tú podrías tener problemas que no puedes manejar.

Héctor se quedó en silencio durante varios latidos del corazón. Su cuello se abultaba y se movía. Su mandíbula se apretó ante la amenaza velada.

—Córdoba, su voz sonó como el acero, —estás hasta el cuello de mierda como el resto de nosotros. Si alguien se entera, le daré tus testículos y tu hombría al pueblo mexicano. Incluso Malinche será considerada candidato a la canonización cuando los periódicos descubran que has robado en su precioso museo.

— ¡Estamos juntos en esto! fue la respuesta más aguda.

—Yo estoy en esto por el arte, tú estás en esto por el dinero. Héctor se obligó a sí mismo a relajarse. —Cálmate, amigo mío. Sólo te recuerdo lo que está en juego. No estoy pidiendo el Reloj Solar Azteca... sólo una pequeña estatua de la Comedora de Suciedad. Es un hallazgo raro y debo tenerlo. Quiero informes diarios. Llámeme todas las noches. En caso de emergencia, deje un mensaje. Golpeó el receptor contra su cuna.

— ¡Estúpido! Dijo Héctor. Córdoba se había convertido en una carga para todos. Pensaba como una anciana: inquieta y cautelosa. Sabía demasiado y podía usarlo para herir a Héctor. Hasta ahora la influencia del director del museo en la excavación del metro había sido inestimable. Esperemos que el chivatazo todavía produzca la Tlazolteotl o algo aún mejor. El ministro frunció el ceño. Sería imposible saber todo lo que la rata había desenterrado, y Raúl sería el último en saberlo. Pero la Comemierda sería una de las joyas de la corona de la colección de Héctor. Tendría que hacerse el tonto afeminado hasta que ya no le fuera útil, entonces, ¿quién sabe? Tal vez había llegado el momento de reemplazarlo por alguien más complaciente y agradecido con su patrón.

Héctor vació la copa de cóctel y terminó con una mueca. Hizo sonar el hielo, luego dejó la copa, satisfecho y refrescado. Después extrajo un trozo de limón del labio de la copa, y lo chupó y masticó hasta que la acidez y la pulpa se agotaron. Buscó un cubo de basura para desechar la cascara, pero no vio nada. Irritado, la escupió al suelo y se limpió las manos en los pantalones.

El Ministro del Interior fue a su dormitorio para abrir una caja fuerte de pared y extraer una llave. Al volver al patio se dio cuenta de que la cascara había desaparecido, y sonrió con aprobación. Caminó hacia el otro lado y abrió la cerradura de su bóveda privada. No permitió que nadie entrara a menos que fuera acompañado por él. Los sirvientes nunca habían entrado, y su esposa e hija sólo unas pocas veces. Aquí es donde escondió las piezas más valiosas, el botín ilegalmente obtenido y los favoritos demasiado queridos o frágiles para mostrarlos como decoración del hogar. Una vida entera de tesoros acumulados yacía dentro.

Se deleitaba en un sentimiento de engreída auto-importancia. Algún día planeaba revelar su increíble colección al mundo. Creía que esto aumentaría su reputación y aseguraría que los historiadores lo vieran como un salvador de la herencia mexicana, un hombre digno de ser puesto en los anales de la historia de México.

Recorrió la sala, mirando las exhibiciones y colecciones, recordando la adquisición de cada pieza. Mientras caminaba, su pecho se hinchó y una sonrisa le levantó la papada. Se detuvo, miró lentamente a su alrededor y lo vio: el lugar perfecto para exhibir a Tlazolteotl. Sí. Perfecto. Sus ojos hicieron un rápido inventario, luego volvió a cerrar la puerta y reemplazó la llave de la caja fuerte de la pared.

Héctor miró su reloj y frunció el ceño. La llamada del director del museo le había molestado y había perdido la noción del tiempo. Regresó a su dormitorio, se desvistió rápidamente y se metió en la ducha. Tenía una cita con una joven y no quería llegar tarde. Sabía que ella esperaría, no tenía elección, era su amante, pero no estaba seguro de poder hacerlo.

Héctor había descubierto a Amparo Ocampo en la fiesta de bautizo del nieto de un amigo. Héctor normalmente evitaba estas aburridas reuniones y las veía como una pérdida de tiempo. La invitación, sin embargo, había venido de su buen amigo el Ministro de Transporte, un coleccionista de arte también, y Héctor no podía rechazar una petición para asistir a un evento tan importante de un colega político. Así que fue con su hija, aunque a regañadientes. Amparo había llamado su atención inmediatamente, y por eso le pidió a su hija que los presentara. El pelo de Amparo, como el de un cuervo, y la mezcla oriental-india producían una belleza impresionante. Exótica, de piernas largas, y con una vestimenta a la moda, tenía una forma de hacer posturas y gestos que llamaban la atención. Ella rezumaba sexo.

Venía de una antigua familia política y su padre, ya fallecido, había sido una especie de funcionario menor del PRI. Se había casado una vez, pero no tenía hijos. Lo que sí tenía era la moral de una puta de la Zona Rosa y un pequeño problema de heroína. Afirmaba que sólo la olía, lo que podría ser cierto, pero a Héctor no le gustaba. Las drogas no eran su estilo. Pero ella era hermosa, y él se había sentido atraído por ella como un oso a la miel. Le prometió el mundo, se acostó con ella, y luego le consiguió un trabajo en el Museo Nacional trabajando para Raúl.

Sin embargo, últimamente se había vuelto exigente y su hábito de la droga era difícil de satisfacer. Constantemente se veía obligado a apoyarse en ese carnicero colombiano, Cholo, para mantenerla en la heroína. Aunque a Cholo lo mantenían en nómina, Héctor odiaba usarlo a menos que tuviera que hacerlo. Como Raúl, la perra se estaba convirtiendo en una carga.

Se enjabonó por todas partes, visualizando a Amparo desnuda y riendo ebria con una pierna levantada, su espalda al cabecero de una cama con dosel, sus pechos moviéndose cada vez que hacía un gesto con una copa de champán. Un intenso anhelo sexual hizo que sus lomos se revolvieran, y se enjabonó hasta que se puso erguida. La fantasía suplicaba que se jugara, pero se enjuagó y se secó con una toalla enérgicamente.

Vistiéndose rápidamente, dejó instrucciones para su hija. Apoyó su Mercedes 500 SL plateado a través de la puerta de entrada de hierro forjado de la alta pared enyesada que rodea su casa. Los fragmentos de vidrio roto incrustados en la parte superior del muro destellaban con el sol de la tarde, enviando una advertencia iridiscente a cualquiera que se atreviera a escalar su pared verticalmente.

Con un sentido de urgencia, su mente llena de fantasías sexuales, se dirigió al distrito universitario. Imaginó que podía sentir sus largas piernas envueltas alrededor de su espalda, instándole, su hombría se agarraba suavemente en su cálido y húmedo corazón. Miró fijamente desenfocado a través del parabrisas. Una corta parada en la iglesia para recoger la entrega de heroína de Cholo y él estaría entre esas piernas.

RAÚL CORDOBA TIENE MIEDO

Viernes 13 de Junio de 1984, 7:30 P.M., Ciudad de México

Con las manos temblorosas, el director del museo colgó el teléfono. Quería correr. Quería salir. ¿Qué debía hacer? ¡Dios mío! No podías razonar con Héctor. Su avaricia haría que los metieran a todos en la cárcel. Y las amenazas, ¿qué hay de las amenazas infernales? Había que tomar en serio a Vicario. Peligroso y prácticamente intocable en México, el ministro vivía su vida inmune a la ley.

—Nunca debí haber empezado con él, le susurró a nadie. Debía ser muy cuidadoso. Debía planear con antelación.

Raúl se sentó en su oficina en el Museo Nacional de Antropología en el Parque de Chapultepec, mirando impasible las grandes y coloridas fotos de la excavación del metro que cubrían sus paredes. Era un hombre sin pretensiones, de estatura baja y cara pálida y sencilla. Unas pocas cicatrices de acné y un lunar negro le provocaron un mentón débil. El pelo de su cabeza calva crecía en forma de asiento de inodoro y sus manos eran suaves y sin callos. La

57

inactividad había invitado a una panza, y su vientre se tensó contra los pantalones de poliéster. Sus ojos se movían furtivamente mientras sus estrechos dedos golpeaban nerviosamente la superficie del escritorio. Excepto por el ocasional sonido de una cubeta con agua para trapear arrastrada por el suelo de terrazo blanco, un silencio sombrío había descendido. El personal se había ido a casa hacía mucho tiempo y el vigilante nocturno se destacaba, limpiando, sirviendo y protegiendo.

Miró el reloj checador: 7:30 p.m. No es de extrañar que se sintiera cansado. Siendo soltero, tenía horarios irregulares, yendo y viniendo a su antojo de la casa de su madre, viviendo la vida de un burócrata mediocre y de mediana edad. El cigarro en su cenicero se había enfriado, por lo que relató y reflexionó sobre el empeoramiento de su situación. Mientras resoplaba, buscó las fotografías de la excavación del metro. Sus ojos se posaron en una en particular, una foto a color de una máscara de jade brillante. Delgada y delicada, sus piezas estaban conectadas con hilos de alambre de oro. La máscara, un rostro grotesco exhibido a la manera típica azteca, parecía llevar la piel desollada de otro humano. Había sido identificada como Xipe Tótec, El Desollado, que llevaba el rostro de una chica virgen despellejada durante los ritos de renovación de primavera, un importante y popular ritual azteca.

Su atención se centró en otras imágenes, pero inevitablemente volvió a Héctor, el problema inmediato. Dio una última bocanada y molió el cigarro. No le proporcionó ningún respiro, y sus tripas comenzaron a apretarse. Los calambres intestinales le retorcieron la cara y sus intestinos se sintieron líquidos. Su ano amenazó con abrirse por sí mismo.

Agachado y haciendo una mueca, se apresuró a ir al baño de la oficina y se sentó en la taza, la implacable imagen mental de Héctor lo perseguía. Mientras Raúl se aliviaba, consideró sus opciones. ¿Qué debía hacer? El ministro había robado por sí solo algunas de las mejores piezas del museo. Todo lo que vio, lo quiso. ¿Por qué no vino al museo como todos los demás? De alguna manera tenía que ser detenido. Sus obsesiones se habían convertido en un peligro para todos. ¿No podía ver eso?

Mira lo que le había hecho a Juan Degas y a su linda novia el año pasado. Héctor había querido matarlos, pero Raúl lo había convencido del peligro de hacerlo. ¡Vicario no tenía límites, por Dios! Raúl también odiaba al joven arqueólogo. Degas le había hecho la vida imposible, pero ¿asesinato? —Y ahora me amenaza, murmuró, temblando. Sabía que había sido nombrado director del museo con la esperanza de que hiciera lo que Héctor le pidiera y Raúl también. Le había dado al bastardo codicioso todo lo que quería. Pero tenía que parar. Gimió y se desplomó hacia adelante, sus intestinos continuaron teniendo espasmos.

Héctor tenía razón en una cosa, reflexionó Raúl. El director del museo estaba hasta el cuello de mierda y pronto se ahogaría. Otros se estaban dando cuenta de su profana alianza. Juan Degas, seguro, sabía lo suficiente para arruinarlos a todos, y una vez casi lo había hecho con su proyecto de inventario. ¿Quién se creía que era, el Cisco Kid? ¿Zapata? ¿Un sacerdote penitente de la conquista que quería expiar su culpa? ¡Bah! ¿Cómo puede alguien ser tan políticamente inmaduro y tonto?

Raúl había leído el informe de Juan, y su alarma aumentaba con cada página. Uno podría salirse con la suya en México si estuviera bien conectado. Pero después de leer el informe, la perspectiva de ser enviado a la penitenciaría de Lecumberri y recibirlo en el culo durante muchos años ya no parecía remota. ¡Jesús! ¿Cómo había descubierto tanto el muchacho? ¡Incluso sabía en qué casas estaban las piezas! ¿De dónde había sacado la información? Degas había descubierto cosas que ni siquiera Raúl sabía.

El director del museo no le había contado a Héctor el informe. Si lo hubiera hecho, Juan Degas habría muerto. Vicario se habría ocupado de ello. Degas no había entendido que Raúl sólo quería protegerlo, salvarlo de su propia estupidez. ¿Cómo se puede llegar a ser adulto y no entender cómo son las cosas en México? No se podía hacer nada al respecto. Córdoba no podía controlar a los codiciosos, a los bastardos titulados como Vicario y el país los criaba como a conejos. ¡Diablos, ellos dirigían el país! El chico tuvo suerte de haber dejado la ciudad o Héctor lo habría puesto tres metros bajo tierra.

Lamentablemente ahora parecía que Raúl podría irse de la misma manera. Tenía la firme convicción de que Héctor estaba pensando en dejarlo, y la experiencia indicaba que eso le costaría la vida a Raúl. Esto, por supuesto, no era razón para darle a Héctor la estatua de la Come-Mugre, sólo quería algo más mañana. Por lo tanto Raúl debía seguir adelante con Héctor antes de que el ministro tomara la iniciativa. Mierda.

Se sentó inmóvil, con los intestinos evacuados, más tranquilo ahora que los espasmos intestinales habían cesado. ¿Por dónde debía empezar? Debía hacer algo drástico, su vida dependía de ello. Se sentó perfectamente quieto y pensó. De repente una idea se cristalizó. El principio de un plan se arrastró por la barrera y se deslizó por los pasillos de su corteza cerebral. Se agitó... ¡podría funcionar! Ahora, ¿dónde había visto ese nombre? Rápidamente terminó el papeleo, se subió los pantalones y se apresuró a ir a su oficina para buscar un archivo.

Raúl llegaría tarde a casa esta noche y faltaría al trabajo mañana. Tenía mucho que hacer y sólo dormiría unas pocas horas antes de conducir hasta Puebla. Pensándolo bien, se dio la vuelta y se fue a hacer café. Mientras servía su primera taza, recordó la ubicación del archivo. Buscando en un gabinete de artículos de investigación, tomó un archivo titulado La Guerra de las Brujas. Volvió a su escritorio para leer y planear. Su dilema sólo podía resolverse de una manera. Héctor Vicario necesitaba una buena matanza y Raúl conocía el nombre de una bruja de Puebla que podía ayudarle.

Linda Maria Se Ducha

Viernes 13 de Junio de 1984, Guadalajara Jalisco

Linda sacó dos peines de madera de su pelo castaño oscuro. Un regalo de Juan, eran muy antiguos y únicos, hechos a mano hace 1500 años por un artesano maya desconocido. Un rápido movimiento de su cabeza aflojó los rizos, permitiendo que su cabello cayera en cascada por debajo de una cintura delgada.

Desde el espejo, una cara bonita con ojos verdes y una nariz clásica maya se veía con recelo. Frunció el ceño y miró fijamente, tratando de encontrar la falla con el más mínimo detalle. Juan juró que la deseaba más que a cualquier otra mujer que hubiera visto. Él mintió, ella lo sabía, pero tal vez ella no era tan mala. Sus ojos se movieron a una cicatriz de medio círculo sobre su ojo izquierdo. Parecía más prominente de lo normal. La acarició ligeramente con la punta de los dedos, un recordatorio permanente del peor incidente de su vida.

Cerró los ojos y el dolor de la memoria surgió como una ola impulsada por la tormenta en la playa, dejando expuestos sus feos detritus. Todavía podía recordar el olor del aire nocturno y el hedor de sus atacantes como si fuera ayer. Cuatro hombres, matones contratados para herir y mutilar, los habían atacado y golpeado en la Zona Rosa. Las semanas siguientes estuvieron llenas de dolor, tubos invasivos y soluciones salinas. Un escalofrío involuntario la destrozó, y sus hombros se desplomaron.

El evento la había dejado permanentemente cambiada. Las preocupaciones de sus amigos y familiares se habían vuelto mezquinas y frívolas y ella se había retirado a un capullo de desesperación mórbida. Su familia trató de refugiarla y esconderla después del ataque. Pero cuando su padre culpó a Juan por el problema e insistió en que ella lo evitara, Linda se rebeló y se puso del lado de su novio. Su madre afirmó que ya no la reconocía. En lugar de disfrutar de la protección y el amor de su familia, Linda buscó a Juan. Sólo él sabía cómo se sentía realmente. Es más, ambos sabían que podía volver a suceder y que la próxima vez podría ser fatal. Se vieron obligados a marcharse, a salir de la Ciudad de México y el peligro inminente que acechaba en cada sombra.

Linda, siempre devota, encontró consuelo en su religión. Pero no fue suficiente. La amargura y el miedo se apoderaron de ella como una sanguijuela, por lo que dejó a su familia y su barrio para ir a otra ciudad, Guadalajara, lo que provocó una tormenta de incredulidad e indignación en su hogar. Las mujeres mexicanas no abandonan el nido hasta que se casan, sin importar la edad. La devoción filial se valora justo por debajo de la riqueza. Cuando se fue de su casa en contra de los deseos de sus padres, dejó de lado la inocencia de la infancia y el apoyo de su familia. Su decisión fue una traición y sus padres la lloraron como perdida. Se había convertido en una mujer caída de gracia.

Se volvió al espejo de nuevo y se acercó, buscando el insidioso comienzo de una arruga. Tocó la cicatriz, y luego trazó ligeramente la punta de sus dedos sobre un pómulo alto, apoyándolos brevemente en el arco de una línea de sonrisa.

—Veintisiete, le dijo a la imagen, —y todavía soltera.

Casi una desgracia, y seguramente un escándalo a los ojos de sus padres. ¿Y tal vez tenían razón? Después de tres años con Juan no había ningún anillo de compromiso, sólo promesas implícitas y vagas promesas de un futuro mejor. Cada encuentro del año pasado se había convertido en una pelea sin ensayar, cada argumento una muerte lenta en su relación. Su futuro dependía de su carrera, que había desaparecido desde su dimisión en el Museo Nacional. ¿Cuánto tiempo más podría esperar una chica? El futuro no presagiaba más que lo mismo: un amante débil y vacilante siempre planeando pero nunca ejecutando. De nuevo se pensó que ella debía terminar su relación y empezar a mirar a su alrededor. ¿Cuántos años tenía antes de que los signos de la edad fueran visibles, cuatro o cinco? ¿Cuánto tiempo más podía esperar para que las promesas se cumplieran?

Su bata cayó al suelo y se metió en la ducha, ajustando las perillas hasta que el agua salpicó caliente y picante. El alivio fue instantáneo. Su cuerpo absorbió los golpes y una niebla calmante la envolvió en una neblina protectora y brumosa. Se mantuvo inmóvil y permitió que las agujas que picaban dieran un masaje y eliminaran el olor de la ciudad. Refrescada, enjabonó ligeramente su cuerpo desnudo, y luego enjuagó los chorros de burbujas de jabón de su esbelto cuerpo.

Con la piel llena de agua, salió de la ducha y buscó una toalla de algodón blanco para envolverse la cintura. El espejo le hizo señas de nuevo y se movió para ver sus pechos y la parte superior de su torso. Ladeó la cabeza a cada lado, luego entrecruzó las manos sobre su cabeza y se giró. No está mal para una anciana, decidió. Miró su imagen, luego hizo una pirueta más lenta, deteniéndose para mirarse en el espejo por encima del hombro.

El timbre intruso del teléfono interrumpió su coqueteo. Se puso rápidamente una bata y corrió a la sala de estar, cogiendo el teléfono de su base.

— ¿Bueno?

—Soy yo, Linda.

— ¡Juan!, exclamó ella, recuperando el aliento. Dudó. ¿Era este el momento de decirle que su relación había terminado? ¿Debería ella verter los sentimientos suprimidos durante mucho tiempo y decir las palabras difíciles que llevarían a su ruptura? ¿O es que realmente quería eso? Oh... Dios, pensó.

Tartamudeó —Yo...creo que tenemos que hablar de algunas cosas y...

—Antes de que empieces...sólo escucha... ¿de acuerdo? No discutas. Algo grande ha sucedido, pero quiero decírtelo en persona. Vendré mañana. Cenaremos... escuchar a los mariachis o algo así, ¿de acuerdo?

—Espera... ¿qué está pasando? tartamudeó, confundida.

—No puedes permitírtelo y yo necesito estudiar. Además, los vecinos siguen hablando de tu última visita. Todos piensan que soy una puta.

—Están celosos. Sabías que la gente chismorrearía si te mudabas sola. ¿Qué diferencia hay ahora?

—Juan...tú eres el que está discutiendo... y no estás escuchando de nuevo. ¡Dije... que necesitamos...hablar! lloró.

—Mira...quiero verte...estar contigo, suplicó. — ¿Qué dices? Además, me arrancaré el corazón y rodaré por las escaleras del Templo del Sol si dices que no.

Una sonrisa involuntaria tirada en las esquinas de su boca. —Pervertido, se rió. —Te gustan las cosas perversas, ¿verdad?

—No...sólo lo esotérico y erótico. ¿Eso significa que sí?

Ah...bueno...supongo que sí, capituló. Se apartó el pelo mojado de su cara. —Yo...

Tengo que llamar al profesor Hernández y decirle que no puedo trabajar en la exposición.

—Ese viejo lascivo sólo quiere tocarte las uvas.

—Juan. Es un viejo muy querido y me ha enseñado mucho. Además...lo necesito como referencia para mi portafolio.

—Bien, concedió. —Llámame más tarde. — ¿Qué tal a las 9 en punto?

—Genial... estaré aguantando la respiración, así que no llegues tarde. Te amo, Linda.

—Te amo, Juan. Colgó el teléfono con una sonrisa, luego frunció el ceño, dándose cuenta de que lo había estropeado de nuevo.

—Estúpida, susurró. ¿Cómo podía romper con él si seguía diciendo que lo amaba, seguía durmiendo con él? Estúpida. Se desplomó en el sofá y apoyó la cabeza en sus manos. ¿Y ahora qué? Sonaba tan urgente, casi excitado, pero ella

66

debería habérselo dicho. No estaba bien que lo engañara más. Ella no creía que tuvieran un futuro.

Desesperada por su fracaso, un sentimiento gris y melancólico descendió, ocultando su humor y deprimiendo su espíritu. Inconscientemente se acarició la cicatriz de su frente, miró un crucifijo de Jesús en la pared, y luego miró fijamente a sus pies descalzos. ¿Por qué los comienzos siempre van precedidos de un final, se preguntó, miserablemente. ¿Por qué la gente tiene que sufrir antes de poder sentirse bien de nuevo? ¿Por qué?

Juan Cepilla el Pelo de Linda

Sábado 14 de Junio de 1984, Guadalajara, Jalisco

Una luna llena estacionada en lo alto del cielo lleno de estrellas, muy por encima de la meseta de Guadalajara. Emitió una luz pálida y translúcida sobre la ciudad, filtrando una tenue fluorescencia a través de las ventanas, iluminando a dos amantes en las sombras grises.

Su encuentro había comenzado con una pelea, como las diez anteriores. Ambos habían ensayado lo que querían decir, cada uno consciente de lo que estaba en juego y ambos querían controlar el momento del encuentro. Pero Linda había capitulado rápidamente y escuchado, reconociendo inmediatamente que Juan parecía diferente. Sosteniendo ambas manos, él había hablado con pasión y le había contado sobre su nueva oferta de trabajo en la Ciudad de México con el Profesor Wolf.

Terminado, dijo, —Entonces...Linda, ¿qué piensas? Puede funcionar, ¿no crees?

Suspiró y empezó a confesar lo infeliz que era y que había pensado que tal vez deberían romper su relación.

Pero no le pareció real. — ¡No!, dijo, y luego tomó sus manos de nuevo y profesó su amor. Explicó por qué estaba mal y lo mucho mejor que sería el mañana. Amable pero firme, cariñoso pero persistente, la conquistó, robando la resolución de un abismo de decepción. Ahora, en celebración de la renovada pasión, se comprometieron en la antigua e íntima ceremonia de los amantes.

Linda cerró los ojos y se concentró en los rítmicos trazos del cepillo para el cabello. El suave tirón y el ocasional estallido de estática la llevaron a un estado casi somnoliento. Estaba en reposo, vestida con una camisa de encaje blanco y una túnica exterior de satín, su cabeza extendida cómodamente y su cuello apoyado en una almohada.

Juan le pasó el cepillo con mango de ébano por el pelo y respiró profundamente su perfume. Sin romper el ritmo, continuó acariciando, deteniéndose sólo para inclinarse hacia delante y esmaltar su cuello con sus labios. Esto le gustaba a ella, él lo sabía, y cepillando sus largos y hermosos mechones les daba a ambos alegría. Lo habían hecho a menudo al principio de su relación. Había pasado un año desde que dejaron la ciudad de México y habían aprendido lo maravillosamente erótico que era usar el ritual del cepillado del cabello para despertar sus pasiones. Mientras él le pasaba el cepillo por el cabello, sus hombros se cayeron y su cabeza se echó hacia atrás. Mientras trabajaba con el cepillo, ocasionalmente le besaba la parte superior de su cabeza y lentamente bajaba a los lados y a la parte posterior de su cuello. Cuando ella se volvía hacia él, él le besaba los ojos y le susurraba cariños. Ella respondió con un gemido apenas audible y puso sus brazos alrededor de su cuello. Comenzaron un largo y apasionado beso.

Un hormigueo de energía erótica fluyó hacia sus entrañas. Ella ronroneo cuando él tomó un pecho, luego levantó la camisa y miró los óvalos perfectos y se maravilló de su simetría. Él enterró su cabeza en su pecho, temblando con el deseo reprimido. Su tensión sexual se elevó, y luego se elevó a un crescendo. Se pusieron de pie para abrazarse, pero Juan, loco de deseo, tiró de las correas de encaje y las bragas de ella. La túnica de satín cayó al suelo y deslizó las bragas de encaje blanco sobre sus caderas y cayeron a sus tobillos, revelando un oscuro vellocino triangular. Con un movimiento fluido la camisa se desprendió de su cabeza y ella cayó de espaldas al sofá, con las piernas abiertas, tirando de él hacia ella mientras se reclinaba. Se detuvieron momentáneamente, y luego con un largo y apasionado beso la montó. Moviéndose suavemente al principio, luego con urgencia, hasta que la brecha se cerró. Comenzaron el primer placer lentamente, sin querer romper el hechizo mágico. Se movieron al unísono, pero luego la paciencia sucumbió a la pasión apremiante, y el propio cataclismo de la naturaleza se apoderó de ellos y los sacudió.

Pesados, sus cuerpos entrelazados justo cuando sus destinos se entrelazaban, dormían como sólo los amantes saciados pueden hacerlo. Regresarían a Ciudad de México y se enfrentarían a sus demonios personales. Linda se reconciliaría con su familia y Juan debía encontrar una manera de volver a la arqueología sin aparecer como una amenaza para las personas que les habían hecho daño.

Al despertar, charlaron hasta tarde en la noche, unieron sus cuerpos de nuevo, y luego hablaron más de su plan. Una ingenua sensación de excitación los ocultó de la desalentadora realidad de su tarea, pero cuando la mañana los encontró, aún yacían acurrucados juntos y profundamente enamorados.

El Profesor Wolf Limpia su Antigua Oficina

Lunes 16 de Junio de 1984, Ciudad de México

El profesor Wolf examinó un mapa de la Ciudad de México y las líneas amarillas que había dibujado con un subrayador para indicar las rutas propuestas del Sistema de Metro Metropolitano. El mapa, viejo y desgastado, era ahora obsoleto. La mayor parte del sistema de metro estaba terminado y en funcionamiento, transportando ya a millones de personas diariamente. Sólo unas pocas áreas de la periferia permanecían en construcción.

La oficina en la que estaba cerca del Zócalo se había vuelto bastante inútil. El director del museo y él habían compartido el espacio durante la excavación del Templo Mayor Azteca y David había planeado durante más de un año regresar y recoger el resto de sus pertenencias. Desde que Raúl había estado reteniendo sus informes, David había comenzado a sospechar que el director del museo podría utilizar la oficina

72

para esconder los objetos no reportados. Así que vino a verlo por sí mismo, y se sintió aliviado al ver que todo seguía estando como lo recordaba. Inmediatamente después de abrir la puerta, también se le ocurrió que este sería un lugar ideal para que Juan y Marco tuvieran su oficina. Fuera de la vista, fuera de la mente. Fuera de los problemas, también, esperaba.

Volvió al mapa. Al profesor le encantaban los mapas y nunca perdía la oportunidad de detenerse a examinar uno. Un rápido vistazo a éste mostró que el Zócalo incluía el Palacio Nacional y la Catedral.

Sus límites eran la Avenida Pino Suárez, 16 de Septiembre, Guatemala, y 5 de Febrero. Líneas amarillas irradiaban a las cuatro esquinas del área metropolitana; desde la Universidad hasta el Politécnico y desde El Rosario hasta Zaragoza. Numerosos barrios se ubicaban asimétricamente alrededor de la periferia de la ciudad con más que se estaban construyendo mientras estaba en pie.

La ciudad más antigua de América había comenzado con un plan idéntico al que se encontraba en toda la Península Ibérica; una plaza central, o Zócalo, rodeada de iglesias, negocios y barrios. Pero la Ciudad de México había superado a sus planificadores centrales hacía doscientos años. Numerosas revoluciones y varios gobernantes más tarde, la ciudad continuó creciendo fuera de control. La población crecía diariamente, comiendo masa de tierra a un ritmo imposible de calcular.

Sus ojos se enfocaron en el área del recientemente descubierto Templo Mayor Azteca cerca del Zócalo y, en realidad, a sólo unos metros de esta oficina. El brillo de una idea largamente reprimida se desvaneció momentáneamente, y luego se mantuvo firme. ¿Sería posible descubrir los viejos caminos de calzada que conducen a y desde Tenochtitlán, la ciudad capital de los aztecas? Todo estaba bajo sus pies en este momento. Con suerte podría hacerse, se dijo a sí mismo. Algunas transparencias, subrayadores, los viejos mapas de esta oficina y los libros del museo de Fray Sahagún y Bernal Díaz serían necesarios para la tarea. Tal vez al cruzar los mapas y compararlos con las narraciones de la Conquista podría tener una idea general de su ubicación. Sabía que era un trecho, pero si redibujaba los viejos mapas en transparencias, y luego los superponía en el mapa de la ciudad, podría funcionar.

El problema era dibujarlos a la escala adecuada. Requeriría mucha experimentación, y las posibilidades eran de una en un millón de que algo saliera de ello. Los viejos mapas de la Conquista estaban notoriamente desproporcionados, algunos casi irreconocibles. ¿Quizás los relatos de los frailes y los viejos mapas de Juan Gómez de Transmonte ayudarían? Tendría que probar varios modelos a escala antes de comenzar las superposiciones, pero ¿quién sabe? Tal vez se presentarían más pistas a medida que avanzara. Sacando una pequeña libreta de bolsillo de su camisa, comenzó a hacer una lista de los artículos necesarios. Mientras garabateaba, recordó que debía ir a la universidad a más tardar a la 1:00 si quería empezar el proyecto hoy. Haría las maletas y se iría rápidamente, decidió.

Una cacofonía de ruido y la vibración que lo acompañaba desde el exterior impregnaba el edificio. Los sonidos estridentes del Zócalo de la Ciudad de México llegaron sin ser invitados, filtrándose a través de las grietas y haciendo vibrar las paredes. Inspeccionó la habitación. Al llegar y ver la gran cantidad de artículos que había que sacar, vio que quedaba demasiado para ser transportado de una sola vez. La próxima vez traería ayuda. Mejor aún, haría que los chicos lo hicieran por él.

Las paredes estaban empapeladas con mapas; topográficos, estratigráficos, de contorno, de calle, de utilidad y más. Filas de estanterías estaban esparcidas con rocas, un ocasional tiesto, y algunos objetos de los cuales no podía estar seguro, la mayoría dejados por Raúl Córdoba. Todas las piezas importantes fueron llevadas a la Universidad para su limpieza, identificación y estudio. Algunos se quedaban en la Universidad, pero la mayoría se exhibían en el Museo Nacional de Antropología o se almacenaban. Si era posible, esperaba una exposición itinerante para mostrar las maravillas mexicanas al mundo. Pero ese sería el trabajo de Córdoba. El suyo, pensó con tristeza, sería encontrar los objetos, estudiarlos y tratar de evitar que desaparecieran.

Este pensamiento impulsó a otro y alcanzó su cuaderno y volvió a la página que había escrito la noche anterior. — ¿Raúl Córdoba? Revisa las sospechas! decía. Córdoba se comportó de forma errática en el mejor de los casos, y había faltado a varias reuniones importantes. No devolvía las llamadas del profesor y tenía un horario irregular en la excavación. Sus hojas de inventario de objetos encontrados también se retrasaron.

David apostaría que el director del museo estaba enredado en otro plan. Él personalmente no podía soportar estar cerca de él. El profesor sabía que era superficial, vanidoso y deshonesto. Todos sabían que al Raúl había llegado al puesto bien conectado con los principales ministros del país, y por lo tanto con el P.R.I., el partido político que dirigía el país. Un político convertido en burócrata, el director del museo tenía un conocimiento limitado de antropología y no era considerado un erudito serio. Juan Degas afirmaba tener pruebas de que Raúl había robado en el Museo Nacional y David no tenía motivos para dudar de ello. Sospechaba que el director del museo había hecho cosas mucho peor que robar.

El principal trabajo de Raúl, más allá de sus responsabilidades en el museo, parecía ser asistir a cócteles en Coyohuacan y sus alrededores, donde acariciaba los egos de sus clientes. Juan odiaba al director del museo y juró que lo había señalado a Héctor Vicario, quien a su vez casi había matado al chico y a su novia. David tampoco tenía motivos para creer que Vicario fuera inocente. Juan se había tomado su trabajo demasiado en serio y el celo del joven había terminado en tragedia.

David conocía muy bien el mercado ilícito de objetos precolombinos. En los viejos tiempos las piezas se habían vendido y comercializado abiertamente. Muchas de las mejores piezas yacían en colecciones privadas aquí en México, EE.UU. y Europa. Durante La Conquista, los españoles habían tirado o quemado todo lo que no pareciera oro y fundieron todo lo que era.

Ah... bueno, sus pensamientos volvieron al cuaderno y su decisión de devolver a Juan a la Ciudad de México. Los muchachos llegarían en un par de días y había que hacer los arreglos finales para su oficina e itinerario de trabajo. David debía organizarse. Además, también asegurarse de que Juan no se metería en problemas, lo que implicaba mantener a Córdoba y Vicario lejos de él. El chico tendría que mantener la cabeza baja y la boca cerrada para volver a entrar en el negocio. Mientras tanto, David aún debía planear su próxima excursión a los sitios olmecas de San Lorenzo y La Venta, donde dos de sus estudiantes de postgrado habían hecho investigaciones.

¿Marco realmente vendría? Ese chico también tenía potencial como arqueólogo, pero desperdició su atención en las glándulas entre sus piernas; y el profesor sospechó que tomaba drogas. ¿Qué atrajo a estos chicos a la marihuana y los hongos? David la había probado una vez y se ganó un dolor de garganta por sus esfuerzos. Tomaba una copa de brandy cualquier día. Cuando David le hizo la pregunta a Juan, el chico había murmurado algo sobre recrear la experiencia chamánica. Con Juan podría creerlo. Con Marco, ¿quién sabe? Tendría que estar atento a eso.

Se metió unos mapas bajo el brazo y se dirigió a la puerta, pero su mente seguía fija en el problema de Juan y Raúl. ¿Qué le hizo sospechar del director del museo? ¿Cuándo fue la primera vez que sospechó algo? ¿Había encontrado y no había informado de algo? Si así fuera, ¿quién lo sabría?

Resolvió pasar algún tiempo con los hombres de la pala y los operadores de equipos pesados en la excavación. El viejo pueblo de Tacuba, ahora parte del área metropolitana, se encontraba adyacente al área en la que él pretendía probar su nueva teoría sobre la ubicación de las viejas calzadas aztecas. Esta podría ser su última oportunidad para descubrir uno de los viejos caminos hacia Tenochtitlán. Había notado varias caras nuevas en el sitio de Tacuba, y habían pasado semanas desde que había comprobado las excavaciones de Raúl. ¿Quizás debería ir hoy? Pero entonces recordó su almuerzo con Baltazar.

¡Maldita sea! Siempre hay algo. Volvía a planear demasiado. David empezó a irse, lo pensó mejor, y luego fue a una pizarra que aún contenía las notas y garabatos del año pasado. Si el tiempo lo permitía, volvería por el resto de sus cosas mañana o al día siguiente. Se escribía a sí mismo un recordatorio. Borraba rápidamente, y luego se escribía una nota a sí mismo en negrita: VE A TACUBA. Agarró el aislador Sísmico y lo arrojó sobre su hombro, puso su bolsa de tabaco de cuero negro y su pipa en el bolsillo de su chaqueta, y cerró la puerta detrás de él.

En lo alto del valle, un orbe amarillo brumoso luchaba por atravesar el aire contaminado de la ciudad. Caminó por la periferia del excavado Templo Mayor de Tenochtitlán. La antigua ciudad yacía literalmente bajo sus pies, enterrada bajo metros de limo y escombros. Miró hacia el oeste, hacia Tacuba, y especuló sobre la ubicación de la calzada. Sabía que uno de los caminos aztecas se dirigía al oeste de la ciudad antigua. Cortez y su ejército lo habían tomado la noche de La Noche Triste y terminó en Tacuba con gran parte de su ejército desaparecido.

Se detuvo en la valla y miró hacia abajo en la zona excavada. Los trabajadores e investigadores seguían llegando diariamente para medir, fotografiar y reflexionar sobre los misterios sin resolver. David devolvió un saludo de alguien que no reconocía, entonces levantó su carga y se dirigió al otro lado del zócalo. El corazón de la ciudad, el Palacio Nacional, la sede del gobierno de México, y muchos de los ministerios y oficinas que lo acompañaban se encontraban aquí. El Ayuntamiento, el Palacio de Bellas Artes, la Torre Latinoamericana y la Catedral Nacional estaban situados en o en la periferia del zócalo. Muchos de los edificios más antiguos, incluyendo la Catedral, tienen cimientos construidos con piedra tomada del templo azteca. El zócalo, un espectáculo impresionante, es una de las zonas más impresionantes de la Ciudad de México. Desafortunadamente, la ciudad azteca de Tenochtitlán está enterrada bajo él.

El intento de construir un sistema de metro subterráneo había sido considerado una locura. Millones de toneladas de edificios de piedra y hormigón descansaban sobre un lecho de lago prehistórico notoriamente inestable. Pero hasta ahora los ingenieros habían respaldado sus promesas con hechos. Un enorme lago de poca profundidad había cubierto una vez el fondo del valle en tiempos prehistóricos. Las ciudades muy pobladas en la época de la conquista, Tenochtitlán, Coyoacán, Tlatelolco y Texcoco, fueron construidas en áreas naturalmente elevadas o en la periferia del lago. Con el fin de ampliar o mejorar las tierras existentes, se drenaron secciones y se rellenaron con roca transportada desde las montañas circundantes y utilizadas como base para construir.

Tenochtitlán había sido la Venecia del mundo antiguo. En la época de la Conquista, estaba completamente rodeada por las plácidas aguas del lago de Texcoco, entrelazadas con canales, palacios y pirámides. Exquisito mármol blanco y rosa fue extraído en la cercana Xaltocan y usado por las clases dirigentes y comerciantes para construir casas decorosas y adornadas. Tenochtitlán se había jactado de tener plazas y mercados que rivalizaban con cualquier cosa en el mundo. De hecho, las ciudades contemporáneas de Europa como Londres, París, Sevilla y Constantinopla eran asquerosas monstruosidades. Más pequeñas y llenas de bichos, eran sombrías en comparación.

Según todos los relatos escritos, la ciudad azteca estaba limpia y bien ordenada con casas vestidas con brocados de buganvillas, banderas de colores y varias plantas tropicales. Espectaculares plumas del hermoso Quetzal y loros rojos multicolores de las selvas del sur se utilizaban para adornar la ropa y los cuerpos. La ciudad estaba pintada en colores policromos - turquesa, rojo, amarillo y verde. Su monarca poseía más riqueza que cualquier rey de Europa y se rodeaba de pajareras, plazas, jardines y una colección de animales salvajes.

Inmediatamente después de la Conquista, la ciudad azteca había sido sistemáticamente arrasada, piedra por piedra, hasta que los restos de su antiguo esplendor (y creencias paganas) fueron borrados de la memoria del hombre. Después de quinientos años su ubicación exacta permaneció desconocida, aunque los registros la ubicaron en algún lugar cerca o debajo del actual zócalo.

David Wolf caminó hacia la Avenida Guatemala y se dirigió a su coche. Raúl podía esperar. El profesor pasaría por Tacuba mañana o al día siguiente. Probablemente no descubriría nada, pero sabía que alguien informaría al director del museo que David había hecho averiguaciones. Esto, por supuesto, era exactamente lo que él quería que pasara.

La Comedora de Suciedad

Malinche, la guía de Cortez, era una abominación, una mujer odiosa y detestable.

Pregúntele a cualquiera. Pregúntale a Colibrí en la Izquierda, o a Tonatiuh, el dios del Sol. Pregúntame a mí, yo me comí su suciedad. Ella se extralimitó, y al hacerlo, destruyó el Universo Único.

La gente no era perfecta, ni mucho menos. En su esfuerzo por apreciar, nutrir y honrar a los dioses, los aztecas conquistaron muchos miles en sus guerras floridas para sacrificar a Tonatiuh y Xipe Totéc, el desollado. Así, por supuesto, es como se alimenta a los dioses. Toda la gente del Universo Único lo sabe. La sangre de la gente sostiene al Universo Único. El fin del mundo viene cada cincuenta y dos años y es imperativo sacrificarse para asegurar su continuación. En esto, actuaron correctamente.

Desafortunadamente, había aquellos a lo largo de mi pueblo que eran perezosos y codiciosos, como las caras blancas, y sucumbieron a la práctica de la esclavitud. La esclavitud es una inmundicia. Malinche era una esclava cuando Cortez la encontró. Pero ella creía en las mentiras de los barbudos, que los aztecas eran la causa de la esclavitud. Comenzó a trabajar para él con fervor, imbuida de la esperanza de cambiar su mundo, haciendo una cruzada para ayudar a liberar a los esclavos del Universo Único. Para ello, pensó que era importante ayudar a derrotar a los odiados aztecas.

El Mentiroso, Cortez, se aprovechó de Malinche. Dijo que la entendía y que su Dios no permitía la esclavitud. La aduló y la cortejó descaradamente. La acostó y la embarazó y prometió liberar a los esclavos. Al final, por supuesto, la traicionó.

Malinche se entregó voluntariamente a este proveedor de engaños blanco. Cortez era la encarnación del mal, un charlatán y un pretendiente al trono de Quetzalcóatl. ¡Esta porquería no puedo comerla! Esta obscenidad es demasiado grande. ¿Quién ingeriría tal materia asquerosa? Tal vez su "Redentor" sea capaz. Si es así, su Dios es realmente un recipiente de enorme capacidad para contener la suciedad de un pueblo tan obsceno y odioso.

Malinche murió como un miserable atormentado. Vivió para ser testigo de la gente del Universo Único puesta bajo el yugo de la esclavitud. Vivió para ver el fin del mundo. La suciedad de millones yace en su tumba, sin comer y sin resolver. Una civilización de incomparable complejidad y esplendor fue destruida por su ignorancia y locura. Hoy y siempre está maldita y vilipendiada, un símbolo eterno para el pueblo mexicano de una mujer cobarde y traidora. Ella es una perra, pero le perdono esta suciedad.

HECTOR HACE UN TRATO

Martes 17 de Junio de 1984, Ciudad de México

Héctor no podía concentrarse. Antes se había sentido
como un toro furioso y había planeado dárselo hasta que ella
le rogó que se lo diera. Pero debería haber esperado a darle el
pequeño sobre de polvo marrón hasta después de hacer el
amor. ¡Zip! ¡Zip! Dos líneas rápidas en su nariz y todo había
desaparecido, ya no estaba. Ahora ella quería hablar de su
relación. ¿Su relación? ¿Estás bromeando? ¡Ponte serio!
Prometió hablar más tarde, ahora mismo quería tener sexo.
En algún momento entre que ella olfateaba las líneas y quería
hablar, su sentido de la urgencia huyó, dejándolo desnudo en
la cama y sin inspiración. Peor aún, Raúl Córdoba y la
estatua de la Comedora de Suciedad habían capturado su
atención, dejándolo flácido e incapaz de actuar.

Intentó de nuevo concentrarse en la mujer desnuda, de
piernas largas y pelo oscuro al final de la cama. Podía sentir
su lengua áspera y el cosquilleo del pelo largo mientras lamía

y chupaba; primero un dedo del pie, luego el otro. Su cálida y húmeda boca continuó masajeándolo, acariciándolo y probándolo hasta que sintió que el aire frío acariciaba sus dedos debido a la humedad que dejaba su boca. Resuelto a poner a Raúl en un segundo plano, se dispuso a concentrarse. Héctor se relajó, su cabeza se inclinó hacia un lado, y comenzó a fantasear.

#

Amparo se movió hacia arriba entre sus piernas, acariciándolo y acariciándolo hasta que se puso erecto. En pocos minutos estaba temblando y listo para fornicar. Se detuvo y se apartó el pelo, buscando ver el progreso de sus ministraciones. Sus ojos vidriosos le dijeron todo lo que necesitaba saber. Él podría ser rico, pero ella controlaba el sexo, y así lo había planeado. Momentos después él se retorció en la cama y le rogó que terminara, pero ella se detuvo y retiró su boca, queriendo mantener el control. Unas gotas de sudor le cubrían la frente y parecía angustiado. Amparo despreciaba el sexo oral y no sentía ninguna preocupación por él. Pero tenía que terminar la prueba, así que lo tocó como un instrumento musical y llevó la canción a un crescendo. Su cabeza se sacudió de un lado a otro y el sudor como si fueran arroyos fue arrojado de su cara. Se puso rígido mientras su realidad se convertía en una experiencia surrealista, fuera del cuerpo. Ella lo mandó a volar, y entonces él convulsionó y estalló. Los dedos de sus pies se enroscaron y su rostro se transformó de uno de éxtasis a una esmaltada y muda expresión de placer. Luego se quedó sin fuerzas y se quedó inmóvil, con las piernas abiertas grotescamente y los brazos totalmente extendidos. Ella sonrió sombríamente, contenta de que la acción se hubiera

84

realizado. Lo había agotado y esperaba que ahora pudiera dormir.

La habitación olía a sudor y almizcle. Desnuda, dejó la cama para enjuagarse la boca con el champán que quedaba, y se fue a la espera. Se echó el vino dulce en la boca y luego se tragó el resto. Se volvió para mirar a su amante viejo y rico, cuidando de no traicionar que su cuerpo y personalidad le repelían.

Era un cerdo macho y exigente; siempre agarrando, siempre agarrando, e hiriendo sin tener en cuenta los sentimientos de nadie. Dos veces la había violado. Una vez, después de demasiado polvo marrón, ella había cometido el error de no prestarle atención. Este lapsus, y su enojo por ser ignorado, le habían costado caro. La había golpeado severamente y había desarrollado problemas de audición.

Amparo daría cualquier cosa por salir de la relación, pero no sabía cómo. Había aprendido a controlar el sexo, pero por lo demás la trataba como una esclava, ordenando despiadadamente toda su vida. Ella tenía miedo de hacer algo sin preguntar. La controlaba con drogas y dinero. La heroína lo hacía todo más fácil, pero rara vez la traía. El dinero, las tarjetas de crédito y la ropa ayudaron a aislarla de su brutal realidad, pero se había quedado atrapada en otra relación sin salida. Se preguntaba por qué seguía cometiendo los mismos errores con los hombres.

Amparo era terrible para terminar las relaciones. Se volvió ansiosa y casi histérica. Aunque infeliz y deprimida, era más fácil vacilar y no hacer nada. No quería saber adónde la llevaría Héctor a continuación. Sólo quería algo ahora, cualquier cosa que le permitiera olvidar la melancolía vacía de su vida. Amparo se había convertido en un recipiente vacío; una cara amoral, hedonista y bonita totalmente desprovista de los sueños o la humanidad de una joven. Había aprendido a despreciar a los hombres, pero no permitió que su desdén se interpusiera en sus necesidades. Recientemente, sin embargo, su necesidad había crecido en proporción a su vacío y sólo el polvo marrón podía satisfacerla y llenar el vacío. La heroína aplacó las ansiedades para que no perdiera el control. Podía arrastrarse dentro de su mente y bloquear el mundo. El narcótico la anestesió y calmó las voces interiores chillonas que le exigían rendir homenaje y venir a visitarlas en su aberrante y torturado mundo.

No siempre había sido así. Su madre, una alta y lánguida belleza de Coahuila, había muerto de cólera dos días después del décimo cumpleaños de Amparo. Su padre, un borracho y subordinado del PRI, nunca se le había permitido ser nada más que un ve y trae para las familias mejor conectadas y más ricas. Amargado e insatisfecho, se volvió hacia la bebida fuerte. Su frustración se convirtió en ira y se convirtió en un aguafiestas y un hombre corrupto, dirigiendo en privado su amargura a quienes más lo amaban, sus dos hijas.

A los doce años, Amparo fue la segunda víctima de incesto en su casa. Su hermana mayor fue la primera. Su padre abusó de ella hasta los dieciséis años, y la culpa y el horror de sus actos se enconaron como un furúnculo. En un país profundamente parroquial como México, nadie se cuestionaría nunca si mantener un secreto tan terrible. Se esperaba que la víctima mantuviera su silencio. Así creció sin límites personales y practicó una moralidad basada en los deseos y en cómo satisfacerlos.

Se le diagnosticó una personalidad límite a los catorce años, tres años después de alcanzar la pubertad. Esto dio lugar a tres estancias en instituciones de salud mental durante un período de diez años. Todavía mostraba ocasionalmente un comportamiento esquizofrénico, pero nadie sabía la causa. Cuando fue presionada por su padre, se marchitó como una flor y se retiró a su propio reino de fantasía. Su mundo secreto había sido una vez un lugar seguro donde la gente no se hacía daño, pero a medida que el chancro de la culpa consumía su inocencia se convirtió en un lugar de horrores lleno de imágenes rapaces y hambrientas; un infierno personal que podía visitar a voluntad.

Amparo comenzó a inhalar cocaína como una debutante de dieciocho años mientras asistía a la Universidad Nacional. Había probado varios medicamentos recetados para sus depresiones y coqueteos con la locura, pero todos eran ineficaces o insatisfactorios. La mayoría la dejaba desganada y sintiéndose estúpida, a uno o dos pasos de distancia de todo lo que sucedía a su alrededor. Los narcóticos, sin embargo, la calmaban y le permitían desenvolverse en una sociedad educada. Sólo un poco le quitaba la ansiedad y las frustraciones. Muchas cosas aplacarían los demonios.

Durante los años siguientes tuvo numerosas relaciones fallidas y un matrimonio sin hijos que terminó trágicamente. Había dejado misteriosamente Chihuahua apresuradamente después de un período particularmente malo de salud mental y regresó a Ciudad de México para escapar de un pasado incierto. Aquí conoció a Héctor. Él la usaba y abusaba de ella, pero mantenía sus hábitos alimentados. Le dio una apariencia de respetabilidad al encontrarle un trabajo de secretaria en el Museo Nacional de Antropología.

Por consiguiente, espiaba a Raúl Córdoba para Héctor y le informaba de cualquier cosa inusual en el museo. Pero como todo lo demás en su vida, el trabajo no había hecho mucho para mejorar su autoestima, y últimamente había empezado a despreciar a la gente con la que trabajaba, especialmente a Raúl.

#

Héctor llevó su masa al lado de la cama con dosel y se sentó. Su carne envejecida y caída se movía con cada movimiento y se podían ver los restos de un físico robusto que se había ablandado por la inactividad y la vida suave.

— ¡El mejor de todos los tiempos! exclamó, sonriendo apreciativamente.

—Me alegro, respondió ella sin pasión, tomando un sorbo del vaso.

— ¿Dónde aprendiste tal cosa?

Se pasó el pelo largo por encima del hombro y se dio la vuelta. —No quieres saber.

La estudió. —Definitivamente eres única. A veces pienso que estoy cansado de ti, pero siempre me sorprendes.

Reaccionó inmediatamente y se giró para enfrentarlo. — ¡Eres un bastardo por pensar en dejarme! gritó, dando un portazo y casi rompiendo el cristal de la mesa.

—No tendré que...perseguirás a cualquier polla dura con un rancho de opio en Sinaloa.

— ¿Por qué dices estas cosas? Soy devota de ti... ¡haría cualquier cosa por ti!, suplicó.

— ¡Harías cualquier cosa por dinero o drogas, no eres más que una puta! No quiero devoción, quiero tu lealtad, puta. Miró fijamente, sin pestañear, a un amenazador y deforme gigante.

—Hago lo que me pides. ¿Qué es lo que quieres? ¿Quieres hacerlo de nuevo? Sería feliz...

—Ahora no, se reclinó en la cama, —no podría vivir haciéndolo dos veces en una noche. Te olvidas de mi edad.

— ¡Ja! Eres como un toro, siempre listo, le halagó. —Con la mujer adecuada eres mejor que un hombre joven, añadió reservadamente.

—Tráeme un cigarrillo, ordenó, sentándose de nuevo.

Ella tomó su bata, pero él le dijo: —Déjalo, me gustas sin ropa, tal vez me inspire de nuevo.

Amparo dejó caer la bata, sacó dos cigarrillos de un paquete y los encendió. Caminó provocativamente hacia él con ambos cigarrillos en su boca. Él la miró acercarse, evaluándola como si fuera un animal en una subasta. Cogió el cigarrillo ofrecido y dio unas palmaditas a la cama para indicar que la quería allí. Tomó los dos cigarrillos, luego los miró con indiferencia como si el humo saliera de su nariz. Un suspiro se escapó y pensó en su siguiente movimiento.

—El sexo es genial, dijo, sin pasión.

—Me gusta darte placer, mintió, apartando sus largos mechones a un lado, y luego tomó una fumada del cigarrillo. —Eres mi benefactor, haré cualquier cosa por ti. Dime lo que quieres.

—Una pequeña cosa, se detuvo, extendiendo una mano carnosa para acariciar su pelo, y luego dejó que se arrastrara por la pequeña espalda. —Necesito que vigiles a Raúl Córdoba.

—Siempre lo hago... empezó, pero él la cortó como una ola.

—Esto es diferente. Presta especial atención a su ir y venir. Revisa su escritorio y sus archivos. Dime todo lo que veas que pase por su escritorio. Si actúa fuera de lo normal, o se preocupa o se inquieta, quiero saberlo.

Se encogió de hombros. —Ya casi no está allí, Héctor. Siempre está en el centro de la excavación. Llega temprano, se queda hasta el mediodía y luego se va. A veces viene después de que todos se han ido a casa. Lo sé porque hace café y deja el desorden hasta la mañana, y a veces el asiento del inodoro está arriba en vez de abajo. Es el único hombre en nuestra área de trabajo.

Impresionado, Héctor le dio una sonrisa irónica. Ella era realmente una pequeña puta inteligente al notar cosas tan pequeñas. Ponerla en el museo ya había dado sus frutos una docena de veces. Sabía que Córdoba sospechaba, y probablemente incluso esperaba, un espía en la oficina. Escurridizo y cobarde, Raúl seguramente reconocería a otros como él.

El Ministro del Interior vigilaba a todos sus empleados para asegurarse de que seguía controlando sus propios asuntos. Tenía que saber qué hacían, cómo vivían y qué decían antes de que le afectara directamente. Uno no se convertía en un político de nivel de gabinete haciendo un buen trabajo. El mundo estaba lleno de burócratas bien intencionados y competentes. Había que controlar a la gente y manipularla para su propósito. Debes hacer amigos poderosos e incurrir en la deuda de otros para poder realizar trabajos difíciles cuando sea necesario. Debes ser decisivo y despiadado. Nada más funciona.

Córdoba, decidió, había dejado de ser útil. Debía reemplazarlo por alguien nuevo, pero primero quería a la Tlazolteotl y el soplón había decidido retenerlo por alguna razón. ¿Por qué se retrasó? ¿Qué estaba planeando?

Con un inusual florecimiento de afecto, Héctor sonrió y tomó su mano. —Haces un buen trabajo...soy feliz contigo. Me gustaría hacer algo especial para ti...algo fuera de lo común. Le besó la mano. —Pero primero me ayudas, ¿eh? Estaré fuera de la ciudad durante el fin de semana y estoy preocupado por Raúl. Le dio una fumada al cigarrillo. —Me prometió la estatua de Tlazolteotl, pero sigue dando excusas para no entregarla. Está tramando algo. Tráeme información sobre lo que está haciendo y te llevaré a Denver a ver la nieve.

Se dio la vuelta, con el pelo arremolinado y la cara sonriente. —Oh... por favor, Héctor... ¡sabes que haría cualquier cosa por un viaje así! Pero, ¿qué es lo que busco? ¿Qué es lo que quieres?

—Lo sabrás cuando lo veas. Tráeme toda la información. Todo es importante. Tú tienes buen olfato para estas cosas y Raúl es un tonto. Nos va a mostrar lo que está haciendo.

Amparo brilló positivamente. — ¿Podemos esquiar? ¿Me comprarás nuevas joyas? preguntó en rápida sucesión.

Él se rió y la alcanzó, —Tráeme lo que quiero y te compraré lo que quieras. Tomó un pecho y lo acarició bruscamente. —Apaga esa cosa...quiero que le muestres a este viejo perro algunos trucos nuevos.

Amparo apagó el cigarrillo y lo alcanzó.

—Voy a necesitar ayuda...empezó, pero ella le puso la mano en la boca, sonrió y lo empujó de nuevo a la cama.

—Conozco tus necesidades, Héctor. Recuerda eso, sé lo que quieres, y ella inclinó la cabeza y se puso a trabajar de nuevo.

Amparo Roba Un Informe

Miércoles, 18 de Junio de 1984, 7:00 A.M., Ciudad de México

Amparo caminó por la acera sombreada del Molino del Rey en el Parque de Chapultepec. Llegó temprano casi todos los días para disfrutar de los pinos de altura de la catedral y las densas alfombras verdes de hierba que se extienden en todas direcciones. Un día tranquilo, la niebla de la mañana había huido con los primeros rayos de sol, dejando sólo briznas y finos mechones de niebla gris flotando cerca del suelo. El aire se sentía espeso con la humedad y el olor agrio del lago se reflejaba en una ligera brisa.

Siguió treinta pasos más, y luego se volvió al este hacia el Castillo de Maximiliano. Bordeó la periferia de la estructura prohibida, una imponente y austera fortaleza en una solitaria colina. Se erigió como un duro recordatorio para los países europeos que habían intentado imponer una monarquía y dictar los asuntos del pueblo mexicano desde medio mundo de distancia. Tanto España como Francia habían aprendido a ocuparse de sus propios asuntos.

Caminó hacia adelante, acercándose al Zoológico Nacional, con su bolso en la mano, con la cabeza baja y sin ver, atenta a sus pensamientos. En una ciudad de 20 millones de habitantes, ella era una de las pocas personas en el parque esta mañana. Parecía pensativa y taciturna, resultado de un mal sueño, y últimamente siempre parecía estar cansada. Entre Héctor y la heroína, ella era exprimida por la mañana. Los días estaban llenos de melancolía o de momentos de una eternidad insoportable. Nada le traía alegría o tenía un significado real para ella.

Dos líneas rápidas de un suministro de heroína que disminuía rápidamente la habían puesto en el estado mental adecuado para venir a trabajar esta mañana, para ser agradable y sonreír. Necesitaría una rápida recogida alrededor del mediodía para pasar el día, pero hoy en día su necesidad había crecido desproporcionadamente, y Amparo sabía que había llegado a las primeras etapas de la adicción a la heroína.

Héctor usaba a su hombre, Cholo, para comprarla en la Zona Rosa. ¡Pero gracias a Dios no traía esa cosa todos los días! Temía perder el control de nuevo, aunque los viejos demonios trataban de hablarle. Quería que vinieran a visitarla, pero Amparo sabía que debía resistir y ser fuerte bajo presión. Pero siempre quiso lo que la asustaba, la heroína, y esta perspicacia le resultaba devastadora. Había jugado con las drogas durante años; siempre segura de sí misma, engreída en su creencia de que seguía teniendo el control. Pero estaba perdiendo terreno y sabía que tendría que empezar a decir que no.

Al acercarse al zoológico, escuchó el rugido de los leones inquietos y hambrientos exigiendo su desayuno. Se detuvo en una arboleda de eucaliptos para escuchar sus gruñidos de protesta y escuchar los sonidos matutinos del zoológico despierto. Los penetrantes gritos de loros y guacamayos rompieron la quietud cuando los monos chillones amenazaron. Miró detrás de ella, y luego continuó en el sendero sombreado.

Su mente regresó a Héctor. Se comportó como una bestia con un rencor enconado. Su personalidad era como una enfermedad; una aflicción crónica e inquebrantable. Extendió la oscuridad como un cáncer, pudriéndose y destruyendo todo lo bello y completo. Subvirtió el encanto y el orden de la vida con su codicia y su odio. Sin embargo, la misoginia que proyectaba parecía acercarla a él, como si quisiera ser lastimada. Ella nunca había estado cerca de nadie como él antes, excepto de su padre. Actuaba tan parecido a su padre, que ella se dio cuenta. Esta comparación debilitó y deprimió aún más su espíritu. ¡La Virgen la salvó! ¿Qué haría ella?

Comprendió que Héctor era terrible para ella. Las señales de advertencia eran claras y ominosas. Si continuaba su relación con él, coqueteaba con un cataclismo personal que empequeñecería los desastres anteriores. Ella debía decidir pronto. ¿Cómo podría alejarse de él? ¿Dónde encontraría la fuerza para decir no al dinero? ¿La heroína? Si tuviera un plan, ¿tendría el coraje de llevarlo a cabo?

Se sentó en un banco de piedra a medio camino entre el zoológico y el lago para considerar su situación de deterioro. La mirada hacia adentro le impedía disfrutar de la belleza del parque. Hasta donde la vista podía ver, antiguos pinos se extendían hasta tocar las nubes y amplios robles majestuosos sombreaban extensiones de terciopelo verde que rodaban fuera de la vista. El lago estaba sereno y plácido, sus aguas poco profundas llenas de algas verdes. Los cisnes reales se deslizaban lentamente y a propósito en una dirección, y luego en otra, buscando una comida incauta. Los aztecas llamaban a Chapultepec "La colina del saltamontes", y la consideraban sagrada. El pie de la colina contenía imágenes talladas de numerosos gobernantes aztecas, así como una especie de alberca pequeña forrada de piedra, conocido hoy como el Baño de Moctezuma.

Siempre una fuente de placer y consuelo, hoy el parque no trajo ningún respiro. Finalmente, sin ninguna solución a la vista, se cerró a las preguntas persistentes y recordó su propósito de llegar tan temprano. Se puso de pie y se enderezó el vestido, miró a su alrededor rápidamente, y luego se dirigió hacia el Museo Nacional de Antropología al otro lado de la calle del zoológico. Cruzó el Paseo de la Reforma, caminó cincuenta pasos hacia el norte y luego giró hacia el oeste, de cara a la entrada del museo. A la derecha de las puertas había una enorme cabeza de basalto del dios olmeca Tláloc. La miraba fijamente, con sus ojos de jaguar, duros y amenazantes. Despreocupada, siguió caminando, con la intención de cumplir su misión pero con una creciente aprensión.

— ¡Buenos días, señora! dijo el siempre presente guardia, alcanzando sus llaves. — ¿Cómo está usted?

—Buenos días, Renaldo respondió con una sonrisa alentadora. —Bien...bien, ¿y usted? le ofreció amablemente.

—Llega temprano esta mañana... señora.

—Sí...tengo mucho que hacer y...el señor Córdoba depende mucho de mí, mintió, dejando caer el nombre de su jefe.

Renaldo abrió la puerta y ella le lanzó una gran sonrisa al pasar. El suelo de terrazo blanco de un amplio atrio la saludó. Se dirigió a las escaleras y comenzó a subir, su ansiedad crecía con cada paso y un pánico incipiente comenzaba a elevarse. Entonces su corazón comenzó a latir y pensó en correr y volver a la comodidad del parque. Pero no, ella sabía que debía proceder según el plan. Héctor llamaría esta noche y ella debía tener algo, cualquier cosa, para decirle o darle. Ella tragó, respiró profundamente y subió resueltamente al segundo piso.

Sesenta segundos después supo que su jefe había estado allí toda la noche. Observó el caos en su escritorio y supuso que tenía mucha prisa cuando se fue. La cafetera estaba medio llena y el desorden cubría su escritorio. Al principio, ella pensó que él podría estar todavía aquí. Miró rápidamente a su alrededor y esperó un par de minutos por si había ido al baño. Cuando no apareció, comenzó a buscarlo.

Ella prefería el orden. Era más fácil poner las cosas en su sitio que recordar su ubicación en un montículo desordenado. Sobre el escritorio había varios textos; un libro de Bernal Díaz de La Conquista y varios volúmenes de la "Historia General de las Cosas de la Nueva España" del fraile Bernardino de Sahagún.

—Debe estar investigando, murmuró. Amparo pensó que esto era curioso. Raúl raramente se involucraba con la academia. Como director, pasaba la mayor parte del poco tiempo que asignaba al museo en funciones administrativas o burocráticas. ¿Qué había estado haciendo? Alcanzó el libro, y luego se detuvo. ¿Había escuchado algo?

Corrió a la puerta de la oficina y miró hacia el pasillo. ¡Mierda! Estaba imaginando cosas. Contrólate, se dijo a sí misma. Dejando la puerta entreabierta para que oyera a alguien subir las escaleras, volvió a la oficina. Al otro lado de la habitación lo vio. ¡Allí! Prácticamente gritó pidiendo atención: una carpeta amarilla de manila en el suelo bajo su escritorio. Después de agacharse para recuperarla, abrió el archivo para leer la portada de un informe: "Conclusiones sobre la continua desaparición y el evidente robo de antigüedades del Museo Nacional de Antropología". Había sido escrito por Juan Degas. Un escalofrío involuntario la sacudió. Juan Degas, enemigo público número uno del museo, una prima dona que se negó a entrar en el equipo. ¿Por qué no había visto esto antes? ¿Raúl se había dedicado a ocultarle archivos?

Amparo recordó que le gustaba Juan y su amigo, Marco. Eran amigables y divertidos y nunca habían hecho nada para lastimarla. Marco la seducía cada vez que venía, y si no era por Héctor, ella probablemente aceptaría. Él se veía sexy, a diferencia de ese mierda arrugado y cojo Héctor.

Pasó la página y vio la fecha: 12 de junio del año pasado. Siguió leyendo: "Se advierte que las conclusiones a las que se ha llegado aquí están todas documentadas. Existen pruebas que no pueden ser refutadas por las acciones o la palabra de otros. Este informe tiene un doble propósito:

Exponer, el robo y la traición con respecto a los objetos del Museo Nacional por parte de algunos de los principales ciudadanos del país.

Para protegerme advirtiendo al lector que existen dos copias adicionales de este informe. Una está en mi posesión y la otra en manos de alguien que sólo yo conozco; para ser revelada en caso de cualquier daño a mí o a mis seres queridos".

¡Chantaje! pensó, con la boca abierta por la sorpresa. O protección. Tal vez lo hizo por protección. No importaba. ¡Qué increíble suerte! Sus manos temblaban ante la enormidad del hallazgo. Recordó la serie de eventos que llevaron a la salida de Juan del museo. Había sido un escandaloso lío con enfrentamientos ruidosos, gritos, maldiciones y amenazas. Terminó con Juan pisando furioso la oficina y el director del museo fuera de sí con preocupación.

Menos de una semana después Juan y su novia fueron atacados en la Zona Rosa. La chica estuvo dos semanas en el hospital y casi se muere. Todos en el museo sabían que tenía que ver con las discusiones de Degas con el director del museo. A Amparo le gustaban, pero tenía que mantenerse firme en el rincón de su jefe. Todos en la oficina lo habían visto venir. Es lo que le pasaba a la gente en México que no se preocupaba por sus propios asuntos.

Ella no dudó, esto es lo que Héctor quería. No tenía ni idea sobre Raúl y la estatua de la Comedora de Suciedad, pero este informe podría valer un viaje a Denver. Esto es lo que ella esperaba encontrar. Encendió la fotocopiadora y comenzó a hacer un duplicado. Sus nervios estaban destrozados por la preocupación de ser atrapada, pero hasta ahora estaba aguantando la tensión. Revisó su reloj: decía 7:25. La gente empezaría a llegar pronto.

Mientras hacía copias, Amparo pensó en Héctor y su promesa. Ir de compras y esquiar en Denver. ¡Sí! ¡Qué buena suerte!

Tal vez Héctor le compraría un nuevo guardarropa, o alguna joya? Empezó a fantasear con Denver. ¿Alquilaría una cabaña en la montaña con una chimenea? Amparo no sabía esquiar, pero parecía divertido en la televisión. Héctor probablemente no querría aprender; parecía demasiado viejo, pero tal vez bebería brandy junto al fuego mientras ella tomaba lecciones de un guapo instructor de esquí. Tenían nieve en Colorado en esta época del año, ¿no es así? Intentó visualizar montañas nevadas y pinos majestuosos, pero su memoria sólo conjuraría una foto de la revista Life con fotos de las Olimpiadas de Invierno.

No tuvo reparos en traicionar a Raúl. El remordimiento no existía en su repertorio de emociones. Aunque Héctor y Raúl eran ambos jefes, Héctor pagaba las cuentas y la mantenía drogada. Si había algo que ella sabía con seguridad, era que había que acomodarse al jefe.

Aunque no conocía todos los acontecimientos que rodeaban el informe, o las implicaciones para Héctor y Raúl, confiaba en que Héctor la recompensaría por el trabajo de este día. Era un asqueroso, pero no era tonto, y si te decía que hicieras algo, mejor que lo hicieras, el bastardo.

A veces pensaba que tenía demasiados jefes. Incluso Raúl se negó a quitarle las manos de encima. Aprovechaba cualquier oportunidad para acosarla para ir a la cama con él. Héctor lo mataría si supiera lo que el director del museo quería. Raúl también se comportó como un imbécil, pero ahora podía hacer las paces sin saberlo. Este informe saldaría su deuda con ella.

Volvió a revisar su reloj de pulsera. El tiempo pasó rápido, así que devolvió el informe a su carpeta y lo colocó bajo el escritorio de su jefe. Pensó en irse, pero se detuvo para revisar el desordenado escritorio por última vez. Su atención fue atraída por varias páginas de papel que sobresalían de debajo del calendario de su escritorio. Levantándolo con cuidado, ella recuperó los papeles. Estos también parecían un informe, y la portada decía, *Creencias de Brujería y Muerte Violenta Entre los Indios Náhuatl del Estado de Puebla, Investigación de un Investigador y Entrevistas con Sobrevivientes de la Guerra de las Brujas*, por Armando Antonio Marcello - Sapullo. Se estremeció, el espasmo sacudió todo su cuerpo. Sus manos apretaron el informe, arrugando las páginas. ¡Brujería! Se cruzó involuntariamente para protegerse y dejó caer el informe como un chile picante.

¿Por qué Raúl leía cosas así? Sabía que los indios aún creían en las brujas y que la mayoría de los pueblos tenían un chamán que traía ofrendas a los antiguos dioses. Realizaban curas y servían de intermediarios entre los dioses y el pueblo. Las brujas afirmaban ser católicas y adoraban a Jesús y a los santos, mientras asumían los deberes y características de los sacerdotes de antes de la Conquista. Amparo no lo sabía con seguridad. No entendía nada de esto, pero el título del informe la irritaba mucho y sentía una punzada de miedo.

¡Basta! se advirtió a sí misma, insertando el informe bajo el calendario. Tal vez podría usar esto más tarde. Dobló el informe de Degas y lo guardó en su bolso. Misión cumplida. Se sintió como un ladrón, y respiró profundamente, exhausta pero eufórica. Su ropa interior, húmeda y pegajosa, se le pegó a la piel. Tembló un poco, pero se sintió aliviada. La acción estaba hecha. Necesitaba una rápida subida, sólo una pequeña, decidiendo que se lo merecía después de toda esta mierda. Agarró su bolso y entró en el baño de la oficina. Cerró la puerta con llave y se acercó al lavabo. Sus manos temblaban mientras preparaba una línea de heroína en el espejo compacto roto. No demasiado, se recordó a sí misma, cortando la suciedad marrón en trozos cada vez más finos con una hoja de afeitar de un solo filo. Alguien podría sospechar si ella olía demasiado.

Odiaba a sus compañeros de trabajo. Las mujeres de la oficina chismorreaban sobre ella sin piedad; su matrimonio y sin hijos, viviendo sola, y un novio ocasional en la oficina eran ampliamente discutidos a sus espaldas. No tenía ningún deseo de darles algo más de qué hablar.

Su largo pelo castaño colgaba como ramas de sauce mientras se inclinaba sobre el espejo. Sosteniendo una fosa nasal cerrada con su dedo índice, y usando su otra mano para sostener un popote corto en su nariz, ella inhalaba. Repitió el procedimiento para la otra fosa nasal, y luego volvió a empaquetar la maquinilla de afeitar y el kit de maquillaje. Se miró en el espejo encima del lavabo para comprobar su aspecto. El alivio llegó inmediatamente y una sensación de bienestar la cubrió, creando un amortiguador entre ella y el mundo. Se enderezó la ropa, revisó el maquillaje, y volvió al área de trabajo para esperar a los rumores. Podía manejar cualquier cosa ahora que un impulso de confianza se filtraba en su sangre. Hoy, las perras tontas no la molestarían; Amparo se había ido.

Marco Encuentra a Amparo

Miércoles 18 de Junio de 1984, 10:00 a.m. Ciudad de México

Marco tosió nerviosamente, luego echó un vistazo rápido a sus uñas. Se le había dado su primera tarea desde que regresó a la ciudad de México, un viaje al museo, y necesitaba mantenerse en el camino para causar una buena impresión con el profesor. Esperaba una semana de descanso a su regreso, pero el profesor se mantuvo firme, así que Marco aceptó. Después de todo, ¿cuánto tiempo puedes discutir con el jefe? Había jurado no volver nunca a este lugar, pero los libros eran necesarios y la venida de Juan estaba fuera de discusión. David había advertido que trabajar con Raúl Córdoba y servir de intermediario para Juan sería una de las mayores responsabilidades de Marco. Tenía sentido. Su amigo a veces hablaba como si fuera a matar a Raúl si tuviera la oportunidad. Decir que Juan odiaba al director del museo y sus amigos subestimaba lo obvio; Juan les deseaba la muerte a todos, o algo peor, si era posible.

102

Tirando su colilla a la calle, giró a la izquierda y siguió un sendero sombreado de hormigón hasta el Museo Nacional. Los robles de hoja ancha se alineaban a ambos lados de la calle, creando un paraguas para bloquear el brillante sol de junio.

Giró para caminar hacia el museo. Una enorme cabeza de Tláloc, el dios olmeca de la lluvia con ojos de jaguar y rasgos de negroide, miraba conmovedoramente a la distancia a través de ojos velados. Al pasar por la cabeza gigante, recordó la sensación que rodeó su descubrimiento en Veracruz. Tláloc había estado en la primera página de todos los periódicos del país. Irónicamente, había llovido durante diez días durante el período de descubrimiento y transporte a su nuevo y permanente lugar de descanso aquí en el museo.

Los reporteros habían aprovechado mucho la lluvia, promocionándola como un acontecimiento súper natural cuando en realidad no lo era. Pero cosas más extrañas que esto ocurrían rutinariamente en México. No se podía explicar todo, y Marco creería la historia tan pronto como la descartara. Tenía un cierto romance, y le dio al pueblo mexicano una razón para estar orgulloso. Podían hablar y especular sin parar sobre el milagro de la lluvia y el hallazgo del dios de la lluvia. El profesor lo describió, así como otros milagros, como "eventos antinaturales que ocurren naturalmente". Pero los periódicos se habían dado un festín con los maravillosos eventos, sus titulares decían: "El Dios de la Lluvia Tlaloc Inunda la Ciudad de México" y "Tlaloc muestra su disgusto con diez días de lluvia". El dios olmeca fue el tema de conversación durante semanas.

Subió los escalones del segundo piso y consideró lo que le diría a Raúl. Sería educado, decidió. Raúl lo conocía de encuentros anteriores y nunca habían discutido. La desconfianza tácita era una barrera, pero dudaba que Raúl quisiera pelear hoy. Marco sólo conseguiría los libros y se pondría en camino. Con las manos en los bolsillos, entró casualmente en la oficina y vio inmediatamente que la chica guapa de pelo oscuro todavía mandaba en la recepción. Su placa de identificación le ayudó a empezar.

#

Amparo se sentó en su escritorio sin hacer nada, ansiosa de que el día terminara para poder irse a casa. Desde que intercambió saludos distraídos con las otras mujeres de la oficina, no habían vuelto a hablar. Una voz fuerte la asustó.

— ¡Buenos días, Señorita Ocampo! retumbó una voz vagamente familiar.

Amparo, flotando en un ensueño inducido por la heroína, actuó sin sorprenderse al ver a Marco. Lo corrigió con una sonrisa, —Señora, por favor, y luego añadió, —pero puede llamarme Amparo. Señorita era un título para vírgenes y otros mentirosos y Amparo no había sido virgen desde que tenía diez años.

Los efectos del narcótico estaban disminuyendo y ella estaba más alerta. El hecho de que ella había pensado en Juan Degas y sus amigos esa mañana temprano mientras robaba el escritorio de Raúl, no le molestaba en absoluto. La realidad de encontrar a Marco delante de ella, le pareció muy intrigante y difícil de resistir.

— ¿Me recuerdas?, la persuadió, poniendo ambas manos sobre su escritorio e inclinándose hacia ella.

—Por supuesto...el Sr. González, ¿no? ella se echó el pelo detrás del hombro, su interés era evidente. Ella le sostuvo los ojos y le devolvió la sonrisa, pensando que no había cambiado mucho, aún un coqueteo. Raúl parecía un burro calvo y panzón, y era refrescante ver a un hombre guapo en la oficina, aunque éste la mirara con los ojos como el director del museo. La mirada de Marco nunca vaciló y ella sintió el calor de un rubor, algo que ya no sucedía casi nunca.

—Bien, Sr. Marco, preguntó, — ¿hay algo que pueda hacer por usted? No, espere...lo he expresado mal. Se inclinó hacia atrás en su silla y cruzó lánguidamente las piernas. — ¿Qué es lo que necesitas? De nuevo se echó el pelo a un lado y amartilló un hombro, sabiendo que la insinuación no pasaría desapercibida.

Por supuesto, sus ojos se dirigieron a sus piernas y luego a su cara. Funcionó siempre. Ella lo vio vacilar, como si hiciera un rápido análisis de su comportamiento.

—El profesor Wolf de la Universidad Nacional me pidió que tomara prestados algunos libros de la biblioteca del museo. Pero ahora que estoy aquí, veo a una hermosa mujer a la que me gustaría llevar a almorzar. Guiñó el ojo. — ¿Lo harías, Amparo? le mostró sus dientes de color blanco nacarado.

Muy suaves, pensó ella, pero luego había llamado su atención. Amparo se recuperó rápidamente, no queriendo parecer una virgen ruborizada. Dudó. Esto, después de todo, le parecía una situación familiar y se movió inmediatamente para recuperar el control.

—Bueno, respondió, con su voz todo negocio, —no nos conocemos muy bien, ¿verdad? No tengo hambre. ¿Qué tenías en mente para este almuerzo?

—Prefiero el aire libre y la sombra de un árbol alto para estimular el apetito. ¿No estás de acuerdo? Después de recoger los libros, ¿por qué no compro unas quesadillas y un licuado en el zoológico? Podemos conocernos mejor en el lago.

Amparo no pudo pensar en una razón para no hacerlo. Se mantenía alto y atractivo, una ciruela esperando a ser desplumada. No había hecho nada en todo el día, y aunque el aburrimiento invitaba a la tentación, Héctor y Raúl nunca lo sabrían. Pero no debía decir que sí demasiado rápido.

— ¿Qué libros quieres?

— ¿Eh?, dijo, se desvió del tema. — ¿Qué libros?

—Uh, veamos, El Descubrimiento y la Conquista de México por Bernal Díaz, y La Conquista de México y Perú por...uh...no puedo recordar. Si me dejas ver, puedo averiguarlo por mí mismo. Se retiró del escritorio, sin entusiasmo, con la cara en blanco.

—Sígueme, le ordenó, y se alejó como si esperara que la siguiera como un perro. Él se detuvo brevemente, y luego la siguió.

Ella entró en una pequeña habitación y le hizo señas para que la acompañara a bajar. Ella señaló, —Lo que estás buscando está probablemente en esta área. Ella sonrió para tranquilizarlo, y luego lo dejó de pie con una expresión de extrañeza. Cuando reapareció con los libros, Amparo estaba saliendo del baño y metiendo su espejo de maquillaje en su bolso. Caminó hacia él con el bolso bajo el brazo, su cara una máscara pícara. Se frotó la nariz y olfateó fuerte, se frotó la nariz de nuevo, luego con una mirada que reveló que todo decía, "Estoy lista cuando tú lo estés". Las pupilas de sus ojos parecían brillar y extenderse en brillantes placas de obsidiana.

Marco miró fijamente, fascinado, y dijo — ¡Genial! Mi apetito acaba de volver. ¿Necesitas irte o algo así?

—Hoy no. Raúl se ha ido y yo soy mi propio jefe cuando él no está aquí. ¿Puedo confiar en que seas un caballero?, coqueteó.

—No siempre, le miró lascivamente. —Veamos qué tan bien nos conocemos durante el almuerzo.

Amparo lo miró directamente a los ojos. —Creo que cada vez tengo más hambre.

Hector Lee el Informe

Jueves 19 de Junio de 1984, Ciudad de México

Una ligera brisa golpeó los móviles colgantes de conchas marinas que tintineaban en el balcón de Amparo. Separó sus cortinas, permitiendo que un rayo de luz solar lleno de motitas de polvo volando entrara en el apartamento que iluminó y expuso la sombra de largas piernas curvilíneas en su puro y satinado traje de noche. Se agachó sobre una mesa para recuperar un espejo de maquillaje roto y enrolló un billete de 1.000 pesos a través del cual había inhalado heroína, su tercera y última línea del día. La bolsa estaba vacía, pero ella parecía despreocupada; se sentía muy bien. Metió el espejito en su bolso, luego caminó hacia el balcón y miró más allá de las cortinas ondulantes hacia la Universidad Nacional. No se podía comprar una mejor vista.

Los enormes y coloridos murales de Juan O' Gorman estaban en plena exhibición, claramente visibles a ambos lados de la biblioteca. Uno, una maravillosa escena de

108

creación, el otro una serie de imágenes; soles, lunas y eclipses. Pero a ella no le importaba, ni siquiera lo notó. Un sentido familiar de sí misma y el bienestar ondulaba desde su centro hasta las puntas de sus extremidades. Estaba descalza, apoyada en la puerta con una pierna ladeada, moviéndola lentamente de un lado a otro, jugando con largos mechones de pelo mientras disfrutaba de la deliciosa y creciente marea de ambrosía que la atraviesa. Se había sentido aún mejor hace cinco minutos, pero ese bastardo de Héctor había llamado para decir que estaba en camino. Había estado fuera dos días, pero había regresado, y ahora ella se sentía ansiosa.

La heroína hizo mucho para calmar los dolores de la culpa después de disfrutar con Marco. La trató como a una dama, y ella quería volver a verlo pronto. Pero debía tener cuidado. Si Héctor descubría que ella estaba viendo a un hombre más joven, la golpearía y la dejaría.

Ella había pensado en una solución parcial, y tal vez permanente, al problema de Héctor, pero primero vería si él cumplía su promesa de llevarla a Colorado. Prometía mucho, pero no siempre cumplía. Aunque normalmente tenía dinero, las tarjetas de crédito sólo tenían un límite de seiscientos dólares al mes, y por alguna razón siempre se encontraba en bancarrota. Nunca tuvo suficientes ingresos para hacer lo que quería. Se necesitaba más que un apartamento y un puño lleno de pesos para satisfacer sus necesidades. Héctor se había convertido en otra decepción, era avaro, y eso era un problema aún mayor. Ella debía alejarse de él de alguna manera.

Los últimos meses en el museo habían sido una locura. Raúl Córdoba seguía presionándola para tener sexo. El cretino. ¿Cuánto tiempo más podría ella anticiparse a sus demandas? Dos veces el mes pasado insistió en que Amparo se reuniera con él después del trabajo con el pretexto de trabajar. La había llevado al sitio de Tacuba mientras ella lo veía cargar la camioneta del Museo. Se había roto una parte de un nuevo par de bombas, enganchó su manguera y se ensució las uñas. Asqueroso, pero necesario, supuso. ¡La basura que una mujer tenía que soportar! Las últimas dos semanas él raramente venía a trabajar, lo que a ella le parecía bien. Se sentía atrapada en un acto de equilibrio entre dos hombres y sabía lo que pasaría si no encontraba pronto un salvavidas.

Si esto no fuera suficiente problema, otro hombre la quería. Pero algo en Marco le hizo pensar que podría ser diferente de los otros. Claro, él quería meterse en sus pantalones, todos querían sexo, pero hablaba de temas interesantes e hizo cosas muy intrigantes. Era un verdadero arqueólogo, no un burócrata como Raúl que pasaba su tiempo libre cavando en cubos de hielo y midiendo copitas de ginebra para su batidora.

Marco la trataba bien, a diferencia de otros que sabían demasiado de su pasado...y no era un machote desaprobador e inseguro de su masculinidad. También tenía una vena rebelde y antisocial como ella. Ella se preguntaba si se drogaba. Él había aludido a ello, pero ella lo había dejado pasar y no alentaba sus preguntas. En cierto modo, ella esperaba que no lo hiciera. Cuando salía con hombres que se drogaban, las relaciones se volvían feas más rápido.

Miró por las puertas del balcón y vio a Héctor acercarse en su Mercedes. Se detuvo en el semáforo en rojo, esperó el cambio y condujo su elegante máquina plateada hasta el estacionamiento. Se alejó, cerró la puerta corrediza y corrió la cortina. Héctor a veces actuaba de forma paranoica y no le gustaba que lo observaran. Una punzada de ansiedad apuñaló sus signos vitales, pero ella lo suprimió, decidida a mantener el control de la situación.

Momentos después su llave sonó en la puerta, luego su gran cuerpo llenó la entrada y entró en la habitación poco iluminada. Sus papadas, rojas y caídas, enmarcaban una sonrisa de borracho. Se mantuvo firme, con los hombros caídos, y una botella de champán bajo el brazo.

¡Mierda! Ya había estado bebiendo. Un escalofrío involuntario la sacudió. Ella sintió repulsión, pero dijo: — Héctor... ¡estás aquí! Te he echado de menos todo el día, mintió. —No pasas suficiente tiempo conmigo y me siento tan sola en este apartamento.

Héctor puso la botella en la mesa y se giró para mirar su cara de puchero. —Sabes que soy un hombre ocupado. Ten paciencia. ¡No puedo soportar que te quejes!

—No me estoy quejando, respondió inteligentemente. — Sólo quiero que sepas que te extraño. Además...creo que tengo algo que quieres.

—Siempre tienes algo que yo quiero, dijo, insinuando que le goteaba la lengua.

— ¡Héctor! ¡Has estado bebiendo!

— ¿Qué te pasa, perra? le dio una mirada dura. — ¡Alguien que huele heroína no está en posición de juzgar a los demás!"

Una campana de advertencia sonó en su cabeza. ¡*Cállate, estúpido*! Se advirtió a sí misma.

Extendió sus brazos y caminó hacia él. —No peleemos, le gritó. —Aquí, déjame hacerte sentir cómodo. Sé que tienes

111

muchas exigencias. Sólo quiero darte el placer que te mereces.

Poniendo sus brazos alrededor de su cintura y su cabeza en su pecho, ella susurró tranquilamente, coaccionando y acurrucándose contra él, tratando de quitarle el mal humor. Sintió que su tensión se disipaba, y luego algo le faltaba. Él respiró profundamente y se desplomó perceptiblemente.

—Es bueno alejarse de todo, dijo. —Me llaman a todas horas de la noche. A veces no recuerdo haber salido del trabajo o haber vuelto a casa, se quejó. —El país está plagado de tontos que no pueden tomar decisiones y de idiotas que no deberían hacerlo.

Dudó, y luego le devolvió el abrazo, poniéndole la cara en el pelo y respirando profundamente. Alcanzó una nalga firme y redonda para apretar. Ella aceptó su brusco manejo y sus intrusivos puñetazos, y luego se apartó cuando sintió su creciente ardor, cronometrándolo para preceder su excitación por segundos. —— ¡Aiee! Eres como un toro semental cachondo, le halagó. —Abre el champán y te masajearé los pies mientras te tomas una copa.

—Claro, dijo a regañadientes, echando de menos la suavidad de las curvas de su cuerpo. — ¿Tienes una sorpresa? ¿Es sobre la estatua? Espero que sea buena...ya sabes cómo odio que me decepcionen. Se veía expectante. — Así que, sorpréndeme, perra. ¿Qué hace el gusano? ¿Qué encontraste?

Señaló la silla, —Vamos...siéntate. Lo primero es lo primero, Héctor. Se arrodilló sumisamente y comenzó a masajearle los pies, primero uno y luego el otro, pensando en su plan y jugando con el tiempo. Quería que él reconociera su contribución y el riesgo que había tomado. Más que nada, quería que recordara su promesa de una recompensa.

— ¿Qué dirías si te trajera algo que probara que Raúl ocultaba información que pudiera dañar tu reputación y te metiera en la cárcel?

— ¡No se atrevería!

—No lo sé, respondió con maldad, —tendrás que juzgar por ti mismo. Debe estar loco para ocultarte esto.

— ¿Qué? ¿Qué es? ¡No más juegos, Amparo! Sacudió las piernas del calcetín y se inclinó hacia adelante.

—Nada de juegos, Héctor. Lo tengo, pero primero debes prometerme que me protegerás.

— ¿Protegerte? ¿De qué?

Si Raúl supiera lo que he hecho, me despediría.

Si lo que dices es cierto le cortaré los cojones a Raúl y haré que lo envíen a Lecumberri. Me aseguraré de que lo tomen por el culo el resto de su vida.

—Oh Héctor...no seas tan grosero, regañó.

—Basta... ¡no más juegos! ¡Si tienes algo, veámoslo!

—Oh...aguanta, replicó. —Sólo quería que supieras que yo...corrí un gran riesgo por ti. Se levantó de su posición de rodillas y entró en el dormitorio para tomar el informe.

#

Héctor tragó su champán, hizo una mueca, y luego se desplomó en su silla reclinable. ¿De qué demonios estaba hablando? El director del museo era un soplón y necesitaba ser vigilado, pero una doble cruz importante, un complot contra Héctor...no es probable. Córdoba era un conejo. Héctor juró que si lo que Amparo decía era cierto, Raúl estaría buscando trabajo para el fin de semana si aún estaba vivo.

113

Amparo regresó agitando un montón de papeles en el aire.

—Hec...tor, dibujó, — ¿recuerdas tu promesa de llevarme de compras a ver la nieve?

—Sí...lo recuerdo, gruñó amargamente. — ¡Dámelo ya! ¿Esto es por lo de La Comedora de Suciedad? Le arrebató los papeles de la mano y le echó un vistazo a la primera página. — ¿Qué demonios? murmuró, leyendo la portada "Conclusiones Sobre la Continua Desaparición y el Evidente Robo de Antigüedades del Museo Nacional de Antropología" de Juan Degas.

Su corazón se aceleró y luego comenzó a temblar, haciéndolo toser. Se sacudió de pie en su silla. ¡Dios mío! ¡No puede ser! Agitado, sus músculos faciales se movieron y de repente se sintió enfermo. — ¡Llena mi vaso, Amparo!, ordenó, pasando la página.

Frases y palabras saltaban del manuscrito, atravesándolo como una espada: "la evidencia existe", "no puede ser refutada", "para exponer el injerto, el robo y la traición", y "los principales ciudadanos del país". Siguió leyendo, incrédulo e incrédulo y con un cólera creciente que rozaba la furia fría; "le advierto", y "para ser revelado en caso de daño". Vicario se sentó y leyó el informe en su totalidad, a veces gruñendo o poniendo una cara en reconocimiento de una declaración. Sus manos temblaban. Con una ira apenas disimulada y su cara una máscara de acero, miró directamente a los ojos de Amparo.

— ¿Dónde encontraste esto?

—Héctor, yo...

— ¡Piensa! Necesito saberlo todo, desde el principio, ¡perra! Tiró los papeles junto a la silla. —Quiero saber cuándo, cómo y a qué hora...todo.

Amparo dio un paso atrás y se abrazó a sí misma, sorprendida y asustada. Nunca antes lo había visto asustado, y tenía una como máscara en blanco en la cara. Ella debía tener cuidado de no mostrar ningún disfrute de su incomodidad.

Él vio como ella extendía un largo y delgado brazo por la botella, y luego se volvió hacia él. —Cálmate, dijo ella con voz suplicante, y luego narró los acontecimientos que llevaron al descubrimiento del informe, omitiendo algunos detalles menores que no le interesaban.

Se desplomó en la silla, destruido, y traicionado por Córdoba. ¡El conejo se había convertido en un zorro! Pero, ¿por qué? Juan Degas los tenía agarrados por las pelotas y Córdoba fingía que no era así. Degas podría arruinarles la vida, tal vez hacer que los pusieran en El Bote. ¡Héctor debería haberlo matado!

No se hacía ilusiones, su autoridad y su poder no llegaban más allá. No recibiría ayuda de nadie de arriba y si alguien filtrara este informe, su posición como Ministro del Interior estaría en grave peligro. El daño a su reputación sería irreparable. ¿Qué debería hacer? ¿Por qué Córdoba no había compartido esta confianza con él? ¿Qué hacía la serpiente? ¿Por qué no había entregado al Tlazolteotl? ¿Había algo especial en la estatua que Raúl no le había dicho? ¡Que se vaya al diablo! No tenía sentido.

Levantándose de su silla, comenzó a caminar. Amparo, mientras tanto, rellenó su vaso y se lo entregó a mitad de camino. Abrió la boca para decir algo, pero una mirada malévola la hizo callar. Continuó caminando, sorbiendo del vaso y planeando su próximo movimiento. La tensión flotaba en el aire como polvorientas telas de araña que se desplomaban. El aire se sentía opresivo y difícil de respirar, Amparo pensó en lo agradable que sería un toque rápido.

Finalmente, habló. —Lo hiciste bien Amparo, pero necesito tiempo para pensar en esto. Continúa como estás, observa todo lo que hace Córdoba. Es una rata y una serpiente. El próximo fin de semana puedes volar a los Estados Unidos. —No... ¡No interrumpas! Vas a volar a Denver, o donde sea. No me importa porque no puedo ir. Lo arreglaré con Raúl.

—Pero, Héctor...

— ¡Cállate y escucha! siseó. —Tú decides a dónde ir...no importa. Pondré cinco mil dólares en tu cuenta mañana. Compra tu cerebro, no me importa. Te quiero de vuelta en una semana porque tendré más trabajo. Golpeó la gavilla de papeles contra su pierna: —Después de que haya decidido qué hacer con este informe, Raúl Córdoba está acabado, ¡finí! susurró con el puño cerrado.

— ¿Y Juan Degas?, dijo Amparo, casi como una idea de último momento.

— ¿Eh? respondió él, sorprendido por su pregunta. Luego, con una voz que goteaba de malicia, dijo: —Degas ya no es un problema. Tengo planes para él y su pequeña puta. Héctor arrojó el resto de su vaso, luego se dio vuelta y la miró fijamente.

#

Amparo tembló a pesar de que la temperatura nocturna rondaba los 28 grados. Héctor le dio escalofríos. Daba miedo cuando él actuaba así y ella se preocupaba de que él pudiera volver su ira contra ella. Ella miró de nuevo y vio que él la observaba; extrañamente tranquila, casi sometida, pensando y planeando su próximo movimiento.

116

Su voz la asustó. —Amparo, quiero que vuelvas a la casa de Cholo.

—Ohhh, Héctor...odio...

—Cállate y escucha, repitió.

Ella se estremeció ante su tono y su expresión amenazadora. Aun abrazándose, se dio la vuelta, pero escuchó atentamente.

—Dale una nota para que se reúna conmigo en la iglesia el próximo martes a las 3:00.

— ¿Qué iglesia, Héctor?

—Él lo sabrá. Tráeme mis zapatos. Tengo cosas que hacer y lugares a los que ir, respondió bruscamente.

—Pero Héctor...

— ¡Cállate y haz lo que te digo!

Amparo se arrodilló para atar sus zapatos mientras su mente se tambaleaba con posibilidades. Reinaba la confusión. No podía ir a Colorado sola, ¿verdad? ¿Qué debía hacer?

—Sólo cometiste un error, Amparo, dijo él, mirándola. —Deberías haber tomado el informe, no sólo copiarlo. Mañana, cuando regreses al museo, quiero el original, ¿sí?

—Claro, lo que tú digas, cariño, mintió, sabiendo que no tenía intención de recuperar el original. Su cuello quedó asegurado, su trabajo intacto, y Héctor, aunque enojado, parecía estar feliz con ella. Era mejor así. Mañana prometía una tormenta de mierda, y no tenía intención de estar cerca cuando la alcantarilla se abriera. —Ojalá pudieras quedarte, mintió otra vez.

—Lee un libro...escucha música... ¡haz algo! Estoy ocupado y no puedo estar entreteniéndote todo el tiempo. Puede que pasen un par de días antes de que te llame. Haz planes para irte pronto si es lo que quieres. ¡Adiós y deja de llamarme a casa! Molestas a mi hija. Se dio la vuelta y pasó por la puerta, bajó pesadamente por la escalera y salió a su coche.

Amparo, mirando alrededor de la cortina, vio su Mercedes plateado acercarse a la intersección, y luego deliberadamente se pasó la luz roja. ¡Dios! Finalmente se fue... ¡y tal vez por una semana! Ella siempre se sintió exhausta después de que él se iba, y esta noche no fue la excepción. Caminaba sobre cáscaras de huevo cuando él estaba cerca. Cualquier cosa podía hacer que se pusiera en marcha.

Cayendo en el sillón reclinable, consideró las posibilidades del viaje propuesto. ¿Quién vendría con ella? No tenía amigos, y no quería ir sola, eso estaba fuera de discusión. Además, no hablaba inglés y no se iba a un viaje así sola, de todos modos. Ella debe compartirlo con alguien especial. Agarrada por la indecisión, miraba la cortina del balcón, inmersa en su dilema. Inesperadamente, el teléfono sonó. Después de dos llamadas, lo cogió.

— ¿Bueno?

Su expresión pasó de ser de irritación a una sonrisa que lo dice todo. — ¡Marco, eres un demonio! ¡Te dije que nunca me llamaras a esta hora del día! Ella escuchó, su alegría evidente, y luego sin dudarlo dijo: —Claro...Shakey's Pizza...una hora.

Colgó y se sentó a considerar lo que había hecho. Esto podría ser peligroso y Héctor podría descubrirlo, pero a ella ya no le importaba. Quería divertirse un poco y Marco podría ser el billete. Él la ayudaría en más de un sentido, y Héctor podría pagar por ello.

Llena de anticipación, escogió su traje más sexy y lo sostuvo debajo de su barbilla para acicalarse frente al espejo. Perfecto, decidió, luego se maquillaba y se ponía el vestido estampado de color. Volvió al espejo para asegurarse de que se aferraba a sus curvas y acentuaba su figura.

Un plan audaz había surgido, pero ella debe ser persuasiva esta noche. Amparo, astuta y hábil para manipular a los hombres, confiaba en que Marco cooperaría. Él quería lo que todos los hombres querían de ella, y ella se lo daría. Pero para cobrar, él debía acompañarla a los Estados Unidos para unas cortas y románticas vacaciones. Había billetes de avión para comprar y ropa que empacar. Ella debía estar en su mejor momento esta noche, pero había visto sus miradas francas y valientes a su cuerpo.

Un juego de niños, se aseguró. Eufórica con la anticipación y cautivada por la fantasía romántica, dejó su apartamento, tomando las escaleras dos a la vez. Saltó a su escarabajo VW.

—Adiós Héctor, adiós Raúl, susurró, y luego sonrió con alegría. Giró hacia el oeste en la neblina anaranjada del atardecer y se dirigió hacia Shakey's Pizza. Mientras conducía y ordenaba los detalles de su nuevo plan, se olvidó de preocuparse de que la última heroína se le hubiera metido en la nariz una hora antes.

La Comedora de Suciedad

El sacrificio humano es un ritual espiritual tan antiguo como el jade en las montañas del Universo Único. Los primeros grandes, los olmecas, reconocieron la necesidad de sacrificios de sangre. Más tarde, los toltecas, los mayas y finalmente los aztecas continuaron la práctica y la llevaron a su cenit. Afortunadamente, las viejas creencias son difíciles de erradicar. Hoy en el Universo Único los pocos Huhuetes (chamanes) que quedan se deben al sacrificio de animales a los antiguos dioses y espíritus.

Ahora se pueden recorrer los caminos olvidados del Universo Único y ver los santuarios construidos a los antiguos dioses. Pero los nombres han cambiado. San Antonio, San Marcos, etc. son los nuevos proveedores de bendiciones espirituales para la humanidad. Mi gente trae regalos de licor y tabaco para estos espíritus. Esto es una porquería, olvidar los nombres de los Inmortales. Es un error sustituir los productos mundanos por la sustancia más preciosa del mundo, la sangre.

El Comedor de Suciedad Cristiano murió para asegurar el paso de las caras blancas al gran vacío. En el Universo Único la gente fue sacrificada voluntariamente para asegurar la continuación de los dioses y el Paraíso del Sol. Esto era necesario porque el mundo terminaba y empezaba cada 52 años.

Los aztecas eran un pueblo piadoso. Comprendían la dualidad de la existencia, el significado de la vida y la muerte. Se dieron cuenta de que una era temporal y la otra una realización espiritual de la mayor meta de la vida: ascender al Paraíso del Sol. Los almas blancas y sin aprender eran deplorablemente ignorantes de la complejidad y el misticismo del sistema de creencias azteca. Vieron el mundo a través del pálido vacío de los ojos blanqueados en lugar de la rica y roja plenitud de sus sangrientos corazones. Los sucios permitían que sus ojos interpretaran lo que sólo su cuerpo espiritual podía entender. Cuando se encontraron con el sacrificio humano, los blancos gritaron aterrorizados y se cruzaron. Maldijeron y ultrajaron a los sacerdotes aztecas, luego destruyeron los lugares sagrados y construyeron iglesias en la cima de los lugares sagrados en todo el Universo Único. La gran Catedral en el zócalo de la Ciudad de México se inició de esta manera, utilizando roca tomada de la gran pirámide azteca, El Templo Mayor.

Lo que las pieles blancas interpretaban como crueldad y violencia era en realidad compasión y virtud. Los aztecas lucharon en sus guerras de flores para proporcionar el último regalo, la sangre, a Tonatiuh y a Huitzilopochtli, Colibrí a la Izquierda. En el lenguaje azteca, náhuatl, flor y sangre son casi sinónimos. Si uno entiende la semántica del concepto, entonces la dualidad de la vida y la muerte así como el

121

propósito espiritual de los aztecas son fácilmente adivinables.

Aunque no lo admitan, los blancos tienen una larga historia de sacrificio de sangre. De hecho, celebran el sacrificio de sangre de su "Redentor" en misas rituales miles de veces al día en todo el Universo Único. Sus sacerdotes beben sangre ritualmente y comen el cuerpo de su Comedor de Inmundicia, ¡Jesús! Fieles a su carácter superficial, han encontrado la forma de beber la sangre de la misma víctima y comer su cuerpo una y otra vez. ¡Inmundicia! ¡Sacrilegio! ¡Abominación! Las caras blancas son unos malhechores espirituales comparados con los aztecas. Su representación ritual está muy lejos de ser real. ¿Puede un dios ser saciado con una copia? ¿Los más poderosos se conformarán con fingir, con la simulación, con una mentira?

Juan Propone A Linda Maria

Sábado 21 de Junio de 1984 Teotihuacán, México
(Treinta millas al norte de la Ciudad de México)

Parado en la cima de la gran pirámide del Sol en
Teotihuacán, Juan presionó su mano contra el dolor en su
costado y jadeó para respirar. Su corazón palpitaba
dolorosamente por el agotador recorrido de las escaleras de
la pirámide. Linda, que iba detrás, ahora estaba sentada
desplomada y jadeando en medio de la plataforma. Se abrazó
a sus piernas. Entrando en escena, con las manos en las
caderas, Juan miró hacia la lejana oscuridad y dejó crecer una
sensación familiar de asombro en su interior mientras su
cuerpo se recuperaba de la escalada. Empezó a caminar por
la periferia del vértice de la pirámide y a mirar el paisaje
nocturno. Parado en su cúspide, podía ver claramente el
tercio superior, pero el resto se escondía, oculto en la
oscuridad de la mañana. Pronto habría luz, y la majestad de
la pirámide se revelaría a todos. Aturdido por el esfuerzo, su

123

espíritu se elevó y dirigió su atención a los viajeros de lentejuelas que viajaban lentamente por el cielo. Brillantes, las estrellas presumían de su esplendor sobre un oscuro fondo de satín, su eterno viaje sin obstáculos por preocupaciones mortales, indiferente a los dos jóvenes amantes en la cima de la pirámide de 2.000 años de antigüedad.

Esta mañana el grupo de estrellas conocido como las Pléyades alcanzó su cénit directamente sobre la gran pirámide del Sol, como siempre lo hizo el 21 de junio. A medida que el oscurecimiento y la niebla se disipaban en el pre-amanecer y la Vía Láctea se desvanecía lentamente, y donde el cielo se unía a la tierra, un resplandor se hacía más intenso en el este. El solsticio de verano, el día más largo del año, había llegado. El dios del Sol había ganado una vez más su batalla nocturna con los demonios del inframundo. Ningún sonido vino de los dos aventureros; cada uno perdido en sus propios pensamientos. Habían venido a presenciar el ascenso de la constelación de las Pléyades a su punto más alto y a confirmar que los cielos mantenían su orden. Este evento trascendental, ahora ignorado en gran medida y por lo tanto sin importancia, fue mayormente olvidado. El templo Tolteca había sido construido originalmente como un observatorio para este propósito, pero ahora nadie lo usaba. La ciudad había sido abandonada durante casi mil años.

Juan se sentó junto a Linda y su cabeza se apoyó en su hombro. Se sentaron inmóviles, escuchando el silencio. Miraba el brillo oriental del horizonte mientras su imaginación empezaba a reconstruir la ciudad y sus habitantes.

Debajo estaba la Avenida de los Muertos. Pirámides más pequeñas se alineaban a cada lado de la calle y en el extremo norte se encontraba una pirámide más pequeña, el Templo de la Luna. El ojo de su mente imaginó estructuras de madera con techos de hojas de palma sobre cada pirámide. Hermosas flores adornaban las casas y las calles y coloridos estandartes ondeaban al viento. Filas de casas blanqueadas se alineaban en la periferia de la ciudad. Los niños jugaban en las calles mientras los vecinos se ponían de pie y chismorreaban sobre los acontecimientos más recientes.

Con su imaginación en caída libre hacia el pasado, miró dos millas al sur donde los mercados estaban en pleno apogeo. Miles de personas miraban boquiabiertos, compraban y hablaban. Una milla más allá, estaba la Ciudadela y el Templo de Quetzalcóatl. Lejos, al borde de la ciudad, los caminos estaban alineados con gente que venía de lejos; mercaderes de los mayas al sur y zapotecos de la poderosa ciudad de Monte Albán en Oaxaca. Venían a comerciar por el producto más valioso de Mesoamérica, la obsidiana verde, de la que se tallaban hermosas piezas de arte y donde se fabricaban dagas ceremoniales para el derramamiento de sangre. En su día Teotihuacán, la gran comunidad tolteca cuyo nombre significa "El lugar donde los dioses se reúnen", había sido la ciudad más poderosa del mundo. Abajo, en la Avenida de los Muertos, imaginó a los sacerdotes saliendo de sus templos y comenzando las abluciones y los rituales necesarios para mantener los favores que los dioses concedían a la ciudad. Vio a miles de soldados toltecas marchando a la guerra vestidos con colores alegres, engalanados con flores y adornados con plumas de quetzal, tapones para la nariz, y ropajes bordados. Llevaban escudos de muchos colores, garrotes de piedra, y espadas bordeadas con escamas afiladas de obsidiana. Los ejércitos de Teotihuacán habían controlado un imperio que iba desde el actual sur de los Estados Unidos en la periferia norte de México, hasta lo que hoy es Guatemala en el sur. Hacía mil quinientos años había sido la ciudad más grande de la Tierra, que exigía enormes tributos y cautivos interminables para sacrificar a los dioses hambrientos que controlaban los movimientos celestiales del sol y la luna.

El horizonte oriental seguía brillando. Linda se agitó, murmurando algo apenas audible, pero Juan estaba sentado absorto en el espectáculo que desfilaba ante su imaginación. Ya había estado aquí antes; dos veces con Linda y cuatro veces con Marco. Prefirió, sin embargo, venir sin compañía y sin la presencia de otros. En esos momentos la historia y el misterio se hicieron tan inmediatos y reales que se perdió en la fantasía.

Brillantes agujas blancas explotaron sobre el horizonte, atravesando el cielo de la mañana con su brillo. Un orbe rojo sangre comenzó su ascenso hasta que quedó suspendido sobre el horizonte oriental. El dios mono Ehécatl había hecho volar al dios Sol hacia los cielos otra vez. La promesa se había cumplido. El mundo aguantaría otro día.

El sol quemó la antigua ciudad con una luz dorada. Una etérea niebla matinal se disolvió en la claridad, revelando los alrededores de la ciudad abandonada. Juan se puso de pie para disfrutar de la vista. Tomando la mano de Linda, comenzó a hacer gestos y a hablar, explicando lo que sabía de los misterios toltecas. Habló sobre las deidades celestiales de México - el sol y la luna - y cómo el sacrificio humano se había convertido en necesario para asegurar los movimientos del sol, la luna, las mareas y las migraciones de animales. Describió cómo se sacrificaban los cautivos, la importancia e influencia de los sacerdotes y la relación entre el Valle de México y el resto del país.

#

Linda suspiró y cambió su peso, tratando de parecer interesada. Una sonrisa se dibujó en la comisura de su boca. Ya lo había oído antes, pero se sentía bien al verle entusiasmado con su trabajo de nuevo. Sin embargo, ella lo desconectó en lugar de volver a escuchar la conferencia. Era romántico venir a esta hora cuando las ruinas estaban vacías, y por eso ella había aceptado acompañarlo. Pero sus pensamientos se volvieron hacia el interior y su mente se desvió.

A su regreso a la Ciudad de México, mientras coronaban las montañas que rodeaban el Valle de México, un miedo morboso había hecho que unas punzadas de ansiedad corrieran por su columna vertebral. Este era el lugar donde había sido golpeada y casi asesinada. Pero los tres, Juan, Marco y ella misma, se habían tomado a la ligera y habían adoptado una bravuconada, una actitud camaraderil de "estamos todos juntos en esto".

Desde que regresó con sus padres, la vida no fue tan mala. La trataron como una hija pródiga que regresa al nido. Su padre, Mario, incluso se había comportado civilizadamente con Juan. Los chicos habían tomado un apartamento, y una semana después David había llamado y programado una reunión en la universidad. Pasaron todo el día reencontrándose y reafirmando viejos lazos. Marco, sorprendentemente, había empezado a trabajar cinco días antes. David estaba haciendo una lista de proyectos para

127

Juan, y los había animado a ir despacio y a sentirse cómodos con la ciudad de nuevo. "Diviértete", dijo, "tómate unos días de descanso".

Para su sorpresa, el profesor le ofreció un trabajo también, confiándole un proyecto especial. Se trataba de examinar mapas históricos, pero mal hechos, de Tenochtitlán y del lago de Texcoco de la época de la conquista y compararlos con los antiguos mapas de la Ciudad de México, dibujados después de la construcción de la Catedral en el zócalo de la Ciudad de México.

El profesor quería identificar puntos de referencia y localizar las antiguas calzadas aztecas. Estos caminos, enterrados hace quinientos años, habían conectado la ciudad isla azteca de Tenochtitlán con el continente.

El Dr. Wolf ya había descubierto similitudes entre una antigua ruta a Chapultepec en un mapa de la Conquista y otra dibujada por Juan Gómez de Transmonte en el siglo XVI. David le enseñaría el proceso de dibujar mapas a escala en transparencias y superponerlos a los antiguos mapas. Había aludido a la posibilidad de encontrar algo más excitante que las calzadas, pero no sería específico, aunque afirmaba tener dos de los tres puntos de referencia que buscaba.

A su lado Juan continuó su aburrida conferencia, ahora hablando del Templo de Quetzalcóatl. Linda cerró sus brazos sobre su pecho, ladeó la cabeza con impaciencia e interrumpió.

— ¿Juan?

— ¿Eh?"

— ¡Basta, querido! Es hora de un beso... ¿no puedes ser romántico? ¿Por qué siempre estás tan serio?

— ¿Eh?

—No me importa cortar corazones o construir templos. Abrázame y dime que me amas, tonto. Háblame. No me sacaste de la cama y me obligaste a subir a la pirámide más alta de México sin ni siquiera un beso, ¿verdad?

Tomando la pista obvia, la alcanzó y puso un brazo alrededor de su cintura. Su otra mano acarició sus largos mechones marrones. Parecía dudar, y luego se alejó. Una mirada de angustia cruzó su rostro e intentó hablar, pero en cambio tartamudeó. Mientras ella veía disolverse su compostura, él murmuró algo acerca de —Me alegro de que hayas venido, y de que era —muy especial, y —Tenía la intención de hablarte de algo muy importante.

Nunca lo había visto así y su torpeza la sorprendió.

—...de todas formas, supongo que lo que intento decir...es que te quiero...mucho. No puedo imaginarme no estar contigo y...se detuvo, confundido, viendo la expresión desconcertada de su cara. Respiró hondo y dijo: —Un momento, y metió una mano en su bolsillo para extraer una pequeña caja cubierta de fieltro.

Linda, que apenas respiraba, se quedó muda de sorpresa, sabiendo que finalmente estaba sucediendo. Apenas podía oírlo ahora, sólo un fuerte zumbido en sus oídos. Juan abrió la tapa y expuso un hermoso anillo con un gran diamante centrado en un grupo de pequeños rubíes rojos en forma de corazón. ¡*Precioso*! Ella miró con los ojos muy abiertos, sin palabras.

—Sabes que te quiero. Significas más para mí que...que......te quedaste conmigo en el peor momento de mi vida. No puedo imaginarme vivir mi vida sin ti. ¿Te casarías conmigo?

Se sintió temblar por todas partes. Parte de ella quería arrebatar el anillo y gritar de alegría, pero en vez de eso sus ojos empezaron a lagrimear. Había esperado tanto tiempo, y cuando miró a Juan, vio que él también se sentía vulnerable, con miedo a ser rechazado.

Tomó el anillo y lo miró a los ojos. Se abrazaron mucho tiempo y Juan comenzó un largo y apasionado beso que terminó con sus manos comenzando a vagar. Linda se apartó, diciendo: — ¡No aquí, tonto, el mundo entero puede vernos!

—Vamos, es tan temprano, nadie se levanta a esta hora del día. Podría ser la primera vez que alguien lo hace aquí.

—Ni hablar, señor. Controla tus hormonas. Sé romántico y ponme esto en el dedo.

—Claro, ¿qué tal esto? Confiado ahora, la deslizó en el tercer dedo de su mano. Con un gran sentido del humor, dijo: —Linda, si te niegas a casarte conmigo, me arrancaré el corazón y bajaré por esta pirámide.

Se rió, encantada con la farsa. —Oye...no quiero tu sangre en mis manos, así que supongo que tendré que decir que sí.

— ¡Bravo! ¡Bravo! vino un grito desde abajo. Miraron hacia abajo.

— ¡Eres un perro romántico, Juan Degas! Gritando Marco, saludando desde abajo. Subía a la pirámide con dos botellas de champán en una mano y tres copas de vino de tallo largo en la otra.

Mientras subía, jadeaba, gritando: — ¡Eres un profanador de jóvenes doncellas...un mujeriego, y una barredora!

Linda aplaudió y se volvió hacia Juan. — ¿Tú planeaste esto, no es así?

—Bueno...pensé que sería un lindo detalle...ya sabes...una propuesta de matrimonio, champaña con amigos, unos brindis por nuestro éxito.

Le dio un rápido beso en la mejilla, luego se volvió y llamó a Marco. —Ten cuidado de no caerte.

—Ugh...odio las pirámides, jadeó. —Tomaré una trinchera sobre la roca cualquier día. Continuando con la charla, hizo un progreso constante hasta que llegó jadeando y rogándole a Linda que le diera resucitación boca a boca.

—No hay posibilidad...no se sabe dónde ha estado esa boca. Pero tal vez Juan...

—No puede ser. Sé dónde ha estado.

—Ríanse los dos. Marco extendió un vaso a cada uno. —¡Si mis pulmones se colapsan, morirás siendo el culpable! jadeó. —Dejé una cama caliente para arriesgar el peor tráfico del mundo, para traer alegría y compañía a las personas más especiales de México, y para alegrarles el día con espíritus carbonatados. Levantó las botellas de champán. —He venido a presentar mis respetos a Tonatiuh, el dios del Sol...aunque veo que llego un poco tarde. Usó su otro brazo para dar sombra al sol. —Más que nada, se volvió hacia Juan, —Vine a pagar la fianza de tu trasero en caso de que lo arruinaras y Linda te empujara por el borde. ¿Cómo lo hizo, de todos modos? No vine muy temprano, ¿verdad?

— ¡Marco, eres imposible! Me alegro de que hubiera un plan de respaldo...pero...sí...todo está bien. Lo hizo muy bien. ¡Qué hombre!— Ella volvió a abrazar a Juan, y ellos se abrazaron.

—Vale, vosotros dos...romped antes de que os asfixiéis. ¿Qué tal un poco de champán? Marco blandió las botellas, hizo un juramento a los antiguos dioses toltecas, luego abrió los corchos con gran fanfarria y charla sin parar.

#

Una hora después de la fiesta, Marco tomó una botella vacía y declaró: —El lunes es el gran día, amigo. Empezó a pelar la etiqueta. — ¿Ya has encontrado tu nueva oficina? añadió con una sonrisa maliciosa.

—Oye...estuve en ese lugar mil veces cuando Raúl y el profesor trabajaban en él. Conozco mi camino. El zócalo no está tan mal. Todavía no sé cómo terminaste en la Universidad y yo en el centro. Toma...déjame quitarte esa cosa marrón de la nariz.

Marco se agachó bajo el lento golpe del brazo de Juan.

—Supongo que David está preocupado por mantenerme fuera de problemas...quiere que mantenga un perfil bajo. Juan movió su peso a la otra pierna, y luego bebió el resto de su champán. Se limpió la boca. —Lo arreglaré como en mi antigua casa del museo, pero primero hay que limpiarlo. Devolveré algunas cosas que David dejó y tal vez moveré algo de polvo hasta que decida lo que necesito... ¿sabes? ¿Cuál es tu plan para el lunes?

—Me voy al museo a buscar libros. Hay una guapa bibliotecaria que me ayuda a navegar por los oscuros pasillos de la biblioteca. No puede quitarme las manos de encima.

—Debe necesitar gafas, se burló Linda. Marco la ignoró. — Bueno, continuó ella, poniendo su nariz en el aire, —Tengo mi propia oficina en la universidad...justo al final del pasillo del profesor, se rió, achispada por el champán. —En realidad...la verdad es que...me metió en un laboratorio en el cuarto piso. Está lleno de huesos viejos y ollas rotas...el lugar es un desastre. Juan alcanzó su mano. Mirando primero a

Linda y luego a Marco, dijo: —Esta vez va a funcionar. Evitaré a ese bastardo de Raúl, aunque me gustaría cortarle los cojones. Marco, tú has lo mismo, ¿sí?

—Estás predicando al coro...cuídate. Sigamos con el negocio, ¿de acuerdo? Nada de cruzadas. Sostuvo el ojo de Juan. —Esta vez seguimos las instrucciones del profesor... ¿de acuerdo?

— ¡De acuerdo! Juan extendió su mano y ellos se sacudieron.

Se sentaron en la cima del Templo del Sol, en la ciudad donde los dioses se reúnen, disfrutando del último champán. Se dieron un festín con los frutos de las semillas plantadas y cultivadas durante muchos años de amistad. Bebieron por amor y hablaron de viejas lealtades. Linda y Juan achispados, enamorados, se colgaban el uno del otro.

Finalmente, las botellas vacías y el sol de la mañana creció fuerte en sus espaldas, Marco declaró, — ¡Desayuno para mí! Hay un restaurante al aire libre en la carretera. ¿Qué tal un poco de chorizo y café?

—Suena genial. ¿Linda?

—Claro, por qué no...pero...eh...no sé si puedo bajar sin caerme, se rió.

¿Eh?

—Demasiado champán...aquí toma mi mano.

Con Linda en el medio, bajaron la pirámide de dos mil años de antigüedad. Después de recuperar el aliento, Juan y Linda caminaron de la mano hacia su Mustang, de espaldas a la ciudad abandonada. La ciudad donde los dioses se reúnen, Teotihuacán, tenía otra historia que contar. La ciudad donde incontables personas habían vivido, trabajado, rezado y muerto se mantenía eterna y despreocupada. Permanecía inmóvil, esencialmente sin cambios, testigo de las aspiraciones, ilusiones y fracasos del hombre.

Juan y Raúl Discuten

Lunes 23 de Junio de 1984, 8:00 a.m. Sitio de Tacuba, Ciudad de México

El viento sopló repentinamente, capturando trozos de papel, polvo y arenilla, arremolinándolos en un torbellino de polvo que corría a lo largo de un camino sembrado de grava y surcos que conducía al sitio de excavación de Tacuba. Dos estorninos piarón y lucharon por una tortilla rota lanzada al suelo por dos hombres que cocinaban cáscaras de maíz en la tapa de un barril situado sobre un fuego abierto. El lunes por la mañana nadie apareció con prisa para empezar a trabajar. De hecho, poco se logró en las últimas dos semanas. Los trabajadores se pararon alrededor sin líder, sin rumbo, hablando y esperando.

Juan se sentó pesadamente sobre un montón de escombros, e inmediatamente se puso de pie para frotarse los ojos y escupir la arenilla y el polvo que el diablo del polvo le había metido en la boca. Cuando se sentó de nuevo, un cegador sol de media mañana le hizo encogerse. Levantando su brazo para bloquear la luz, se arrastró hasta el lado sombreado de la pila de rocas.

Un dolor de cabeza pulsante le llamó la atención y su boca sabía a una madriguera de mierda de jaguar. Sus manos temblaban en una parálisis por alcohol. Le dolía, y el tener que estar en el trabajo temprano un lunes por la mañana sólo empeoraba las cosas.

Regresar a la Ciudad de México había sido un éxito hasta ahora. Su encuentro con David había ido bien, y el sábado Linda había dicho, "¡Sí!" a su propuesta de matrimonio. Su encuentro en el Templo del Sol en una mañana de solsticio de verano fue romántico y alegre. El champán y el desayuno al aire libre habían despertado sus impulsos de celebración. Así que tenían que pasar el día y la noche conmemorando la ocasión con una salva de botellas de champán en la Zona Rosa, seguida de una noche de baile.

Linda, agotada por la fiesta sin parar, se fue a casa por la mañana temprano. Juan se desplomó en el sueño, saciado y debilitado, sólo para ser despertado por Linda, pidiéndole que asistiera a la misa en Nuestra Señora de Guadalupe. Este recuerdo provocó un gemido y un movimiento de su cabeza. Cansado y enfermo de intoxicación alcohólica, desprovisto de su sentido común, aceptó ir, demostrando a Linda, lo mucho que la amaba.

Después de la misa y de un desayuno tardío, la instó a volver al apartamento para hacer más el amor, pero ella se opuso, convenciéndole de que fuera a casa de sus padres. Al llegar, la puerta se abrió y una larga fila de parientes rodeó al Mustang, vitoreando y gritando: "¡Felicidades!", felicitándolos por su compromiso. Las festividades

136

comenzaron de nuevo. Se ofrecieron brindis al brandy hasta el almuerzo a las 2:00 cuando una tropa de mariachis con trajes de lentejuelas púrpuras, con sombreros de ala ancha, llegó para dar una serenata a la ruborizada y achispada pareja.

Al acercarse la noche, Linda se retiró para una siesta de dos horas. Juan, mientras tanto, siguió bebiendo y hablando con su padre, Mario, bajo un aguacatero sombreado junto a una fuente de agua burbujeante en un patio al aire libre al estilo español. Brindaron y hablaron de Linda hasta que Mario se puso sensiblero y se le humedecieron los ojos. Desplumando una lima de un árbol cercano y cortándola con su cuchillo, confesó su antiguo desagrado por Juan, y luego declaró su nueva aprobación. Mario, borracho pero lleno de ecuanimidad, declaró que estaba orgulloso de que Juan fuera su yerno. Continuaron bebiendo, brindando cada uno por la familia del otro, levantando copa tras copa. Brindaron por la selección de fútbol de México, sus coches favoritos, sus estrellas de cine favoritas, el pastor alemán de Mario y más, hasta que se sentaron borrachos y casi somnolientos. Ninguno de los dos parecía dispuesto o capaz de abandonar la mesa del patio. Linda se despertó de su siesta y ayudó a su madre a separar a los más borrachos echando a su padre a la cama y haciendo que un Marco apenas sobrio llevara a Juan a casa.

Juan, preocupado por causar una buena impresión, se levantó a tiempo y visitó su nueva oficina cerca del zócalo. Era un desastre, así que movió algunas cosas y removió el polvo, y luego fue a Tacuba al ver el mensaje del profesor en la pizarra: "Vayan a TACUBA". El mensaje le pareció un poco

137

extraño, pero supuso que David quería encontrarse con él allí.

Ahora estaba sentado sobre una zanja de 20 metros de ancho en una pila de roca volcánica. La incongruencia de tanta piedra en un antiguo lecho de limo y arcilla debería haber despertado su curiosidad, ya que podría ser parte de una vieja carretera o estructura construida por los aztecas. Hoy, sin embargo, la arqueología debía competir con su resaca por la atención.

— ¡Buenos días, Señor Degas! llamó una voz alegre desde abajo.

Juan, levantando la cabeza, trató de emitir una respuesta a pesar de la cabeza palpitante y el empeoramiento del estado de ánimo. —Buenos días Sebastiano, respondió al fornido y redondo ex-palillero. —Cuánto tiempo sin vernos... ¿cómo está la nueva esposa?

—Bien...muy bien, sonrió Sebastiano. Miró hacia otro lado, momentáneamente avergonzado por la pregunta.

Juan sonrió benignamente al amable obrero de la construcción, viendo como un buen presagio encontrar a alguien que conocía a primera hora en el trabajo. Sebastiano seguía siendo uno de los favoritos de las excavaciones anteriores y Juan lo recordaba como contento, muy trabajador y, como muchos de sus hermanos, sorprendentemente conocedor de la prehistoria de México. Sebastiano había sido un trabajador común de los servicios públicos de la ciudad cuando su pala, sin darse cuenta, entró en contacto con una gran piedra circular tallada en relieve de la diosa Coyolxauque, hermana del dios de la guerra Huitzilopoxtli, Colibrí a la izquierda. Su descubrimiento condujo finalmente a la excavación del gran templo azteca y a incontables hallazgos arqueológicos. La vida de Sebastiano mejoró notablemente con su nueva notoriedad. Después de asistir a la escuela técnica, consiguió un empleo como operador de maquinaria pesada y se había casado recientemente con una joven de Sinaloa.

—Entonces, ¿cuál es el plan? Juan preguntó distraídamente, mirando la larga zanja hacia Tacuba. — ¿Ha terminado el estudio topográfico?

—Si...si, están acabados, respondió Sebastiano, —hace mucho tiempo. Estamos esperando que el Sr. Córdoba dé su aprobación para ampliar el túnel.

— ¡Córdoba! exclamó Juan. —No está aquí, ¿verdad?

—Por qué...sí...él es, Sr. Degas, el obrero dudó, viendo la mirada de malicia en el rostro de Juan. —Está a unos cincuenta metros al oeste, examinando una pared de roca como esta, señaló hacia Tacuba.

El humor de Juan se oscureció inmediatamente. Aunque era inevitable, no se había encontrado con el director del museo desde su regreso, y la perspectiva de hacerlo esta mañana hizo que una rápida y blanca ira se apoderara de él.

— ¡Ese hijo bastardo de Malinche! se puso de pie de un salto. —Siempre entrometiéndose...y no sabe una mierda de arqueología. ¿Por qué lo retiene todo?

Vacilado por la repentina ira de Juan, Sebastiano dio un paso atrás. —No sé, sus hombros redondos se encogieron. — Encontró algo hace un par de semanas, una pequeña estatua, creo. Cerró las operaciones hasta que termine sus investigaciones.

— ¡Investigaciones! Juan resopló. —Córdoba no es un investigador...es un burócrata, ¡y uno muy pobre! ¿Dónde está la mierda?

— Sr. Degas, está justo detrás de usted, escuchando sus insultos, dijo una voz que rezumaba desprecio. —Oí que estaba en la ciudad, pero no lo creí. ¡No tienes derecho a hablar así delante de los trabajadores!

— ¡Raúl! Juan se dio la vuelta, momentáneamente avergonzado, pero su humor y su ira no fueron negados. Aunque en una situación incómoda, sabía que debía decir algo. Empezó mal.

—Entonces... ¿qué hay en la bolsa? ¿Algo para vender a tus amigos?

— ¡Cuidado, Degas! siseó el director del museo. —Nunca tuviste sentido común...siempre hablando en voz alta y con la gente equivocada. ¡Ten cuidado de no seguir cometiendo los mismos errores! La voz de Raúl goteaba insinuaciones.

Juan, entendiendo la insinuación, tembló con rabia largamente reprimida. —Escucha, bastardo, dijo con una voz empapada de odio. — ¡Si vuelvo a oírte amenazarnos a mí y a Linda, te mataré! ¿Me oyes, bolsa de basura? Se adelantó, dobló los puños, la amenaza en su voz era inconfundible.

— ¡No intentes intimidarme, Degas! Raúl dio un paso atrás. —No sé de qué estás hablando. Se lanzó en busca de ayuda. —Una docena de testigos te oyeron amenazar con matarme. ¿Qué estás haciendo aquí, de todos modos? No tienes derecho a estar en esta excavación. Llamaré al profesor Wolf para informar de este incidente e insistir en su expulsión. El director del museo se echó la bolsa a la espalda, dio otros dos pasos hacia atrás, miró con recelo a Juan, y luego se dio la vuelta para alejarse, mirando por encima del hombro para asegurarse de que Juan no le saltara encima.

El joven arqueólogo se paró con los puños cerrados, abandonado a una rabia impotente mientras veía la espalda menguante de Raúl Córdoba moverse hacia el este, hacia una lejana línea de coches. La quietud se apoderó de la obra llena de escombros. Sólo el sonido de las botas del director del museo aplastando la tierra rompió la feroz quietud mientras se retiraba de los asuntos pendientes.

Nadie habló. Varias personas habían sido testigos del intercambio, pero no comprendían la situación. ¿Por qué la discusión? Si los toros estaban peleando por la vaca, ¿dónde estaba la vaca? Algunos de los trabajadores se miraron con conocimiento de causa, comunicando en silencio algo que no se había dicho. Sebastiano se recuperó primero.

—Sr. Degas...agitó sus grandes brazos desde la trinchera, —cálmese... ¡Este no es lugar para una pelea! suplicó. —No lo siga...no quiere problemas, señor. Por favor, tengo café caliente y tortillas que podemos compartir hasta que se sienta mejor.

La mente de Juan se aceleró. ¿Qué demonios había pasado? ¿Cómo se había deteriorado la situación tan rápidamente? Había amenazado con matar al director del museo delante de veinte testigos. ¿Había perdido la cabeza? Pero el bastardo lo había provocado...hablando de no cometer los mismos errores. ¡Ese hijo débil de Malinche!

El argumento selló su convicción: estaba seguro de que Raúl había ordenado el ataque del año pasado en la Zona Rosa. El recuerdo desagradable de la pelea le hizo apretar el estómago y un espasmo involuntario lo sacudió. Tenía ganas de vomitar.

—Señor Degas... ¿está usted bien? presionó el preocupado Sebastiano, que ahora subía de la trinchera. —Mi termo está aquí y tengo una taza extra. Se dirigió hacia una excavadora cercana, caminando ligeramente encorvado, como si sus enormes brazos colgaran demasiado pesados para llevarlos.

Juan apretó y soltó sus manos. Aunque enfadado, su pasión había retrocedido para ser reemplazada por una torpe vergüenza. Dudó, notando las caras fijas del equipo de construcción, cambió su peso de una pierna a la otra, y luego caminó hacia la excavadora donde Sebastiano estaba de pie destornillando la tapa de su termo. Aceptó una taza de café humeante.

Ninguno de los dos habló por un momento, y luego Juan le dijo suavemente: —Sé que probablemente no entiendas por qué pasó eso. Tomó otro sorbo y luego agregó: —Pagó a algunas personas para que nos hicieran daño a mi prometida y a mí hace un año. Tengo asuntos pendientes con Raúl Córdoba.

Pensando en su propia y bonita esposa, la cara redonda de Sebastiano se iluminó con comprensión. —Si eso es cierto, merece que le den una paliza. Aquí no le gusta a nadie. Usted y el profesor nos hablan como hombres, el gran puño de Sebastiano golpeó su pecho para enfatizar. —Pero Raúl actúa como si no tuviera que cagar; su nariz siempre está en el aire, y tiene miedo de ensuciarse las manos. Como un pensamiento posterior, Sebastiano añadió: —Me pregunto qué tenía en el saco.

Juan se quedó callado y bebió su café. A su alrededor, la gente volvió a las tareas que habían comenzado antes de la discusión. La resaca de Juan clamaba por atención y su estómago empezó a tener retortijones. Tal vez sería mejor si vomitara. Cuando Sebastiano volvió a ofrecer el termo, Juan le hizo señas para que se fuera. Colocó la taza sobre la banda de rodamiento del tractor y dijo que tenía que hacer una llamada telefónica. Le dio las gracias por el café, y luego se fue en la misma dirección que Raúl, hacia su coche.

Condujo hacia la Universidad Nacional, pensando en lo que le diría al profesor Wolf. El tráfico se movía lentamente, y treinta minutos habían pasado antes de que llegara a la rampa de entrada a Insurgentes, y luego otros treinta para conducir a la universidad. Se tomó su tiempo. La urgencia había huido como un campo de cuervos asustados, dejándolo indeciso y sintiéndose culpable. ¿Cómo había sucedido? ¿Qué haría Raúl ahora que sabía que Juan había regresado? Gimió y golpeó el tablero con el puño.

Después de aparcar su Mustang en el estacionamiento del personal, se dirigió al Departamento de Antropología. Le había prometido a David que esto no sucedería, pero había sido su primer día de trabajo. Después de analizar sobre qué decir, decidió que la verdad era mejor, como siempre. Se había abierto la bocota y casi se mete en una pelea. Ahora debía afrontar sus problemas como un buen chico. No sentía remordimiento por lo que había dicho. Odiaba a Córdoba, pero no quería causarle problemas a David.

Veinte minutos después se sentó en la última fila de una gran sala de conferencias con doscientos estudiantes escuchando al profesor terminar la clase de la mañana. El Dr. Wolf estaba dando una conferencia sobre las culturas prehistóricas del norte de México: la Mogollón, la Hohokam y la Anasazi. Casi fuera de tiempo, repasó rápidamente la lección del día trazando paralelismos entre las tres. Citó los campos de pelota, la agricultura compuesta de maíz, frijoles y calabaza, los sacrificios humanos y la arquitectura de piedra bien construida, especialmente entre los Anasazi que habían construido viviendas muy elaboradas en los acantilados.

Juan pensaba que el argumento para la difusión de ideas a los Anasazi era débil. Los arqueólogos mexicanos defendían rutinariamente la difusión de las ideas de México como la fuente de casi todo. Según algunos, incluso los constructores de montículos de efigies prehistóricas del Mississippi y del valle del alto Ohio recibieron sus ideas de México. Sin embargo, era cierto que ninguna otra civilización del Nuevo Mundo se había acercado a la complejidad social y material de la América Media, aunque los Incas en América del Sur se acercaron.

Juan se desplomó en su asiento, disfrutando del ambiente familiar del aula. Estuvo tentado de cerrar los ojos, pero la clase terminó de repente. Cientos de estudiantes metieron sus libros en sus mochilas y salieron de la sala. Había llamado la atención de David cuando entró en la sala de conferencias, así que esperó pacientemente mientras el profesor visitaba a los estudiantes curiosos. Finalmente, hizo una pausa y se dirigió por el pasillo hacia Juan. Inexplicablemente, la frase bíblica "La hora del juicio está cerca" saltó a su mente y adquirió un nuevo y más claro significado. Respiró hondo y esperó a que se acercara el juez.

El Profesor Wolf Castiga a Juan

Lunes 23 de Junio de 1984 10:30 a.m. Universidad de la Ciudad de México

Inquieto, David se alejó de su escritorio y se reclinó en su silla. Echó un vistazo a su reloj de pulsera. Una reunión estaba programada en treinta minutos y no quería llegar tarde. Juan estaba hablando, apenas visible sobre los libros, carpetas e informes en el escritorio del profesor. Pilas de papeles, libros variados, y más estaban esparcidos al azar por toda la habitación. La oficina parecía un desastre y olía a humedad. El viejo y humeante yeso del techo colgaba roto y cojo, desafiando la gravedad y amenazando con el caos del desorden.

Las paredes de yeso estaban agrietadas, pero decoradas con recuerdos. Fotografías de David y Alicia en Yucatán y Oaxaca decoraban la pared trasera. En su escritorio había una foto de los Voladores guatemaltecos, los originales saltadores

145

de bungee, lanzándose hacia abajo desde la parte superior de los postes con sólo una cuerda atada a sus tobillos en el Festival guatemalteco de Santo Tomás en el pueblo de Chichicastenango. Numerosos objetos estaban colocados alrededor de la habitación.

El desorden era tan completo que había renunciado a organizarse y rechazaba rutinariamente las ofertas de ayuda de los estudiantes graduados que, en realidad, sólo querían examinar los tesoros de la acumulación académica olvidada. Sus estudiantes discutieron alegremente sobre la excavación de la oficina después de su muerte. David tenía un miedo no expresado de no poder encontrar nada nunca más si alguien que no fuera él mismo limpiaba la habitación. Una sorpresa se revelaría ocasionalmente de una pila descuidada. Una vez encontró un recipiente de plástico de cuatro años con un sándwich incrustado de moho, y en otra ocasión, una tarjeta de aniversario de boda no enviada por correo que le había metido en problemas con Alicia.

Estaba medio escuchando la narración de Juan, pensando en lugar de su próxima excursión a Veracruz, cuando una palabra clave lo asustó. Se tambaleó violentamente y se volvió hacia Juan.

— ¿Qué? ¿Fuiste a dónde? La incredulidad se extendió por la cara del profesor. —Dilo otra vez, hizo un gesto con la mano.

—Fui a Tacuba, y...

— ¡Qué diablos hacías en Tacuba! tronó el profesor, golpeando su escritorio. —Te envié al zócalo, miró fijamente a Juan. —Mira a tu alrededor, te dije. Mira lo que necesitas, dije. Tráeme algunas de mis cosas, dije. Cruzó los brazos y miró con enfado.

146

—David, fui al...

— ¿Tienes algún Murphy en tu familia, chico? interrumpió, sarcásticamente. — ¿Qué...Murpees? ¿Qué son los Murp...?

—No importa...el profesor lo saludó con la mano, asqueado. —Un gran sabio irlandés que nos dio la Ley de Murphy.

— ¿Qué es? Juan se sentó estoicamente, cruzando los brazos, también.

—Todo lo que pueda salir mal, saldrá mal. ¿Lo entiendes? David se inclinó hacia atrás en su silla demasiado rellena.

—Bueno, se encogió de hombros Juan, considerando la pregunta seriamente, —tal vez sí. Miró sus zapatos.

—Un momento. El profesor se paró y caminó hacia una ventana, navegando peligrosamente entre montones de informes. Miró a través del cristal, tomó unas cuantas respiraciones tranquilas y luego comenzó, — Bien...comencemos de nuevo. ¿Qué estabas haciendo en Tacuba?

—Traté de decirte...Juan se dio media vuelta en su silla, buscando a su jefe, —Fui al zócalo como dijiste. Barrí el piso e hice algo de acomodo de papeles, luego vi tu mensaje en la pizarra.

—No te dejé un mensaje, protestó el Dr. Wolf.

—Alguien escribió un mensaje que decía 'VA A TACUBA' en letras grandes. Pensé que me había escrito una nota.

—Aw...por el amor de Dios. El profesor sacudió la cabeza con asco y volvió a su escritorio. Respiró profundamente y suspiró.

—Bien...cuéntamelo todo.

147

Cinco minutos después, David levantó las manos, con las palmas hacia afuera para señalar el fin de la narración. Era el mismo problema de siempre. La bocota de Juan le había metido en problemas otra vez, pero esta vez podría perjudicar al profesor.

—Así que...me estás diciendo que te has vuelto a pisar la polla, ¿verdad?

Juan hizo una pausa, —Bueno...sí...pero como dije, me provocó. Me dijo que no siguiera cometiendo los mismos errores. Su significado era obvio.

— ¿Los estás? preguntó David, en voz baja.

— ¿Soy qué?

— ¿Estás cometiendo los mismos errores? ¿Estás siendo indiscreto, hablando delante de la gente equivocada, hablando con la gente equivocada...sabes?

—Bueno, yo...Juan tartamudeó: —Estaba hablando con Sebastiano sobre la detención de las obras de construcción en Tacuba por parte de Córdoba para una investigación. Le dije, ¿qué investigación? ¡Córdoba no es un investigador, es un burócrata!

— ¿Y luego qué?" convenció a David.

—Bueno...realmente no puedo recordar. Apareció llevando una bolsa de lona y...quiero decir...demonios, lo admito, profesor. ¡Odio a ese hombre! Sabes que él es el que nos golpeó a Linda y a mí por el proyecto de inventario. Cada vez que pienso en él quiero romperle la cara.

—Juan. Vas a tener que dejar de decir eso. Escucha muchacho...si Raúl Córdoba muere de una uña encarnada y se corre la voz de que has amenazado con matarlo, vas a ir a la cárcel por mucho tiempo. ¡Piensa! le señaló enfáticamente a la cabeza.

David continuó. —Sé que esto es un asunto emocional para ti. Lo entiendo...pero si no actúas de forma racional, te frenará profesionalmente, incluso podría poner tu culo en un cabestrillo. Se inclinó hacia adelante. —No te equivoques...Córdoba tendrá lo que se merece. Ya has oído el viejo dicho, 'lo que va, vuelve'. Raúl será atrapado robando o vendiendo objetos a sus poderosos amigos, y caerá. Sus amigos no lo harán, pero él sí. Lo sacrificarán para salvarse. Ha construido una enredada trama de la que no podrá escapar. ¿No lo ves?

—No me parece justo que Raúl...

— ¡Justo! el profesor explotó, golpeando con las palmas de las manos en el escritorio. — ¡La vida no es justa, muchacho! ¿Fue justo que perdiera a Alicia de la manera en que lo hice...volteándose por un acantilado en autobús? ¡Escucha! El profesor se adelantó con su silla. —Esto es México. Cincuenta millones de indios murieron de hambre, fueron golpeados, asesinados o murieron de enfermedades durante la Conquista. Durante la Revolución de España incontables miles murieron por la injusticia y la necesidad de deshacerse del sistema de hacienda y del gobierno colonial de Europa. Entonces el Rey Luis nos impuso la monarquía de Maximiliano y miles más murieron por disparos, ahorcamiento, hambre y cólera, todo por la justicia, claro está.

David se encogió de hombros, luego extendió sus brazos, con las palmas hacia arriba. — ¿Qué tenemos hoy? Los nuevos ricos de La Revolución son dueños de toda la tierra, el gobierno es dueño de todos los recursos naturales, y el diez y cinco por ciento de los indios de México no pueden hablar español lo suficientemente bien como para conseguir un trabajo en la ciudad. Tenemos la población más pobre y de más rápido crecimiento de América del Norte. El profesor Wolf hizo una pausa para el efecto, y luego dijo: — ¿Qué hay de justo en eso? ¿Estás escuchando?

—Sé todo eso David, pero...

— ¡Cállate y escucha, muchacho! continuó el profesor, enfadado. —Voy a decirte algo. Fuiste uno de mis mejores estudiantes y tienes el potencial para ser uno de los mejores arqueólogos de campo de México. El profesor abrió un cajón y sacó una regla, y luego vio con consternación como varios informes se deslizaban por el suelo. —El punto es este, sacudió la regla a Juan, —no importa cuán inteligente o talentoso seas. El mundo está lleno de gente inteligente que nunca se dará cuenta de su potencial porque tienen un concepto infantil de la justicia. Ser adulto es darse cuenta de que la sociedad tiene expectativas y que es tu responsabilidad estar a la altura. La regla cortó repetidamente el aire para dar énfasis.

—El sistema en México es menos que perfecto, la mayoría diría que corrupto, pero es tu responsabilidad acomodar el sistema o nunca trabajarás, nunca realizarás tu potencial. Esa es la única "justicia" que es relevante.

Juan se inclinó para recuperar los informes y los puso de nuevo en el escritorio.

David se puso de pie, señaló a la regla y dijo: —Eres inteligente, pero has usado repetidamente un mal juicio al tratar con figuras de autoridad. ¡Madura! Bajó la regla y miró su reloj. —Tengo una reunión. Piensa en lo que he dicho. Yo me ocuparé de Raúl y tú aprende a mantener la boca cerrada y a no meterte en líos, ¿entendido?

David cogió su maletín, miró a su antiguo alumno y le dijo: —Vete a casa...tienes un aspecto horrible. ¿Por qué no te detienes y ves a Linda, y luego te vas temprano? Abrió un cajón para extraer un lápiz y las pilas de papel se movieron de nuevo.

—A propósito...me voy por cinco días para revisar algunas excavaciones en Tabasco y Veracruz. Planeo estar aquí mientras no estoy. Apuntó con el lápiz a Juan. —Voy a ver a Raúl cuando vuelva. Mientras tanto, Marco puede hacer la matanza de ratas y los trabajos extraños hasta que las cosas se calmen, ¿de acuerdo?

—Claro...lo que usted diga, jefe, respondió Juan, miserablemente.

David cogió un bloc de notas de la basura académica de su escritorio y se dirigió a la puerta. Se giró.

— ¿Juan?

— ¿Si?

—Quédate todo el tiempo que quieras, pero no limpies ni muevas nada, ¿de acuerdo?

La cara de Juan rompió una sonrisa. —Claro...no soñaría con tocar nada en la oficina de un candidato al Nobel.

Afuera en el salón, pequeños grupos de estudiantes chismeaban sobre frivolidades adolescentes. Cuando sonó la campana que indicaba el comienzo de la clase, los grupos se separaron a regañadientes. David respondió los saludos con un movimiento de cabeza y un ocasional — ¡Hola! Dobló la esquina, subió el ascensor por las escaleras y bajó cuatro pisos antes de llegar a una puerta de entrada de cristal.

Marco acababa de entrar. —Profesor...justo iba de camino a verle. Parecía agitado y lleno de urgencia.

—Marco, tengo prisa. David levantó una mano para evitarlo. —No quiero ser grosero, pero no tengo tiempo para una conversación. Intentó dar un paso al costado.

—Esto sólo tomará un rápido sí o no, presionó Marco, maniobrando para permanecer frente a su objetivo. —Sé que parece una locura, pero tengo un amigo que acaba de ganar un viaje a las Montañas Rocosas y me han invitado a venir gratis! Una sonrisa munificente expuso los dientes blancos. —Es demasiado bueno para rechazarlo, pero necesito tomarme unos días libres, suplicó. — ¡Trabajaré los fines de semana, horas extras, o hasta el final de los tiempos si me deja ir! empezó a hacer el payaso. — ¿Qué dice?

— ¡Acabas de empezar este trabajo! Esto no podría llegar en peor momento. David miró su reloj, impaciente. —Acabo de dejar a tu amigo en mi oficina buscando los pedazos de su culo que le he mordido.

Marco, impávido, presionó el ataque. —Profesor, pintaré su casa o limpiaré su baño. Vaciaré la caja de arena de su gato durante un año. ¡Haré cualquier cosa! ¿Qué dice usted?

—Bueno...bueno, David sonrió. — ¿Cuándo volverás?

—El próximo miércoles si todo va bien. Luego Marco añadió: —La mala noticia es que me voy pasado mañana.

—No... ¿Tan pronto?

—No tengo elección...de verdad, señor.

El profesor hizo una pausa. —Bien...es mejor así. No estaré aquí de todos modos. Recuerda, movió un dedo benignamente, una sonrisa tirando de las esquinas de su boca, —me debes otra, joven. ¡Un día de estos voy a reclamar algunas deudas!

Marco hizo su mejor acto de humillación, inclinándose repetidamente y alcanzando la mano libre del profesor, sus labios fruncidos para besar un anillo en parodia de ritual religioso.

—Ya basta. David recuperó su mano. —Tengo prisa. Ve a ver a Juan. Estoy seguro de que le vendría bien un amigo. Dio la vuelta y salió por la puerta entre la multitud de gente. Mientras caminaba se le ocurrió que Marco nunca indicó si su amigo era un hombre o una mujer. ¿Vacaciones gratis en las Montañas Rocosas? Sonaba sospechoso. ¿Qué está haciendo ese chico esta vez?

Miró su reloj cinco minutos tarde. No importa, se aseguró. Nadie llegó a tiempo excepto el Departamento de Educación y el personal del Decano. Caminó entre la multitud de cientos de personas y se dirigió a la espléndida biblioteca de mosaicos. Un cúmulo gris oscuro se había unido en una sombría y oscura lluvia y se extendía por la cordillera occidental del valle de las tierras altas. Comenzó a esparcirse, amenazando la larga sequía de tres semanas y levantando un coro de aprobación. Todo el mundo aceleró el ritmo, apresurándose a encontrar refugio antes del diluvio.

—Es mi culpa, murmuró, reprendiéndose a sí mismo mientras se apresuraba hacia la biblioteca. Mala planificación y ejecución. Demasiados proyectos. Había dejado caer la pelota en este. David contempló el problema de Raúl y Juan detenidamente, y decidió que no sería posible ir a Tacuba hasta después de su viaje de campo a Veracruz. Se visitaría con Raúl y le ofrecería una rama de olivo al mismo tiempo. Las cosas no podían seguir así. El director del museo se comportó como un imbécil, pero el profesor no podía permitirse ignorar el altercado.

Satisfecho, dejó el asunto a un lado e hizo una lista mental de necesidades para su viaje. Dos de sus estudiantes de postgrado estaban realizando excavaciones cerca del antiguo sitio olmeca de La Venta en Tabasco. Una familiar oleada de excitación se elevó en su interior al contemplar la perspectiva de estar de nuevo en el campo. Entró en la biblioteca y se dirigió al ascensor cuando recordó la declaración de Juan. ¿Dijo que Raúl había dejado de excavar hacía dos semanas y que había estado llevando una pesada bolsa de lona? Un comportamiento más sospechoso. ¿Había encontrado algo el director del museo? ¡Maldita sea! Pensó, David, sabiendo que debería haber ido a Tacuba antes. Golpeó el botón del ascensor con demasiada fuerza. ¡Maldición, maldición, maldición!

La Comedora de Suciedad

Los dioses no tienen otra razón de ser que proporcionar orden al universo y dar sentido a la vida de sus seguidores. Orden del caos y significado del sinsentido. Estas son las claves para entender la relación con los dioses. Estos son los fundamentos de la existencia y la creencia, la causa y el efecto espiritual del Universo Único.

Los fieles del Universo Único aceptaron estas premisas y fueron dotados por los dioses con un triunvirato para sostenerlos: maíz, frijol y calabaza. ¿Qué regalo más grande podríamos dar mientras ellos habitan en sus cuerpos corpóreos? La comida sostiene tanto el alma como el cuerpo. No hay nada mejor excepto quizás alcanzar el Paraíso del Sol en sí mismo. La raza blanca reconoce las mismas premisas de orden y significado, pero de alguna manera han pervertido su comprensión de los regalos. Creyendo que los dones de Dios eran oro, sujetos y almas, los persiguieron con una venganza. Los soldados vinieron por el oro, pero los verdaderos soldados de la Conquista fueron los frailes y los

155

sacerdotes. Son ellos los que deben asumir la responsabilidad de haber destruido el Universo Único. Ahora los pobres hinchan el Valle de México como hormigas hambrientas en un tarro. Los pobres y desposeídos hinchan el Universo Único como gusanos que se atiborran en las entrañas de un gato moribundo. El hambre les trae desesperación y sus vidas están vacías de significado. El nuevo Comedor de Suciedad Cristiano no ha remediado esto, ni ha considerado oportuno regalarles comida, aparte de su "Pan de Vida", que debe parecer muy insatisfactorio a un estómago hambriento.

La gente ya no trae regalos a los dioses. El aire enferma a la gente y a las plantas, causando su muerte. El lago Texcoco ha desaparecido. El lugar más bello del mundo ha desaparecido de la faz de la tierra para ser reemplazado por una imitación contaminada. ¿Es esto un regalo? ¿Para quién? ¿Cómo es que el oro para los ricos, las almas para su Dios, y los súbditos para los poderosos ponen comida en los estómagos de los habitantes y los sostienen espiritualmente? Esto es una suciedad más allá de la comprensión. En verdad, tal inmundicia nunca había maldecido la tierra.

El Cholo Se Confiesa

Martes 24 de junio de 1984, Ciudad de México, 3:00 P.M.

Cholo Rodríguez caminó por la calle Morelos, con la cabeza baja y las manos en los bolsillos, con la intención de quedarse en el lado sombreado de la calle. Un hombre grande con hombros anchos, se movía sin esfuerzo dentro y alrededor del tráfico de la acera. Ignoró a todo el mundo, decidido a permanecer discreto, sólo uno de los veinte millones de habitantes de la ciudad. Evitaba la luz del sol, ya que le hacía daño a los ojos, y no prestaba atención a las conversaciones de la acera, no se encontraba con los ojos de nadie, ni se quedaba en ningún sitio demasiado tiempo. Había elegido este camino tortuoso y tranquilo hacia la iglesia para evitar el mayor número posible de personas, deteniéndose sólo una vez para ver a una jauría de perros callejeros pelear por un sucio pañal desechable. Aburrido de la pelea, continuó adelante cuando su reloj le recordó que se acercaba la hora de su cita.

Le dolían las tripas y le dolían los ojos por entrecerrar los ojos a través de las lentes de fondo de botella, pero eso era normal. Ciertamente no lo mantendría en casa. La concubina del toro había traído una nota que decía, —3:00 p.m., confesionario del sur, ven solo. Firmado como los otros, el nombre mecanografiado Toro apareció en la parte inferior. Un nombre en clave tonto, pensó. Sin embargo, no tenía intención de perderse esta importante cita. Su sustento dependía de ello.

El alto costo de mantener su pequeño, pero elegante departamento de seis habitaciones con patio se incrementaba anualmente. Su mujer desde hacía tres años, Lupe, era una alegre divorciada sin hijos que había dejado a su marido borracho en un barrio pobre de Nogales, donde él pertenecía. Al regresar a la Ciudad de México para visitar a una tía, se había encontrado con el inusual Cholo en el mercado al aire libre de Coyoacán, regateando un par de huracanes.

Un extraño espectáculo para contemplar, llevaba pantalones caqui, una guayabera blanca y llevaba un par de tenis rojo Keds - uno de ellos desatado - y un sombrero de Panamá. Tenía tendencia a inclinar la cabeza hacia quien hablaba y entrecerraba los ojos al mundo desde detrás de un par de gafas gruesas, doradas y con montura de alambre. Su español era excelente, pero su acento lo llevó fuera del país. Cholo no tenía amigos, así que uno lo conocía o lo que hacía para ganarse la vida. Ocasionalmente desaparecía durante semanas y volvía sin otra explicación que la de haber estado "aprendiendo su camino en México".

Lupe sintió una atracción inmediata por el bárbaro de anchos hombros, y en lugar de regresar a los barrios bajos de Nogales, se mudó a su casa de la calle Oso y estableció un servicio de limpieza. Ambos sabían que ella nunca lo había tenido tan bien. Él a veces le gritaba o le pegaba, pero esto, por supuesto, seguía siendo una prerrogativa del macho latino. Él fumaba marihuana, y esto le molestaba, pero no tanto como la bebida de su ex-marido, las palizas y el mojar la cama, sin duda el mejor negocio que ella había hecho.

Debido a su glaucoma, Cholo se había vuelto miope. Fumaba marihuana tres o cuatro veces al día, pero ya no bebía. Su estómago se parecía a un tamiz ulcerado, que requería que tomara pastillas de antiácidos recetadas. Se le diagnosticó un glaucoma incurable y se le advirtió que la condición podría resultar en ceguera. Un antiguo compadre del Cartel de la Cocaína de Medellín que estaba de vacaciones en Aspen le había traído un artículo de noticias de los Estados Unidos. Por supuesto, su glaucoma entró en remisión, aunque ya era casi demasiado tarde. Los años de hipertensión sin diagnosticar le habían pasado factura y habían destruido gran parte de su visión. Pero lo que realmente le pareció asombroso fue lo mucho mejor que se sentía su estómago después de fumar marihuana. Así obtuvo un doble beneficio de cada porro que fumaba, lo cual, razonó, era una buena razón para fumar a menudo.

Cholo era un chico ambicioso y brillante de 17 años cuando se unió a las Fuerzas Armadas Colombianas. Llamó la atención de su comandante cuando, como líder de su pelotón, rescató a dos trabajadoras del Cuerpo de Paz de la guerrilla en el valle del río Cúcuta. Como recompensa, recibió entrenamiento de las Fuerzas Especiales. Seguía bien las órdenes y podía ser tan brutal como la situación lo requería al tratar con los numerosos enemigos de Colombia:

estudiantes universitarios, disidentes, sacerdotes y los cultivadores de hojas de coca de las tierras altas.

Después de masacrar el veinticinco por ciento de un pueblo sostenido únicamente por el cultivo de coca, llamó la atención del Cartel de Medellín. Obviamente, les vendría bien un hombre de tanto talento y temperamento. Se convirtió en una elección de primer orden, y después de ir a trabajar para el cártel, ganó más por un mes de trabajo de lo que hubiera ganado en cinco años para el ejército colombiano.

A Cholo le gustó el cártel y se convirtió en un experto en terror, intimidación y muerte. Aprendió el arte de hacer poderosas bombas caseras con todos los materiales imaginables, desde la vaselina, los fertilizantes y la gasolina, hasta el jabón. De vez en cuando tenía que dar una paliza a un partidario concienzudo, o, en una mala semana, un asesinato o dos. Gran paga, grandes beneficios - mujeres, drogas y coches - pero su estómago no podía tolerar el estrés. Pasó progresivamente del whisky, al brandy, al vino, a la cerveza, al antiácido. Entonces comenzaron los dolores de cabeza, y su ya pobre visión se ocluyó.

Debido a los agujeros en su intestino y a su vista deficiente, se convirtió en un lastre para sus jefes de Bogotá. Emplear a un terrorista nervioso y miope no era algo inteligente. Después de quince años de exitosa matanza, Cholo fue puesto a pastar. La mayoría de sus compañeros habían sido recompensados con una bala en la cabeza o una soga alrededor del cuello, pero Cholo se fue en paz, con su vida intacta, y con un pequeño regalo de 200.000 dólares. Sus amigos le ayudaron a establecer importantes conexiones en México, por lo que se mudó al Distrito Federal con la esperanza de conseguir un trabajo ocasional que requiriera sus talentos.

Rápidamente encontró trabajo. "El Toro", lo había contratado. Cholo se había partido las tripas al oír el seudónimo de su jefe y se había permitido innumerables horas de alegría con él desde entonces, aunque nunca se habían conocido. Tenía sus sospechas sobre quién era realmente El Toro, pero se negó a hacer un seguimiento de ellas, decidiendo que la identidad no tenía importancia.

El Toro raramente se ponía en contacto con él, y cuando lo hacía, normalmente quería hacer un pedido para comprar heroína. Nunca una gran cantidad, siempre un paquete pequeño. Esto seguía siendo una fuente de curiosidad, pero el colombiano llevaba suficiente tiempo en el negocio como para saber las ventajas de ocuparse de sus propios asuntos cuando se trataba del jefe.

Desde que llegó a México, había trabajado tres veces en cuatro años; dos bombardeos y la paliza a una joven pareja en la Zona Rosa. Algunos trabajos pagaban más que otros, y él esperaba una bomba o una bala esta vez. Las palizas no pagaban una mierda y había demasiada gente involucrada. Su salud, pobre y deteriorada, no le permitía hacer secuestros, sobre todo sin el músculo del cartel para protegerlo más. Había que tener cuidado.

Hoy en día, llevaba la ropa de un campesino; pantalones de algodón manchados, huracanes y sarape. Su cara y sus manos habían sido frotadas en la suciedad y su pelo estaba despeinado. No llevaba joyas. Hace mucho tiempo había aprendido el valor del anonimato, y durante el curso de su carrera había adquirido un baúl de uniformes usados; ropa, sombreros, bastones, guantes, y más, para su trabajo. Lleno de astucia, había aprendido a planear con antelación y a mezclarse con el entorno. Más de un compañero había sido atrapado por descuido, prisa o falta de planificación. El estudio y la preparación equivalían al éxito. Si te destacabas en la multitud, alguien se fijaba en ti. Algunas personas se ganaban la vida notando lo incongruente y lo extraño.

Con la cabeza gacha, profundamente pensativo, se acercó a su destino meditando sobre asuntos no resueltos. Si hubiera estado alerta y hubiera podido ver mejor, habría notado las patrullas de la policía y la multitud frente a la iglesia. Cholo se encontró casi en medio de la pelea antes de darse cuenta de que algo había salido mal. La gente se movía sin rumbo, y la policía haciendo preguntas a los transeúntes prestaba una nota confusa a la escena. Nadie pareció escuchar, excepto un sacerdote que estaba ligeramente inclinado, con un pañuelo blanco manchado de sangre en la cabeza.

Cholo, maldiciendo su estupidez, permaneció en un curso lento y constante mientras su mente trabajaba doblemente. ¿Qué había sucedido? ¿Tenía algo que ver con él?

¿Debería seguir caminando o entrar en la iglesia y comprobar las posibilidades de completar su tarea? ¡Chingada! Deseaba que el cabrón usara el correo para estas asignaciones, pero el servicio postal seguía siendo muy poco fiable, incluso peligroso en México.

Optando por ignorar el furor, subió las escaleras de la iglesia de doscientos años como si perteneciera allí. Pasando por delante de puertas de roble adornadas y repletas de santos tallados, se hizo a un lado y fuera de la vista de la multitud de fuera. Un interior oscuro, iluminado sólo por filas de velas votivas parpadeantes cerca del altar, dificultaba la visión. Cuando sus ojos se ajustaron, entrecerró los ojos y observó el interior de la iglesia. Luego revisó su reloj de pulsera: A las 3:12 P.M. brillaba en su rostro. Las voces del exterior se habían acallado un poco, excepto una, que se escuchaba claramente por encima de las otras. Pertenecía a un policía, y estaba haciendo preguntas al padre mientras el otro policía ahuyentaba a la multitud. Cholo decidió hacerlo. Todo el mundo estaba fuera y esta podría ser su única oportunidad. No quería arruinar esta. Puede que no esté allí de todos modos, pero tenía que saberlo antes de irse.

Miró rápidamente a su alrededor, caminó hasta el confesionario final, corrió la cortina púrpura a un lado y entró. Lo notable es que Cholo había entrado en el confesionario, el pequeño cuarto reservado para el intermediario de Dios, no en el lado del penitente. Se sentó y metió la mano entre sus piernas, estirándose hasta el fondo debajo del asiento. ¡Lo encontró! Soltó el sobre con cinta adhesiva, lo puso en su bolsillo y salió del confesionario.

Las voces se habían acercado, ¡subían las escaleras! ¿Qué hacer? Si lo registraban y encontraban la carta, era vómito de perro. Caminando rápidamente por el pasillo a lo largo de la pared oeste, giró la cabeza para mirar por encima del hombro. ¡Estaban entrando por la puerta! Un pilar bloqueó su vista de la entrada, así que se puso en una fila de bancos y se arrodilló como si estuviera rezando. Sin saber que estaba en la iglesia, el sacerdote y el detective conversaron sobre el incidente.

#

—Sólo estaba caminando y enderezando...preparándome para los servicios nocturnos. Apilé los misales, y luego regresé a la Sacristía para conseguir agua bendita para reponer los depósitos. Es importante que los hijos de Dios

163

tengan una abundancia de agua bendita disponible; la gente insiste, ¿sabes? De todos modos...me pareció oír a alguien entrar, así que fui y miré, pero no vi a nadie. Así que dejé la sacristía y fui a rellenar los depósitos.

El gran detective preguntó: —Padre, ¿hizo algún ruido cuando hizo esto? Quiero decir... ¿hay alguna posibilidad de que el atacante no le oyera, o no supiera que usted estaba cerca?

—Bueno...supongo, dijo el sacerdote, inseguro de sí mismo. —Después de cuarenta años de trabajo parroquial y de celebrar los sacramentos cada día, uno aprende a ser contemplativo en presencia de la Hostia.

—Por supuesto...mire...padre, ¿cuándo empezó a sospechar? ¿Cómo se dio cuenta de que alguien estaba en el confesionario?

— ¡Vi sus pies! exclamó el viejo sacerdote, haciendo un gesto con un brazo mientras se sujetaba el trapo sangriento a la cabeza con el otro. —Vi un par de zapatos blancos bajo la cortina.

— ¿Qué hizo entonces, padre? El detective trajeado garabateó furiosamente en su tableta.

El sacerdote se animó y se quitó el pañuelo de la cabeza y agitó los brazos para dar énfasis mientras narraba el evento, obviamente lo más emocionante que ha ocurrido en años.

—Al principio me sorprendió. Nadie estaba programado para confesar, y los sacerdotes no usan zapatos blancos y brillantes con hebillas doradas. ¡No es apropiado que los hombres de Dios usen zapatos blancos elegantes! Me enfadé porque alguien profanaría la iglesia con este sacrilegio. ¡Tiré de la cortina hacia atrás! brotó, su brazo imitando el movimiento de tirar.

—De repente, continuó, —un hombre grande con una expresión fea saltó y salió corriendo. ¡Lo agarré, pero me tiró! Siguió tratando de proteger su cara. Era muy grande y fuerte. Le grité que se detuviera...y...y le golpeé una vez, pero luego se dio vuelta y me levantó! ¡Casi me muero, capitán! Soy un hombre viejo. Le rogué que no me hiciera daño, pero me tiró por las escaleras. Los brazos se cayeron y los hombros del sacerdote se hundieron. —Eso es todo lo que recuerdo hasta que llegó la policía. Puso un pañuelo en su cabeza herida.

—Padre... ¿había alguien en la iglesia, o fuera de ella que pudiera haber sido testigo de ello?

—No recuerdo...mucha gente estuvo aquí después de que llegara la policía, pero...no lo sé.

—Repasemos su descripción de nuevo. Piénselo bien; ¿hay algo en él...algo que llevara que pareciera inusual?

—No...no lo sé, dijo el sacerdote, mirando el pañuelo de nuevo. —Tal vez...parecía bastante bien vestido. Creo que tenía un brazalete.

— ¿Un brazalete, padre? ¿Podría describirlo?

—Veamos...era una cosa grande...ya sabes...un poco ancha, dijo, —Creo que podría haber sido de oro...y tenía un diseño antiguo.

— ¿Un diseño antiguo? ¿Qué quiere decir?

—Bueno...ya sabes...como las tallas y estatuas paganas que ves en el museo, algo como lo que haría un indio.

— ¿No reconoció el diseño?

—Por supuesto que no. ¡No tenía a nuestra Madre Bendita, o al Señor Jesús en él! Gruñó. — ¡Estaba muerto de miedo e intentaba evitar un ataque al corazón!

—Entiendo, padre, tranquilizó al policía, —y esa es una información muy valiosa. ¿Algo más?

—Era peludo.

— ¿Qué? La cabeza del detective giró.

—Tenía el pecho peludo. No muchos mexicanos tienen pelo en el pecho, ya sabes.

—Realmente...qué interesante. El detective escribió de nuevo, y luego preguntó

—... ¿Algo más?

El sacerdote se desplomó visiblemente, pareciendo débil. —Escuche...capitán, tengo ganas de vomitar. ¿Podemos hacer esto en otro momento?

—Ciertamente, padre. Tal vez recuerde más tarde. En un momento le llevaremos a un médico.

— ¿Capitán Alvarado? interrumpió un policía de traje gris.

— ¿Sí, Arguello, que paso? El detective continuó escribiendo.

—Nada de esa chusma. Nadie vio nada. Dos ancianas encontraron al padre sangrando en el suelo...así que llamaron a la policía. — ¿Qué hay del sacerdote? preguntó Argüello.

—No hay testigos...no recuerda mucho. — ¿Qué hay de ese tipo?

— ¿Eh? ¿Qué tipo?

—Allí, detrás en un banco detrás del pilar.

—No lo vi. Luis se estiró para mirar. —Ve a hablar con él...consigue su historia. Terminaré con el padre, y luego acabaré.

Argüello, caminando lentamente por el pasillo central, llamó suavemente, —señor, pero no recibió respuesta. — ¡Señor, por favor! dijo más alto e insistentemente.

#

Las tripas de Cholo se cocinaron a fuego lento con ácido hirviendo. Alguien estaba haciendo saltar las ruedas y haciendo girar sus neumáticos en su estómago. Sus manos temblaban y se sentía al borde del pánico. Había escuchado su conversación y sabía que había metido la pata en un desastre.

El Toro o alguien había entrado en pánico cuando el sacerdote lo sorprendió. Tenía que pensar rápido. La policía vendría a interrogarlo. Ya había estado en apuros antes, pero nunca así. Respiró hondo para tranquilizarse y luego actuó. Sacó rápidamente el sobre de su bolsillo para ver si la cinta todavía estaba pegada. Enderezó las tiras de cinta, y luego colocó el sobre de dinero en la parte inferior del banco. Acababa de terminar cuando escuchó al policía de uniforme gris acercándose.

— ¡Señor!

Cholo fingió no oír, mirando fijamente a un Jesús crucificado.

—Señor... ¡por favor! repitió la voz.

Se volvió hacia la voz, entrecerró los ojos y dijo — ¿Si?

—Lamento interrumpir sus oraciones. Ha habido un incidente de violencia cometido contra un sacerdote. Necesito hacerle algunas preguntas.

—Vi a la multitud en el frente, pero no sé nada.

—Por favor...si lo desea...venga conmigo, dijo el policía, haciendo un gesto con su mano. —El capitán tendrá preguntas para usted.

\#

Cuarenta y cinco minutos más tarde Cholo se abrió camino lentamente a través de las estrechas calles, con el estómago en llamas, tambaleándose hacia el colapso, seguro de que moriría antes de llegar a casa. Gimió, maldiciéndose a sí mismo por no traer el antiácido. Sus piernas temblaban y sus manos aún temblaban por el interrogatorio.

¡Ese maldito detective! Cholo sabía que era sospechoso. ¡Jesús! ¡Incluso lo habían registrado! Gracias a Dios que no estaba cargado. Normalmente llevaba un porro para las emergencias, pero había decidido no hacerlo porque era importante mantenerse lúcido en situaciones de negocios.

Había ocurrido una calamidad. ¡Había perdido el sobre del dinero! La policía había cerrado la iglesia durante un par de horas para que el padre pudiera ser llevado al médico. ¿Y ahora qué? ¿Cómo podría entrar para recuperar el sobre? Seguramente no podrían cerrar una iglesia por mucho tiempo. "¡Chingada!" no le dijo a nadie.

¿Quién había golpeado al cura y estropeado el pase? ¿Toro? Quienquiera que fuera merecía una buena paliza.

¿Y ahora qué? se preguntó. Sin dinero, sin trabajo, y ese inteligente detective no creyó su historia. Si lo siguieran y vieran donde vivía, seguro que se enfrentaría a un pelotón de fusilamiento. Peor aún, podrían colgarlo.

Dos cuadras después decidió. Iría a la misa vespertina cuando la iglesia reabriera y recibiría el sobre. La cinta no aguantaría mucho tiempo, apenas se había pegado al banco bien engrasado. Si caía al suelo antes de que él regresara, alguien sería muy rico. Se aceleró para llegar a casa con Lupe, su antiácido y un porro. ¡Debía recuperar ese sobre! Sería peligroso. Pasar el rato en la iglesia sería un regalo. Lo ficharían y lo comprobarían a través de la Interpol. ¡Cristo! Ni siquiera era ciudadano mexicano. Si descubrían su verdadera identidad, sería ejecutado aquí o extraditado a Colombia. De cualquier manera era hombre muerto. Su estómago hizo dos volteretas, y luego como si fuera un cohete de tres etapas le iluminó las tripas. Se desplomó momentáneamente y gimió en voz alta, aguantando el dolor. Dos cuadras más y estaría en casa. Se propuso seguir moviéndose.

#

La luz del sol atravesó el parabrisas y cegó a Héctor mientras conducía hacia la rampa de entrada del Periférico Sur. "¡Chingada!" maldijo, bajando la visera del sol, luego apretando el volante con ira, imaginando que era el cuello del sacerdote. La adrenalina se filtró en su corriente sanguínea y su corazón latía con fuerza. La túnica negra había intentado ser un héroe. ¡Cabrón! ¿Qué hacía el sacerdote allí tan temprano? La confesión comenzaba a las cinco y la misa a las seis. ¿No sabía su propio horario?

Héctor sabía que había pocas posibilidades de que lo asociaran con el incidente, pero ¿qué había del dinero? El sobre permanecería bajo el asiento a menos que Cholo lo recuperara, ¿y qué posibilidades había de eso? La policía llegaría primero y registraría el confesionario. ¡Diez mil dólares desperdiciados! Cien mil pesos en billetes no marcados y no rastreables. Gimió y golpeó el volante. ¡Chingada! Siempre había funcionado bien antes. Los sacerdotes eran obsesivos-compulsivos con rutinas muy estrictas a las que se adherían. Siempre eran puntuales. ¡Chingada! ¿Por qué hoy?

Respirando profundamente, su corazón desbocado se calmó gradualmente y sus puños se soltaron. Se desplomó en el asiento, conduciendo su Mercedes plateado hacia el sur por el Anillo Periférico, con su mente en desorden. Debía actuar ahora, y mientras conducía un plan tomó forma

169

mientras se dirigía a la universidad. Se movería rápido. El dinero podría perderse, pero tenía que estar seguro.

Girando hacia el este por la Avenida San Jerónimo, pasó por el estadio olímpico. Necesitaba ver a Amparo antes de que se fuera a Colorado esta noche. Después de darle un mensaje para que se lo entregara a Cholo, conduciría los pocos kilómetros que le quedaban hasta su suburbio de Coyoacán. Si todo funcionaba según lo previsto, Héctor tenía que hacer una llamada muy importante y debía llegar temprano. El problema de Raúl tenía que ser resuelto rápidamente, pero primero el dinero...tenía que saber sobre el dinero.

La Comedora de Suciedad

¡Sacrilegio más allá de la comprensión! ¡Inmundicia más allá de la credibilidad! La arrogancia, la peor inmundicia imaginable. ¿Quién sino los descendientes de las caras blancas profanarían y cometerían tal sacrilegio contra su Comedor de Suciedad entrando en un recinto sagrado diseñado con el propósito de la absolución de su Comedor de Inmundicias, y luego lo usarían mal, como si la absolución no fuera el mayor regalo de los dioses? ¿Qué clase de persona profanaría casualmente un lugar santo y un rito tan sagrado?

Esto demuestra una completa falta de moralidad y una total ausencia de piedad. De hecho, las almas de los blancos a veces demuestran la peor suciedad imaginable, no tener ninguna fe o sistema de creencias. ¿Cómo navega un piloto sin su sextante? Tal arrogancia es más sucia de lo que se pueda describir y un acto totalmente ajeno a los antiguos habitantes del Universo Único. El perdón de la suciedad es la piedra angular sobre la que se construyó la gran pirámide. La absolución es el gran ecualizador. Todos los que desean penetrar el gran vacío en el Paraíso del Sol saben que no pueden entrar con su carga de suciedad intacta.

El Capitán Luis Alvarado Hace Un Llamado

Martes 24 de junio de 1984, Ciudad de México

La iglesia de San Francisco Javier, de casi trescientos años de antigüedad, se encontraba enclavada en un barrio de clase media que había crecido en su periferia. Originalmente una pila de ladrillos de barro en el Valle de México, la iglesia comenzó como una pequeña capilla dentro de los confines de una misión más grande construida para hacer proselitismo con los indios. La misión ya no existía, pero la iglesia permaneció, y el Obispo de la Ciudad de México había ordenado una estructura más grande y permanente construida para servir a una comunidad india floreciente que se acercaba para recibir los favores espirituales, las dispensas y la pequeña generosidad de la iglesia.

Hoy en día la iglesia estaba rodeada por calles anchas y concurridas bordeadas por cipreses calvos de cien años, cocoteros y nogales de corteza gruesa cuyas ramas se habían alargado para crear una sombra salpicada y un dosel protector sobre las calles.

El Capitán Luis Alvarado salió de la cavernosa iglesia de piedra caliza. Se aflojó la corbata y se frotó el cuello, bajando lentamente los gastados escalones de granito. Había 28 grados. Calor para el valle de las tierras altas, y una ligera brisa que molestaba a las hojas hacía poco para disipar el calor.

Caminó hasta su coche, echó un último vistazo al vecindario, luego arrancó su Mercury convertible de 1955 y lentamente lo maniobró hasta la calle Medrano. Una mirada superficial en los espejos mostró la calle libre de tráfico, así que se relajó y miró el interior de su automóvil antiguo. El interior, un espectacular despliegue de cuero rojo y blanco personalizado, tenía asientos anchos y cómodos, en el suelo se ostentaba una gruesa alfombra roja y un nuevo capó para su capota convertible. Su parrilla cromada brillaba suave y brillante y sus neumáticos anchos y de cara blanca no tenían ninguna mancha.

Luis conducía con tranquilidad, sobre todo porque el coche atraía miradas de envidia, sonrisas y algún que otro pulgar hacia arriba. Pasó las manos por encima del asiento y sonrió. Este era su coche; Ángela conducía el viejo Chevy Impala. También había sido restaurado, pero un viejo Chevy no estaba a la altura de un Mercury 55, ¿verdad? Un detective de homicidios con quince años de experiencia en la policía de la Ciudad de México, Luis había salido de su casa una hora antes para buscar un testigo en otro caso cuando se encontró con este desastre. Ahora podía volver al camino, y comenzó a buscar una fila de casas parecidas que eran todas singularmente diferentes de una manera que sólo un nativo podría explicar. Luis estaba tratando de encontrar un testigo recalcitrante que creía que había visto el asesinato de una prostituta en la Zona Rosa. Trabajó tan duro en el asesinato de una puta como en cualquier otro caso. Todos ellos eran hijos de Dios. Además, odiaba a los asesinos con pasión.

Después de diez años de rastrear y aprehender a la escoria, Luis creía que lo había visto todo...hasta el siguiente. De alguna manera cada asesinato era un poco diferente. Había adquirido un amplio conocimiento del comportamiento humano trabajando como policía y sabía que las grandes ciudades eran un refugio para lisiados emocionales. Podían encontrar maneras de esconderse en la gran ciudad que simplemente no estaban disponibles para aquellos que vivían en pueblos y comunidades pequeñas donde todo el mundo conoce su negocio. Los enfermos parecían gravitar hacia la ciudad. Durante el curso de su carrera había conocido asesinos a los que sin saberlo habría permitido cuidar niños y ladrones de clase mundial con sonrisas ganadoras a los que les habría prestado su coche. Algún día planeaba escribir un libro, estimando que tenía material para cincuenta volúmenes con un sinfín de bocetos de personajes.

Lentamente se fue, continuando la búsqueda de la casa correcta. El incidente en la iglesia fue un agravante, y un poco incongruente. Había perdido una hora en algo que ni siquiera era su caso. Pero le pareció un hecho peculiar, sin duda alguna. Se había ido con una sensación de intranquilidad. Había ocurrido más que un simple asalto. En retrospectiva, todo el episodio parecía extraño. Escribiría un informe y se lo daría a José cuando volviera a la comisaría. José podía hacer lo que quisiera, pero Luis esperaba que quien recibiera el caso lo comprobara primero. Algo no estaba del todo bien con el tipo sucio de los ojos malos. Luis había oído muchos cuentos, pero la historia de ese tipo olía a estiércol de burro. ¿Nacido en Puerto Rico, dijo? Tal vez sí, tal vez no. Una cosa es segura: los campesinos no podían permitirse gafas de montura de alambre de oro. Esas cosas deben haber costado 200 dólares. No, estaba sucio. Luis lo escribiría para que tuvieran que investigar al puertorriqueño, si eso es lo que era.

Revisó su espejo retrovisor, luego se detuvo en una zona de "No Estacionar" al lado del parque, apagó la llave y entró a la Farmacia Reyes para usar el teléfono. Luis había escuchado la historia de un amigo que afirmaba que las ciudades estadounidenses tenían teléfonos en todas las esquinas y que algunas personas los tenían en sus autos. Esto sonaba increíble, pero el detective lo dudaba. Sabía que la gente robaría los teléfonos si los dejaban fuera.

Esperó cinco minutos para su turno, y luego llamó a la oficina. No hay mensajes. Bueno, tal vez escribiría un par de informes, y luego hablaría con José sobre el sucio extranjero con las gafas bonitas. Debería hacerlo ahora antes de que se le olvidara. La búsqueda del testigo desaparecido podría esperar hasta mañana. Pagó diez pesos a la chica del mostrador, luego volvió a subir al Mercury y se dirigió a la comisaría.

Cholo Recupera El Dinero

Martes por la noche, 24 de junio de 1984, Ciudad de
México

Las sombras que se podían observar se alargaban y se
deformaban, arrojando formas angulosas y marcadas en la
luz del atardecer. Cholo se movía como un espectro, oculto
en la oscura penumbra de los árboles de ciprés y casas
amuralladas, como una fortaleza que aislaba y protegía a los
habitantes de un gobierno voluble e inquieto. Un seto de
flores púrpuras de calias rozaban su pierna cuando se
acercaba demasiado, así que saltó los arbustos y cruzó la
calle, caminó una cuadra, luego giró hacia el norte, pisando el
lado sombreado de la calle. Se sintió cansado de caminar las
dos millas de distancia entre su casa y San Francisco Javier,
pero aliviado por el resultado.

Se había vestido con sus mejores pantalones blancos de
poliéster, una camisa sin cuello azul oscuro y mocasines
negros. Una chaqueta también de poliéster colgaba de su

177

brazo derecho, y llevaba un Rolex falso y un anillo de meñique de oro. Una cámara colgaba de su cuello. Se veía como cualquier otro turista embobado en las viejas iglesias de la Ciudad de México.

Incapaz de contenerse, sonrió de oreja a oreja. ¡Maldita sea! Después de fortificarse con dos porros y un antiácido, volvió a San Francisco para la misa de las seis y encontró el sobre colgando de una tira de cinta adhesiva destrozada. ¡Quizás haya un Dios! pensó, en silencio. El sobre colgaba de su cuello en la caja vacía de la cámara fotográfica, y el caminó con determinación, ansioso por llegar a casa y contar el contenido.

Estaba seguro de que pronto tendría noticias de "Toro", tal vez incluso hoy. ¿Debería hablar del dinero recuperado? ¿Quién sabría si lo hubiera recuperado? Reflexionó sobre este dilema moral mientras seguía su tortuoso camino a casa. La honestidad no era su punto fuerte. Por otro lado, si Toro sospechaba que mentía, Cholo se quedaría sin trabajo y posiblemente muerto por su codicia. Decidió que lo mejor era jugar a lo seguro. No había vivido tanto tiempo siendo estúpido.

Continuó alejándose de la distancia, ignorando las olas de brillantes buganvillas que trepaban por las casas de paredes blancas, y desdeñando notar las flores amarillas de los arbustos azules paloverdes que bordeaban el parque cercano. El dinero. El dinero estaba en su mente. El sobre era grueso, una señal segura de un gran trabajo. Toro no pagaba en billetes pequeños. ¿Pero qué querría él por tal suma? Cuanto más dinero, más riesgo como regla general. Sería mejor esperar y ver lo que el trabajo requiere antes de hacer planes para gastar el dinero. Una metedura de pata y estaría muerto, o en Lecumberri, la Penitenciaría Nacional. Un escalofrío involuntario lo sacudió.

Las cárceles mexicanas tenían una reputación terrible, y Lecumberri podría ser la peor cárcel del mundo. Una visión de los enormes muros monolíticos marrones coronados con alambre de púas que rodeaban el legendario infierno enconado, flotaba dentro y fuera de su imaginación. Si no expiraba la enfermedad, moriría violentamente. Peor aún, vivirías, pero te convertirías en el esclavo de un capo de la prisión y se te exigiría realizar favores sexuales hasta que tu recto se propalase por el exceso de uso. Su carne se arrastró y se estremeció de nuevo. ¿Por qué estaba pensando en esta mierda? ¿Qué le estaba pasando? Tendría que cortar la hierba. Hoy en día la paranoia llegó de repente e inesperadamente, agarrándolo como una boa apretando a un mono, hasta que quedó incapacitado por el miedo. Gimió de forma audible. Había empezado de nuevo. ¿Por qué no podía simplemente apagarlo? ¡Chingada! Su bilis se quemó y su garganta se elevó cuando el carbón ardiente de su estómago, puesto a descansar por el Tagamet y la marihuana, envió una llamada de atención. "¡Cabrón!" gimió. ¿Nunca se detiene?

Consciente de que estaba cerca de casa y de Lupe, redujo su marcha para recorrer los dos últimos bloques. La funda de la cámara ya no colgaba de su cuello. Había enrollado la correa alrededor de su mano y abrazado la caja a su cavidad estomacal. A pesar de su desorden mental y físico, recuperó su enfoque. Al doblar la esquina de su bloque se le ocurrió que probablemente tendría que moverse pronto. Demasiadas cosas habían salido mal y todavía no sabía lo que Toro esperaba de él.

Mirando hacia adelante, vio a alguien, una mujer, cerrando su puerta de hierro forjado, y no era Lupe. Entrecerró los ojos, tratando de identificar a la mujer, dándole tiempo para salir para no tener que hablar con ella. Parecía joven y atractiva y Cholo no creía haberla visto antes. Un momento, pensó. ¡Es la concubina del toro! Saludó con la mano, seguro de que ella había venido a buscarlo. Toro la había enviado... ¡Él lo sabía!

#

Amparo miró por la acera y vio al colombiano al doblar la esquina. Una mirada de reconocimiento se extendió por su cara, pero se dirigió rápidamente a su VW azul. Iba a Vail, Colorado, y no tenía tiempo de conversar con Cholo. Pudo recibir el mensaje de Lupe. Mientras se alejaba, lo miró por el espejo retrovisor. Él se agarraba algo al estómago, y al abrir la puerta de su casa, ya llamaba a Lupe.

El Capitán Alvarado Hace Un Informe

Miércoles 25 de junio de 1984, Ciudad de México

Luis miró a través de la ventana de cristal de su oficina en el área de investigación central de los detectives de rango inferior, y en la oficina de José, una versión más grande de la suya. El superintendente estaba hablando por teléfono y Luis miró, fascinado, mientras el bigote de José se movía y se sacudía.

Los ojos del detective volvieron al informe una vez más para asegurarse de que incluía todo; contacto inicial, narración, testigos, descripciones, etc. Se tomó su trabajo en serio y prestó una estricta atención a los detalles. Las calles estaban llenas de policías uniformados de traje gris que aún pagaban 15 dólares al día a sus jefes para tener un trabajo, su sustento dependía únicamente del soborno y la corrupción. Había trabajado duro para subir la escalera y sabía que no podía ser un holgazán ahora que había llegado a detective de primera clase y recibía un salario digno.

Dos de los seis escritorios en el área central estaban vacíos. Los otros cuatro estaban asignados a los detectives según el departamento. Luis miró la destartalada colección de inadaptados que estaban siendo interrogados: dos putas, un ladrón y un drogadicto. Las prostitutas se sentaron con sus minifaldas levantadas a la altura de la entrepierna, sus rostros cubiertos de maquillaje, y las joyas colgantes balanceándose mientras hacían gestos y discutían a gritos, disgustadas por las molestias. El ladrón no quiso hablar. Había escogido un lugar en la pared para examinar y esperaba pacientemente una revelación. Un drogadicto de manga larga abrazaba un cubo de basura entre sus piernas mientras tenía agruras y vómitos, castigando su estómago vacío mientras su madre, una anciana arrugada, le daba palmaditas en la espalda, consolándole.

Ocho oficinas como la suya, todas ellas recién remodeladas con paredes frontales de cristal, componían el perímetro del área de la oficina central. Luis lo odiaba. No había privacidad. No podías hurgarte la nariz sin que alguien te mirara. Supuso que el arquitecto debía haber visto demasiados episodios de Kojak.

Cuando el superintendente colgó, Luis agarró el informe y se fue corriendo al otro lado, saludando a Priscila, la secretaria de pecho plano de José. Llamó una vez y entró. José, un hombre delgado de pelo rizado, no levantó la vista. Apuntó con su pluma a una silla vacía y siguió escribiendo. Luis deslizó su cuerpo delgado y de traje marrón en una silla, se rascó la barbilla con marcas de viruela y esperó pacientemente a que le reconociera.

Tres paredes de diplomas y reconocimientos de la revolución, cuadros, trofeos y otros recuerdos - que dan fe de las credenciales políticas de José. Una pared contenía fotografías de José estrechando la mano de varios funcionarios del PRI y posando con don nadie sin ser importante, ahora olvidado, cuya luz se había desvanecido con el ascenso de nuevas y brillantes estrellas. El superintendente había alcanzado su posición actual durante la administración de López Portillo. Pero José, un hombre ambicioso y pretencioso, sufría de la repentina aparición de flatulencias cerebrales, lo que resultaba en un mal juicio y en decisiones arrinconadas y estúpidas al manejar una crisis. Los detectives lo llamaron "pedos cerebrales", cuyo olor impregnó el aire mucho después de que los eventos en cuestión se desarrollaran. Esta, por supuesto, era una enfermedad terminal para las carreras, y José había trabajado mucho tiempo pero sin darse cuenta, sus grandiosas visiones no se realizaron, languideciendo en el purgatorio de los mandos medios.

La puerta de su baño estaba entreabierta, mostrando un espejo de cuerpo entero y un caro abrigo de traje a rayas. Una lata de pomada abierta, una botella de fórmula griega y un peine estaban en el baño. Luis miró su camisa almidonada, su traje a medida y su pelo inmaculado, incluso sus uñas estaban bien cuidadas. José tenía una obsesión de sastrería.

—Luis, José se inclinó hacia atrás en su silla con los dedos empinados, —dime que estás aquí por una orden judicial. Si no se te ocurre algo pronto, ambos estaremos dirigiendo el tráfico y deteniendo putas.

—Tengo un asalto para ti. Luis le entregó el informe.

— ¿Asalto? ¿Qué hay del asesinato de la puta?

—Normalmente habría presentado esto a Rodríguez en Asaltos, pero pensé que deberías verlo primero por si se

183

conecta con algo. Luis contó la historia, dejando de lado todo lo esencial, hablando largo y tendido sobre un tipo grande que tiró a un sacerdote por las escaleras, el sucio extranjero con las gafas bonitas, y terminó con, —No puedo evitar pensar que hay más de lo que se ve a simple vista.

— ¿Revisaste el confesionario?

—Estaba limpio.

¿El extranjero?

—No llevaba nada encima, ni identificación ni nada. Su dirección está en el informe, pero probablemente sea falsa. Casi lo traigo...pero no había hecho nada.

—Luis, voy a darle esto a Lobo Morales de Narcóticos. Tenemos tantos ilegales en el país que no podemos identificarlos a todos. Lobo puede llamar a la Interpol y comprobarlo con los federales.

—Bien. Luis se levantó para irse. Hasta ahora el aire olía bien.

—Luis...pensándolo bien...

¡Chingada! Estaba sucediendo, el olor empalagoso de una mala decisión, un "pedo cerebral".

—...quiero que hagas el seguimiento de esto tú mismo.

—José...trabajo en Homicidios, ¿recuerdas? Abrió sus manos en un gesto de súplica. —Dáselo a Morales.

—No, José sacudió la cabeza, —esto no es un asalto normal. Si la oficina del Obispo llama, alguien que haya trabajado en el caso debería hablar con ellos. No te preocupes, dijo airosamente, —entiérralo en unos días si no sabemos nada de ellos. José se inclinó sobre su tabla para escribir, despidiendo a Luis al ignorarlo. El aroma de una decisión que salió mal impregnó la habitación.

—José...

—Lárgate...no te quejes, ¿está bien? Miró rápidamente al detective, y luego alcanzó un rollo de Tums. — ¿Y Luis...?

— ¿Si?

—Si no descubres algo sobre esa puta para mañana, dejémoslo caer...hizo un gesto con la mano para olvidar el asesinato, —ocúpate de algo importante. Se inclinó hacia su tableta de nuevo y lentamente masticó los Tums.

Bésame el culo, pensó Luis, queriendo agarrar al flacucho por el manubrio. En lugar de eso dijo: —Si tú lo dices, José. Se giró para irse, y luego se detuvo. —José, huele un poco raro aquí. Deberías hacer que te lo revisaran alguna vez.

—Sabes, la cabeza de José se disparó con una expresión extrañada, —Rodríguez dijo lo mismo ayer, pero no huelo nada. Olfateó varias veces y parecía perplejo. — ¿A qué huele?

—Huele como si algo estuviera muerto. Huele a mierda, José. Luis se giró para irse, dejando a un confundido José mirando la suela de sus zapatos por el misterioso olor.

Luis salió de la casa de la comisaría. El sol, sumergiéndose bajo las montañas, extendió las nubes rojo-anaranjadas para proteger el horizonte, arrastrando el día hacia el oeste mientras se deslizaba lentamente y sin molestar en su morada nocturna. Luis abofeteó a uno de los dos leones de cemento que custodiaban la entrada, y luego caminó al este hacia su coche con su larga y débil sombra precediéndole. Enardecido por la frustración por la insensible indiferencia de José hacia la puta, Luis se olvidó y cerró de golpe la puerta del coche, un pecado desmedido con un coche viejo. Se arrepintió inmediatamente, haciendo una mueca de dolor cuando el golpe vibraba a través del Mercury.

Un caso de asalto, mordió, poniendo el Mercury en el asfalto, y uno muy loco. Un hombre grande y bien vestido con un pecho peludo y un brazalete de oro se sienta a esperar en el lado equivocado de un confesionario, y luego golpea a un sacerdote cuando es descubierto. No tenía sentido. Si hubiera sido un error honesto y el tipo se hubiera sentado en el lado equivocado, ¿por qué no dijo "lo siento" y se movió? ¿Qué demonios hacía en un confesionario de la iglesia si no quería ir a la reconciliación? Si había estado esperando, ¿a quién esperaba conocer? ¿Al tipo sucio con las gafas caras? ¿La segunda venida de Cristo? Luis golpeó el volante de nuevo, descargando su ira.

El detective Alvarado no podía esperar para llegar a casa y contarle a Ángela sobre su día. Ella pensaba que la mayoría de sus casos eran aburridos, pero este sería un éxito, él lo sabía. Además, si él jugaba bien sus cartas, tal vez ella le daría un masaje. Dios sabe que necesitaba relajarse. No podía tomarse a José demasiado en serio o terminaría siendo un bufón pretencioso y pomposo como él.

Luis iría a casa y lavaría el Mercury. Había comprado una lata de Carnuba de Carranza y estaba deseando probarla. Se acomodó en el tráfico, conduciendo hacia su tranquilo barrio, rebosante de planes para la noche. Los raros de la iglesia podían esperar hasta mañana.

Héctor y Cholo Hacen Un Trato

Jueves 26 de junio de 1984, Ciudad de México

Héctor se sentó a leer un periódico en El Restaurante Español. Situado en una esquina frente al parque, la ausencia de paredes en dos lados creaba una refrescante apertura a dos calles y permitía que una mezcla de olores confundiera los sentidos. El aroma del pollo, las cebollas y los camarones horneados competía con el dulce y acre olor del escape de diesel y los desechos podridos de la acera. El caladium, la hoja de noche y el azul paloverde se alinean en el sombreado parque de enfrente. Varios pequeños negocios estaban en fila en el lado sur. Héctor, habiéndose colocado estratégicamente, tenía una vista clara de todos los peatones y coches que entraban en la zona. Un letrero con un teléfono público en la Farmacia Buena Salud era claramente visible desde donde estaba sentado, sorbiendo una cerveza Tecate y comiendo un cóctel de camarones.

187

El reloj del restaurante decía que eran las 7:30 p.m. Héctor había llegado temprano para revisar el área con anticipación y vigilar a Cholo Rodríguez cuando entrara a la farmacia para esperar la llamada de Héctor. Nunca se habían conocido en persona y Héctor pretendía que siguiera siendo así.

Estaba dejando su tercera Tecate y su segunda copa de cóctel de camarones, reflexionando sobre los caóticos eventos del día. La comida y la cerveza hicieron poco para calmar su inquietud. El fiasco en la iglesia y el dinero perdido pesaban mucho en su mente. Siempre había funcionado antes, se repetía a sí mismo amargamente.

Vicario se emocionaba al usar el confesionario para una cita ocasional porque despreciaba la iglesia y la debilidad que representaba. Los sacerdotes de túnicas negras habían controlado la política y el pueblo de México durante quinientos años reteniendo o dispensando sus bendiciones espirituales. La Iglesia controlaba casi un millón de hectáreas de tierra y había creado un gobierno dentro de un gobierno, contento con durar más que cada oligarquía sucesiva. De niño había visto con desprecio como sus padres se sumergieron con entusiasmo en lo que él veía como una tontería apenas palpable.

El hecho de que casi fuera atrapado en un sacrilegio atroz y que hubiera herido gravemente a un sacerdote no le molestaba en absoluto. Que hubiera dejado diez mil dólares en un sobre pegado con cinta adhesiva bajo un confesionario sin decirle a Cholo qué hacer, lo volvía loco. ¡Esto lo enojó aún más con la iglesia y sus estúpidos sacerdotes!

Si el colombiano llegaba a tiempo podría haber sido testigo de la pelea que siguió. Si hubiera policía, o cualquier tipo de investigación, Cholo lo sabría. Héctor se preguntaba si su hombre había entrado en la iglesia y mirado alrededor.

A las 7:40 Cholo se bajó de un taxi, pagó al conductor y caminó unos pasos para sentarse en un banco vacío del parque. Héctor, escondido detrás de su periódico, vio como el colombiano vigilaba la zona con sospecha. Después de un momento de embarazo, se levantó y caminó casualmente hacia la farmacia. Cuando entró, Héctor dejó su periódico y se volvió hacia el dueño, Emilio, y pidió usar el teléfono.

—Por supuesto, Sr. Vicario, pero hay un cargo de diez pesos por las llamadas locales.

¡*Ladrón*! Pensó Héctor.

Cerrando la puerta de la oficina del propietario detrás de él, Héctor marcó rápidamente el número de seis dígitos de la farmacia. El teléfono sonó dos veces, entonces alguien respondió, — ¿Bueno?

— ¿Está Sancho Bolívar?

—Un momento. ¿Hay un Sancho Bolívar...usted señor? Hay un cargo de diez pesos por la llamada. Sí, gracias...cinco minutos, ¡no más!

— ¿Bueno?

—El toro siempre tiene razón, dijo el Ministro del Interior.

—El toro nunca se equivoca, respondió el terrorista colombiano.

— ¡Dime lo que viste! ordenó Toro.

Cholo habló rápidamente, terminando la narración con la chica del VW azul que salía de su casa.

La sonrisa de Héctor casi le rompió la cara. El resistente sicario había asegurado el dinero. —Eres muy ingenioso, elogió Héctor, —pero te arriesgaste y casi te atrapan, advirtió, incapaz de ser efusivo.

189

—Sí...pero no lo hicieron...y tengo el dinero. Pero no sé si lo quiero. ¿Qué quieres que haga?

— ¿Qué tal eres con las bombas?

—El mejor. Ya lo sabes.

—Escúchame con atención, comenzó Héctor, mientras describía a su próxima víctima y dónde quería que muriera. Tres minutos después preguntó: — ¿Puedes hacerlo?

Sin dudarlo, Cholo respondió. —Sí...la seguridad es terrible allí. ¿Cuándo quieres que se haga?

—Para el próximo lunes...no más tarde.

— ¡Hecho!, dijo Cholo con firmeza, — ¿Dónde puedo encontrarte?

—No puedes. Me pondré en contacto contigo, llegó la respuesta, seguida de un clic y un zumbido sordo de tono de llamada.

Héctor pasó junto al dueño, señalando a otra Tecate en su camino hacia la mesa. Sacó un halo negro de moscas del vaso de camarones, vaciló, y se dio vuelta. — ¡Emilio, otro vaso de camarones y más limas!

— ¡Si, señor! el dueño se metió en la cocina, limpiándose las manos con un delantal apenas blanco y muy manchado.

Héctor vio a Cholo salir de la farmacia y hacer señas a un taxi. Podía ver al colombiano más de cerca y notó que parecía entrecerrar los ojos e inclinarse hacia adelante, y su mano sostenía su estómago. Mientras el taxi se alejaba soplando humo negro, con el motor funcionando con gasolina de bajo octanaje, Héctor se preguntó qué había pasado con su sicario. ¿Estaba enfermo?

La Comedora de Suciedad

Los antiguos habitantes sabían que el mundo existía en ciclos de cincuenta y dos años. Durante muchos milenios la frágil continuidad del tiempo se mantuvo mediante la realización de sacrificios y rituales. Ahora las caras blancas enseñan que el tiempo es eterno y que se mueve indefinidamente en un continuo lineal hasta que el tiempo que su Dios arbitrariamente declara y termina. Esto es sucio y herejía. También es una tontería. El mundo llegó a su fin cuando la gente ya no ofrecía los sacrificios de sangre apropiados o realizaba los rituales correctos.

Si el mundo no se ha acabado, ¿por qué el Valle de México es el lugar más contaminado de la tierra? Si los dioses siguen proporcionando orden y sentido a las vidas de los fieles, ¿por qué el lago de Texcoco ha desaparecido y el valle se ha asfixiado con veinte millones de personas? ¿Por qué la mitad de ellos viven en la pobreza? ¿Por qué faltan peces en los lagos y ríos contaminados con productos químicos? ¿Por qué las plantas, los niños y los ancianos se enferman y mueren en el Valle de México?

Los dioses del Universo Único han salido y ahora residen en el Paraíso del Sol. La fuerza vital solía existir en la tierra así como en la gente. Ahora el mundo está muerto, pero no se da cuenta de ello mientras se apresura a su sucio y cataclísmico final mientras las caras blancas se apresuran a usar todos los recursos disponibles y venderlos a alguien más. A veces los vivos estarían mejor muertos. Cuando miro al Universo Único y veo las condiciones sucias de las ciudades y los pocos "indios" que quedan viviendo vidas de desesperación silenciosa, me pongo de luto. Existen como parias sociales en su propia tierra. Sé que el mundo se ha acabado para mi gente. Quetzalcóatl no vendrá. La Serpiente Emplumada se ha ido al Paraíso del Sol. ¿Por qué debería importarle más a un dios que a los creyentes? ¿Tal vez yo también debería partir? ¿Por qué debería ofrecer mis servicios a un incrédulo e ingrato séquito de herejes y blasfemos? Pero, por desgracia, soy reacia a irme. Debo ser paciente. Ya que la suciedad es el más prolífico de todos los artículos humanos, sé que todavía se me necesita para proporcionar la absolución a la detestable descendencia de los blancos. Hasta entonces, esperaré. Mis servicios serán seguramente necesarios de nuevo.

Héctor Recibe Su Regalo Mortal

Viernes 27 de junio de 1984, Ciudad de México

Héctor caminó por la habitación, enmarcando la alfombra en un camino ya desgastado hacia el dormitorio de Amparo. La expectativa y el suspenso silenciaron su conciencia y le robaron su precaución. Su paciencia había dado sus frutos. Ese conejo, Raúl, finalmente había llamado y prometido entregar la estatua de Tlazolteotl. Héctor miró su reloj. La hora. El director del museo debería llegar en cualquier momento. ¡Héctor se sintió entusiasmado! Hasta ahora todo iba según lo previsto.

Amparo se había ido a Colorado y no volvería hasta el miércoles. Cholo había sido contratado y estaba trabajando en el contrato. Los tontos fueron colocados como él quería y todos recibirían su merecido. El director del museo que resguardaba y traería a la Comedora de Suciedad que era la cereza del pastel. Sería una maravillosa adición a la colección de Héctor y se sentía fuera de sí con anticipación. Volvió a mirar su reloj. Ahora el conejo llegaba tarde. Maldito sea, de todos modos. El ministro se dejó caer en una silla, irritado por la tardanza del gusano. Héctor había prometido a su hija que llegaría a tiempo para llevarla a cenar.

Sus dedos tocaron con un ritmo inquieto el reposabrazos. Finalmente, una tensión incesante lo levantó de la silla y recorrió la habitación con una copa de brandy en la mano. Un grueso brazalete de oro había hecho que su brazo transpirara, así que se detuvo para retirarlo, colocándolo sobre la mesa.

Se sintió confiado de que todo estaba arreglado como debía ser. De vez en cuando, un hombre tenía que ocuparse de asuntos pendientes, razonaba. Si no lo hacía, su carrera estaría acabada, y ese escenario no era plausible para Héctor. Había construido su carrera sobre los cuerpos de hombres menos comprometidos que carecían de visión y de la determinación de ganar a toda costa. López Portillo lo había presentado una vez en una reunión de gabinete con la declaración: "La sonrisa de este hombre es bonita, pero tiene un mordisco vicioso". A diferencia de la mayoría, la mordedura de Héctor era supuestamente mucho peor que su corteza y muchos de sus rivales lo habían descubierto demasiado tarde. Aunque ciertamente no era bonito, su estilo de política aseguraba que siempre ganaba. Estaría por aquí mucho tiempo después de que debiluchos como Raúl Córdoba, Juan Degas y otros se convirtieran en descartes en el juego de la vida.

El timbre de la puerta sorprendió a Héctor. — ¿Quién es?, gritó con fuerza, atreviéndose a suponer que era la persona equivocada.

— ¡Entrega para el Sr. Vicario! respondió con una voz apagada.

¿Entrega? ¿Seguramente Raúl no había enviado el Tlazolteotl con un repartidor? Héctor dudó, sospechó. Cuando abrió la puerta, había un muchacho flaco con uniforme caqui, con la cara horriblemente manchada de acné. Héctor frunció el ceño, repelió, pero se mantuvo firme. — ¿De quién es?

—No lo sé, señor. No hay remitente. ¿Es usted el Sr. Vicario?

Héctor dudó. ¿Qué demonios estaba pasando aquí? ¿Por qué Raúl enviaría al Tlazolteotl y no vendría él mismo? Momentáneamente perdido, se detuvo a pensar las cosas, y luego se dio cuenta de que la cara manchada lo miraba expectante. —Bueno...tráelo...ponlo en la silla. ¿Tengo que firmar por él?

—No, señor. El remitente pidió que no hubiera papeleo no esencial.

Bien, pensó Héctor. Al menos Raúl no esperaba que Héctor firmara por una propiedad que Raúl había robado. ¡La idea me pareció absurda! —Toma...lárgate, le dijo al repartidor, entregándole diez pesos.

— ¡Sí, señor! respondió el repartidor sonriente, mirando el billete de diez pesos. —Cuando quiera, señor. Se dio la vuelta y caminó lentamente por el pasillo, dando la vuelta al billete y examinando su autenticidad. Héctor cerró la puerta con llave.

Rebosante de emoción, llevó la pequeña caja cubierta de papel a la mesa, pero rápidamente se frustró cuando trató de abrirla. La caja estaba atada con cinta fibrosa y no tenía una navaja. Sus grandes e hinchadas manos se sacudieron y tiraron en vano, hasta que se rindió y resopló en la cocina para conseguir un cuchillo.

El paquete, de unos veinte centímetros cuadrados, pesaba casi tres kilos. Imprudentemente cortó la cinta de embalar y dobló las solapas a un lado. El papel de embalaje triturado forraba la caja y agarró ansiosamente dos puñados y los tiró al suelo. Un destello de jade verde apareció, excitándolo mucho, así que rápidamente arrancó más. *¡Allí! ¡Podía verlo!* Verde, grotesco, y de apariencia apenas humana, parecía magnífico. Héctor comenzó a sentir un hormigueo, eufórico y mareado. Su corazón latía con fuerza y gotas de sudor aparecieron en su cara y manos. ¡Le encantaba! ¡Era más de lo que esperaba! Lo agarró con las dos manos y lo besó alegremente como un niño pequeño.

— ¡Mío, todo mío! dijo enfáticamente.

Encendió la luz del comedor y colocó el Tlazolteotl en la mesa para una mejor visión. Se sentía pegajoso, y los bordes ásperos se alineaban en su parte trasera. Se frotó la nariz que le picaba, olfateó, y se quedó atrás para valorar su nueva joya.

La estatua tenía unos veinte centímetros de altura y estaba sentada en cuclillas como si fuera a dar a luz. Sus genitales femeninos eran exagerados. La vulva y la abertura vaginal parecían absurdamente sobredimensionadas, dejando un hueco visible entre las piernas. Sus pechos colgaban grandes y flácidos. Pero la cabeza y la boca sobredimensionadas de la estatua eran los rasgos más llamativos. El rostro estaba grotescamente deformado por una enorme boca abierta repleta de grandes y afilados dientes tachonados con joyas rojas. La apertura de la boca era lo suficientemente grande como para tomar su puño.

Héctor, con las manos temblorosas, cogió la estatua y la besó con alegría. Sintiéndose mareado, bailó con La Comedora de Suciedad, dando vueltas y hablando con ella en una parodia de conversación. Se detuvo para frotarse la nariz de nuevo, le dio otro rápido golpe de labios, y luego la puso sobre la mesa para admirarla. Cogió el vaso de bebida para brindar por el Tlazolteotl. Tiró el resto del brandy tomó un trago y luego hizo una mueca. La condensación del vaso mojó sus manos antes de frotarlas sobre la espalda y las nalgas del Tlazolteotl. Su nariz le seguía picando, así que se frotó más fuerte, y luego sus ojos. Se acercó para ver los bordes ásperos de su espalda. ¿Cómo habían llegado ahí? No encajaban con el aspecto general de la estatua. Pasó la punta de sus dedos por los bordes y sintió trozos de arena sueltos. ¿Arena? —Diablos, esto parece que fue hecho recientemente, explotó de su boca.

De repente la habitación se retorció y su visión se llenó de distorsiones de color rojo. Paisajes surrealistas de colores ondulantes y brillantes se le acercaron como la marea espumosa, rodando sobre él, una ola psicodélica tras otra. Se amordazó y trató de permanecer de pie. La Tlazolteotl se alzaba más grande y amenazadora y una puñalada de pánico le cortó las vísceras como un láser al rojo vivo. El miedo se apoderó de él como un tornillo de banco y aplastó toda esperanza mientras caía al suelo sin respirar. Se sacudió y se retorció en el suelo durante quince segundos, con los ojos abiertos, sabiendo que era un hombre muerto. Desde donde yacía, La Comedora de Suciedad parecía crecer, su boca se abría más con una sonrisa inhumana. Se rió de él. Sus latidos se aceleraron y aumentaron, disminuyeron gradualmente, y luego se detuvieron por falta de aire y por una completa desconexión autónoma. Moco verde rezumaba de su nariz y su esfínter se relajó, inundando sus calzoncillos con excrementos. Cuando sólo quedaban unos pocos momentos de agonía, la desesperación se apoderó de él. — ¡El conejo! ¡Raúl!

El Tlazolteotl se sentó en la mesa despreocupada e indiferente. Según la creencia azteca, una persona podía confesar sus pecados una sola vez a la diosa Comemierda, y Héctor no podía respirar para hablar.

Cholo Construye Una Bomba

Sábado 28 de junio de 1984, Ciudad de México

Cholo se sentó en reposo, con las piernas apoyadas en una silla, con los brazos cruzados al pecho, mirando por la ventana de su habitación de hotel en el primer piso. Se parecía a todas las demás habitaciones de hotel en las que había dormido, y las odiaba.

La temporada de lluvias había empezado tarde, pero un aguacero constante había recorrido la ciudad durante dos días, limpiando las canaletas de la acera de residuos y purgando el aire de los coches y el humo de la fábrica. Miró fijamente sin ver, observando los torrentes de agua que salpicaban el aparcamiento de asfalto, y luego el remolino de amplios arroyos poco profundos en los ríos de la acera que fluían por la calle.

Pensó en retirarse, y a veces se preguntaba si ya había trabajado demasiado tiempo. Hasta ahora este trabajo había sido uno de los más extraños e inquietantes en los que había estado involucrado. Este 'Toro' era obviamente rico y poderoso, pero algo le molestaba a Cholo que no podía entender. El tipo actuaba de forma perversa y extraña en las cosas. La iglesia, por ejemplo. ¿Qué podría tener de malo reunirse en un bar o en un coche para hacer negocios? Todo el mundo sabía que se reunían en un bar o en un coche, o incluso en la maldita calle. ¿Pero una iglesia? Todas las profesiones tenían normas aceptadas, y las relaciones en las iglesias para planear un asesinato no eran normales. Lástima que Toro fuera su único patrocinador. Sería bueno tener opciones, para poder rechazar un trabajo cuando no se sentía bien. Pero ese no era el caso. Necesitaba los pesos.

Cholo había alquilado una habitación en el Hotel Camino Real para preparar la bomba. Nunca trabajó en casa; eso implicaba un riesgo excesivo. Los vecinos eran totalmente desprevenidos y Lupe apenas era lo suficientemente lista para no entrometerse. Aunque a veces tenía la audacia de quejarse de la marihuana, normalmente una declaración de "vete si no te gusta" aclaraba la situación lo suficiente como para morderse la lengua. De vez en cuando se convertía en una perra tonta y decía tonterías sobre las familias y los niños, pero unas cuantas bofetadas la devolvían a la realidad. Ahora que se estaba haciendo mayor, descubrió que le gustaba más y que dependía de ella para su ayuda, especialmente con sus problemas de salud que parecían aumentar cada día. Era una compañera de cama, una buena cocinera, y lo trataba bien. No tenía motivos para quejarse.

El colombiano abrió su maleta para empezar los preparativos, y luego lo pensó mejor. Lo primero es lo primero. Rápidamente masticó cuatro tabletas de antiácido, luego se enrolló un porro muy fino y fue al baño a fumar después de encender el extractor. Mientras tomaba un trago y contenía la respiración, el humo se agitaba y se adhería a la membrana interior de sus pulmones. La sangre que se filtraba lo transportaba a su cerebro y neuronas y le proporcionaba la calma que deseaba, evitando que le atacaran las náuseas. Terminó, limpió la cucaracha y dejó el extractor de aire en marcha. Cerró la puerta para atrapar cualquier olor persistente y volvió a la mesa del hotel.

Se asomó por el borde de las cortinas naranja chillón y las cerró, satisfecho de que nadie se acercara. Extrajo el contenido de su maleta y colocó los componentes de forma ordenada sobre la cama. Su entrenamiento especializado en el Ejército Colombiano, y más tarde con el Cartel de Medellín, le había proporcionado el conocimiento para hacer bombas muy poderosas con los artículos que se encuentran en casi cualquier casa o garaje; vaselina, azúcar, fertilizantes, ácido sulfúrico, gasolina o jabón. Además de los componentes explosivos que tendrían que ser mezclados según la receta, dispuso un cronómetro con una lente plástica, un pequeño tornillo de metal limpio, una batería, cables de conexión con pinzas de cocodrilo y un pequeño clavo.

Primero preparó los ingredientes volátiles, extendiendo la vaselina sobre papel encerado, luego espolvoreó y mezcló el resto según las especificaciones. Después de colocar un punto estratégicamente situado en la lente, desenroscó el cristal del cronómetro y raspó la pintura de los bordes de la segunda mano, exponiendo su borde metálico. A continuación, calentó el pequeño clavo hasta que se puso rojo. Usando un par de pinzas de nariz de aguja, empujó el clavo al rojo vivo a través de la lente, dejando un agujero perfectamente redondo, sólo un poco más pequeño que el tornillo de metal.

Volvió a atornillar la lente de plástico en el cronómetro y enrolló el tornillo en el pequeño agujero, enroscándolo con fuerza, pero parando antes de que hiciera contacto con la esfera metálica del reloj. Enrolló la pieza de tiempo, sujetó los cables con pinzas de cocodrilo a la carrocería de metal y al tornillo, y luego pegó el reloj a un conjunto de émbolo con resorte que iniciaría el explosivo cuando la puerta del coche se cerrara de golpe. Terminó de pegar con cinta adhesiva el ensamblaje del temporizador a los explosivos. Una vez terminada la bomba, sólo tenía que colocarla estratégicamente en el coche y fijar correctamente las pinzas de cocodrilo a la caja de fusibles del coche.

Se sintió fatigado y sus ojos se enfocaron mal por el intenso entre cerramiento de ojos que se requirió para preparar la bomba. A medida que su glaucoma había empeorado se había vuelto más difícil de ver. Los antiácidos estaban desapareciendo, pero no pudo tomar un Tagamet por otra hora. Las píldoras eran costosas y había adoptado un estricto racionamiento. Su estómago empezó a bailar el baile del sombrero, así que comió cuatro antiácidos más, enrolló otro porro más grueso y volvió al baño.

Esta fue la parte fácil, reflexionó, tomando un trago y apoyándose en el tanque de porcelana del inodoro. Plantar la bomba fue la parte difícil, requiriendo suerte y nervios de acero.

Dos de sus mejores amigos la habían comprado plantando bombas. Un oficial de seguridad había disparado a uno y el otro se había volado a sí mismo. El estómago de Cholo comenzó a arder lentamente, mientras pensaba en ellas.

"Jesús", gimió, visualizando el ácido que se acumulaba en sus entrañas. Deseaba poder encontrar un trabajo que pagara lo suficiente como para hacerse un trasplante de estómago y comprar unos ojos nuevos. Miró la articulación, tomó otro trago y esperó a que comenzara su magia. Mientras se sentaba, repasó lo que ya sabía: dónde había aparcado el director del museo su coche, la mejor hora del día para colocar la bomba, la escasa seguridad, la ruta de escape y los escenarios alternativos para cada contingencia en caso de que cambiara algún aspecto del plan. Se dio cuenta de que necesitaba un buen disfraz y recordó el baúl de sus viejos uniformes en casa. Pero todos ellos parecían insatisfactorios por diferentes razones. Este era un gran trabajo, necesitaba algo nuevo. Después de reflexionar largamente sobre el disfraz correcto, exclamó, "¡Eso servirá!" Recordó un trabajo que Jaime López había realizado con éxito en Medellín, y con una sonrisa satisfecha y otro largo tirón de orejas, asintió con la cabeza y estuvo de acuerdo consigo mismo, —Sí, eso funcionará bien.

Terminó la marihuana y regresó al dormitorio donde volvió a empaquetar el resto de los suministros de la bomba en un saco de papel marrón. Corrió la cortina a un lado y vio que la lluvia se había reducido a una ligera llovizna, aunque el cielo seguía siendo negro y gris y prometía más humedad. Tendría que moverse rápido o se arriesgaría a empaparse. Para conseguir algunos artículos para el trabajo de mañana, necesitaba encontrar una tienda de ropa usada.

Cerró con llave la puerta del hotel y se dirigió al basurero para deshacerse de la bolsa de papel. El contenido era tal que nadie sospecharía nada si lo encontraban y lo abrían. Todo iba según lo previsto. Marcó un taxi cerca de la oficina del hotel y dio instrucciones para que lo llevaran a la Tienda de los Amigos, un negocio dirigido por la Sociedad de Cuáqueros que vendía ropa de segunda mano de los EE.UU. Siempre disfrutó de esta parte del trabajo.

El Cholo Planta La Bomba

Lunes 30 de junio de 1984, Ciudad de México, 7:00 A.M.

Cholo no había dormido bien. Le dolía el estómago y se sentía cansado. El sueño siempre fue difícil antes de un gran trabajo, y anoche no había sido una excepción. Lupe había espiado, lloriqueado, y luego le había mordido para decirle lo que estaba pasando. La discusión había terminado finalmente con dos sólidas bofetadas a su bonita cara, causando que se hinchara y reduciéndola a lágrimas. Por la mañana se había convertido en un pantano de nervios expuestos. ¡Maldita sea, de todos modos! Debería haberse quedado en el hotel, pero sabía que sería aún más difícil dormir allí. Años de estancia en hoteles colombianos de segunda clase, a veces durante semanas, le habían arruinado. Odiaba las malditas cosas. Lo único peor era una cama de hospital.

205

Su estómago gruñía y deseaba poder seguir bebiendo café. —La lista de cosas que no puedo comer y beber llenaría una enciclopedia", no se quejó a nadie, y luego frunció el ceño con agravio. Había fumado un porro temprano en la mañana y comido un desayuno de melón, queso y tortilla, pero su estómago se había agriado y los retortijones de hambre le recordaban su negligencia. Dos Tagamets le habían ayudado a calmar las ulceras de su estómago, y siempre llevaba un rollo de Rolaids para emergencias.

Una continua sucesión de nubes grises moteadas, el residuo turbio de una tormenta, se arrastraba frente a un sol amarillo brillante, bloqueando temporalmente, y revelando luego su esplendor evanescente. La humedad había aumentado y su ropa de trabajo recién comprada le hacía transpirar.

Miró su reloj. 7:00 a.m., hora de ponerse en marcha. Había alquilado la camioneta Chevy azul del 72 en "Rent-A-Wreck" de José. Fiel al nombre de la empresa, le habían proporcionado una lata oxidada y escandalosa con neumáticos lisos. La radio era un ejercicio de frustración, los frenos chirriaban, y el camión se tambaleaba y gemía en protesta, atravesando el lote de alquiler. Esperaba un mejor viaje. Los letreros magnéticos que había pegado en cada puerta decían "*Reparación de automóviles Jaime*", y un mecánico conduciendo un pedazo de chatarra podría llamar demasiado la atención.

Debajo del asiento, había colocado una caja de herramientas con sólo unas pocas en la bandeja superior. Debajo de la bandeja estaba la bomba. Se puso nervioso y usó el dorso de su mano para limpiarse el sudor de la frente. Se sentó momentáneamente, golpeando con los dedos sin

206

descanso en el asiento, preocupado, dudando de comenzar el trabajo del día. Ya deseaba el mañana.

El colombiano llevaba un uniforme de obrero manchado comprado en la tienda de los amigos. La camisa le quedaba bien, pero el elástico del pantalón se había estirado hasta el punto de no servir para nada. Había fijado los pantalones a la camisa para evitar que se cayeran. Una gorra grasienta de los L.A. Raiders con la visera al revés y un par de botas negras rayadas habían acabado con el disfraz. Esperaba que le fuera un poco mejor en el departamento de ropa, pero esto tendría que bastar. De todos modos, serían abandonados en una hora.

Se alejó del "Rent-A-Wreck" de José, cambiando lentamente las marchas y familiarizándose con el funcionamiento del camión. Maniobró a través de un barrio con palmeras y apenas con sombra antes de llegar a la Avenida Constituyentes. Luchó contra el tráfico de la hora pico durante treinta minutos, luego salió al Paseo de la Reforma y se detuvo en el estacionamiento del zoológico en el Parque Chapultepec. Se estacionó, parcialmente escondido detrás del tronco de un árbol antiguo, pero mirando a la carretera para ver el Chrysler Le Barón blanco de Raúl Córdoba cuando entrara al estacionamiento del museo.

Odiaba esta parte del trabajo, y su estómago le enviaba constantes recordatorios. Una puñalada de dolor lo sacudió cuando sus entrañas se despertaron para protestar por las condiciones extenuantes en las que se requería operar, recompensándolo con una infusión de ácido clorhídrico. Se desplomó sobre el volante, sintiendo como si le hubieran disparado.

— ¡Jesús! Ahora no, susurró, y luego comenzó la inevitable búsqueda de sus Rolaids. Acababa de meterse tres en la boca cuando el Le Barón blanco del director del museo dobló la esquina y entró en el aparcamiento del museo. El estómago de Cholo se tambaleó con el reconocimiento. Masticó los antiácidos, esperó cinco minutos, encendió el camión y se dirigió lentamente hacia el aparcamiento del museo.

Hizo un paseo por el estacionamiento para asegurarse de que nadie pasara desapercibido. La entrada estaba orientada al sur y sólo había otra salida al norte. Parecía estar despejada, así que volvió al parque y pasó por Reforma otra vez, y luego al estacionamiento del museo. Se estaciono junto al Le Barón y alcanzó la caja de herramientas, mientras intentaba ignorar el colador de ácido que goteaba en su vientre.

Tratando de parecer casual, rápidamente observó el área, luego caminó hacia el Le Barón, sosteniendo sus pantalones para evitar que se cayeran. Abrió su caja de herramientas y extrajo una larga y plana tira de metal con un gancho en cada extremo. La deslizó entre la ventana del lado del conductor y el marco de la puerta, la sacudió hasta que se enganchó, y luego tiró hacia arriba para abrir la puerta. Su estómago empezó a convulsionar y pensó que podría vomitar. Se apoyó en el Barón y respiró profundamente para calmarse.

Una rápida mirada a su alrededor le aseguró que nadie se acercaba, así que se calzó los pantalones, abrió la puerta del coche y se arrodilló junto a la caja de herramientas y el marco de la puerta. Su linterna localizó rápidamente la caja de fusibles. Extrajo la bomba y la cinta adhesiva. Pegó la bomba en la parte inferior del tablero, y luego puso el émbolo para

208

activar el cronómetro cuando Raúl cerró la puerta. Intentó con la puerta un par de veces para asegurarse de que presionaba el pasador, luego se arrastró dentro del Le Barón, cerrándola y bloqueándola desde el interior. Conectó las dos pinzas de cocodrilo a la caja de fusibles, y luego revisó rápidamente todo el proceso para asegurarse de que lo había ajustado correctamente. Giró para salir por la puerta del lado del pasajero y miró a la cara de un sonriente guardia uniformado!

¡Aturdido, casi entró en pánico! Pero una segunda mirada confirmó que el guardia estaba realmente sonriendo y parecía estar esperando a que saliera del coche. ¿Era posible que el guardia no supiera lo que había hecho Cholo? Sintiéndose tonto, sonrió a su vez, y luego buscó la pistola Franci de cuatro disparos atada a su tobillo. El guardia también llevaba un arma, pero no mostró ninguna indicación de que la hubiera sacado. El estómago del colombiano empezó a retorcerse como un toro furioso, pero se armó de valor y abrió la puerta, diciendo: — ¿Cómo está usted?

—Bien, bien dijo el guardia de panza y bigote. —Está trabajando en el coche del Sr. Córdoba... ¿sí? ¿Qué tiene de malo?

Enganchándose los pantalones, Cholo mintió sobre un cortocircuito en las luces de freno, diciendo que tenía que salir y conseguir una pieza para repararlo.

—Escucha, dijo el guardia, —ya que eres mecánico, ¿podrías escuchar mi coche y ver si puedes decirme qué le pasa?

—Lo siento...señor. Tengo prisa y debo ir por la refacción, mintió Cholo.

—Esto sólo tomará un segundo, el guardia hizo un gesto con sus protestas, —sólo escucha y me dices lo que piensas. No quiero que trabajes en ello...sólo que lo escuches, ¿bueno?

El estómago de Cholo amenazó con hacer erupción de lava fundida, pero se las arregló para mantenerse de pie y permanecer erguido. Rápidamente discernió dos opciones; podía disparar al guardia, o pasar unos segundos escuchando el simple auto del bastardo, luego alimentarlo con una línea de mierda y marcharse. La primera sería la más rápida, pero sin duda la más desordenada; y el guardia también tenía un arma. Su gusto por las batallas con armas de fuego había retrocedido hace muchos años. La segunda opción desperdiciaría segundos críticos, pero probablemente resultaría en que se fuera vivo y sin nadie más sabio.

—Está bien, pero sólo para una rápida escucha. Agarró sus pantalones caídos y recuperó su caja de herramientas. Para mostrar su determinación de no trabajar en el coche del guardia, colocó la caja en la cama de la camioneta, y luego lo siguió a través del estacionamiento, escuchando mientras el guardia hacía un gesto y explicaba la historia de los problemas de su coche.

El tiempo era esencial. La espalda de Cholo estaba en el museo y no podía ver quién iba o venía. Nervioso, miró por encima del hombro y dijo: —Arranca...tengo prisa.

—Un momento, señor, el guardia buscó a tientas las llaves, —a veces no arranca muy bien. El motor comenzó a toser y a dar vueltas, pero no arrancó.

— ¡Jesucristo! Cholo se quejó, sosteniendo sus pantalones que se le caían. —Mira...tengo que irme...mi jefe...

El coche disparó, se atragantó y se tiró pedos repetidamente, y luego empezó a golpear fuerte.

—Pedazo de chatarra oxidada, Cholo mordió el anzuelo. Le hizo señas al guardia para que lo apagara. Pero el guardia respondió haciendo rugir el motor para que Cholo pudiera oírlo mejor.

¡Detrás de él, la puerta de un coche se cerró de golpe y el corazón de Cholo se aceleró! Su cabeza se sacudió para echar un vistazo rápido. ¡No! ¡Raúl! Sin dudarlo, Cholo se dio vuelta para correr. El imperdible que sostenía sus pantalones se rompió por el esfuerzo repentino. A la mitad de su primer paso se deslizaron de sus caderas. En un segundo estaban en sus rodillas. Se estiró para evitar que se cayeran más, pero se tropezó y se adelantó. Había llegado directamente detrás de su camión y parecía estar suspendido en el aire cuando el coche de Córdoba explotó.

Los grandes ventanales del museo se doblaron momentáneamente hacia adentro y luego retrocedieron con furia hacia afuera, rompiéndose en millones de fragmentos iridiscentes. La bola de fuego que siguió incineró a Cholo inmediatamente, soplándolo hacia el lado opuesto del estacionamiento. La pequeña pistola atada a su pierna se soltó y se deslizó sobre el hormigón a treinta metros de distancia donde se alojó contra el neumático trasero de un coche aparcado. Raúl Córdoba, por supuesto, murió inmediatamente. El guardia, asado pero vivo, vivió otros dos minutos, luego murió misericordiosamente, su cuerpo se carbonizó y la carne se derritió de la cintura para arriba.

Nubes negras del fuego furioso se elevaron en los cielos sobre el Parque de Chapultepec. Cinco o seis coches se quemaron a la vez, provocando una reacción en cadena.

211

Cada pocos minutos, otro tanque de gasolina explotaba, iniciando otro infierno, encendiendo el coche de al lado. En total, doce coches fueron destruidos y ocho más dañados en el bombardeo. El estómago de Cholo ya no le molestaba, y Lupe probablemente volvería a Nogales antes de lo que deseaba.

La Comedora de Suciedad

Las caras blancas pregonan que su Comemierda tiene credenciales impecables ya que es producto de un nacimiento virgen. En su ignorancia y credulidad no ven lo obvio, cualquiera de importancia nació de una virgen. Tales mitos y leyendas abundan en todo el mundo. Un milagro es simplemente un evento no natural que ocurre naturalmente. Un nacimiento virginal es simplemente un despertar espiritual y una aceleración. El recipiente del parto no es importante, aunque algunos nacimientos vírgenes son más importantes que otros. Tal vez este fue el caso del Comedor de Suciedad Cristiano.

La muerte y el nacimiento son parte del mismo ciclo. Sin nacimiento no puede haber muerte. Son las realizaciones temporales y espirituales de la existencia, aquí y en el Paraíso del Sol. Yo misma di a luz a Centeotl, el dios del maíz. Fue un regalo mío para los piadosos del Universo Único. Le aseguro que ocurrió sin la ayuda de nadie, o de ninguna entidad. El poder de la creación y la invención reside en el mismo tejido del ser de un dios.

Un nacimiento virgen es un regalo sin sentido a menos que beneficie a la gente al sostener su existencia. Cualquier otro propósito es una sucia presunción y un intento equivocado de promover el propósito sobre el beneficio. Si un dios desea regalar a los mortales, esta pregunta debe ser respondida: ¿Cuál es el propósito de la creación, y qué es lo que logra el regalo? El Comemierda Cristiano fue un regalo para salvar al mundo de sí mismo. Un concepto extraño en el mejor de los casos. Centeotl fue un regalo para nutrir y sostener a los habitantes del Universo Único. Tú eres el juez. ¿Qué don tiene un propósito más fácil de discernir? ¿Cuál ha producido algo de valor medible? Hasta el día de hoy, los habitantes del Universo Único consumen maíz diariamente. Los alimenta físicamente, pero la comida también tiene propiedades espirituales. Si los mortales no se sostienen físicamente, ¿cómo pueden vivir para abrazar lo sobrenatural?

Las credenciales del Comedor de Suciedad no son nada fuera de lo común y su propósito es altamente sospechoso. Esta es una sucia violación del pacto entre los mortales y los inmortales. ¿Quién sino yo podría comer tal inmundicia?

El Capitán Alvarado Comienza Su Investigación

Lunes 30 de junio de 1984, Ciudad de México

El Capitán Alvarado bostezó con fatiga y falta de sueño, cansado por estar despierto toda la noche. Sabía que no estaría en casa durante bastante tiempo. "¡El gato tiene mierda en la torta!" no le mordió a nadie, navegando lentamente hacia Coyoacán y la mansión Sánchez Vicario. Ya nada tenía sentido, pero hoy se perfilaba como el día más importante de su vida. Este caso podría hacer su carrera, o enviarlo de vuelta a las calles si lo manejaba mal.

José le había dado una semana para encontrar a un tipo malo o los federales se hacían cargo. El asesinato de Héctor Vicario no fue un homicidio rutinario, sino que se interpretó como un acto de guerra en este país socialista. El Presidente le había gritado a José y José le había gritado a Luis. *¿Por qué a mí?* pensó. Si darle el caso era un cumplido zurdo, no lo necesitaba. José lo había dejado claro: o consigues resultados o estás acabado como detective de este cuerpo de policía. ¿Luis lo entendió? ¿Quién podría confundir el tono de su voz o la connotación de sus palabras?

El asunto había comenzado como una investigación de rutina. La hija del Ministro del Interior llamó el domingo, alarmada por el hecho de que su padre no volviera a casa durante dos días. Casualmente, alguien informó de un olor horrible y grandes moscas negras pululando en la puerta de un apartamento. Las apariencias engañan, y a primera vista parecía ser un caso de un anciano muriendo de un ataque al corazón. Luego dos uniformados, amordazados y asfixiados, murieron de una muerte horrible en la misma habitación que el Ministro, mientras que el propietario, su esposa y varios residentes del apartamento fueron testigos de sus muertes. Esto rápidamente disipó la teoría del ataque al corazón. Ahora se cometieron tres asesinatos. ¿Pero quién lo hizo? ¿Por qué? ¿Cómo? Estos fueron la sagrada trinidad del homicidio.

Esa estatua de aspecto extraño fue probablemente el cómo. Los uniformados habían muerto después de manipularla, y Luis no podía pensar en otra posibilidad por el momento. La escultura había sido enviada a la morgue junto con los cuerpos para someterlos a pruebas y Luis esperaba tener los resultados esta tarde. Dejó un equipo de tres detectives para registrar el apartamento y el coche del Ministro del Interior. Mientras tanto, estaba listo para entrevistar a su primer testigo y se dirigía a la casa de Sánchez-Vicario para hablar con la hija.

Navegó casualmente por el suburbio de Coyoacán, frenando a ratos para admirar las casas blancas y relucientes detrás de las vallas de hierro y las gruesas paredes de ladrillo que declaraban las casas como prohibidas. Alfombras de buganvillas con flores púrpuras que se ondulaban con la brisa fluían de los tejados y sobre las paredes, proporcionando una decoración natural y embelleciendo las construcciones caras. Giró en la calle Nezahuapili, llamado así por el rey filósofo azteca de Texcoco, y se detuvo en la entrada de la palaciega mansión Vicario-Sánchez. Cuando tocó la bocina, un sirviente apareció en la puerta e intentó ahuyentarlo antes de ver su placa y su identificación. El sirviente frunció el ceño ante la identificación de Luis, olfateó con desaprobación, luego le ordenó que esperara, y así Luis se tomó un momento para mirar por el vecindario.

Trató de mantenerse inexpresivo, pero sus ojos se abrieron de par en par con asombro. Impresionante. Todo arreglado perfectamente. Filas de crotones multicolores custodiaban dos filas de galeatas y la pared sur estaba oculta bajo una alfombra de buganvillas rojas en flor. Las flores brotaban del techo plano y caían en cascada por la pared. La casa de estilo colonial de Vicario, tan grande como una casa de hacienda, era fácilmente dos veces más grande que cualquier otra residencia en la calle.

El dinero y el poder, se aseguró Luis, habían llevado de alguna manera a la muerte de Héctor Vicario. En un país como México, ¿cuántos enemigos tendría Héctor Vicario? ¿Veinte? ¿Cincuenta? ¿Cientos? Luis apostaría la paga de un año a que en algún lugar la gente brindaría por la muerte del ministro del Interior, y uno de ellos podría ser un asesino.

La criada regresó y llevó a Luis a través de varias habitaciones y a un patio de estilo español donde una dama regordeta, hogareña y bien vestida de unos treinta años le saludó. Estaba a la sombra de dos tamarindos y una fuente en el centro del patio blanco cubierto de terrazo.

— ¿Señorita Vicario? Luis extendió una mano.

—Sí... ¿y usted es? Se puso un pañuelo en los ojos con una mano y con la otra se agarró un abanico de paja tejida. Ignoró su mano.

—Capitán Luis Alvarado, Detective de Primera Clase. Dejó caer la mano ofrecida.

—Sí...le he estado esperando. Por favor, siéntese. Señaló una mesa y sillas de hierro forjado blanco. —Gracias por llamar de antemano. Es un momento terrible para mí y los periódicos no dejan de llamar. Todo lo que les importa es su preciosa historia. Voy a cambiar los teléfonos.

— ¿Hay más de un teléfono en la casa?

—Hay varios, capitán. Mi padre era un hombre muy importante. Usaba diferentes teléfonos para diferentes propósitos.

Luis hizo una nota mental para obtener un registro de todos los teléfonos. Mientras tanto, sus ojos observaban el inmaculadamente limpio y opulento patio, mientras pensaba en sus propias y mezquinas habitaciones de la calle Medrano. Se volvió hacia la anfitriona de cara hinchada. —Señorita...sé que esto es difícil para usted, pero es importante que nos dé toda la información que pueda para encontrar al asesino de su padre, ¿de acuerdo? Sacó su bloc de notas y su lápiz.

Asintió con la cabeza, luego miró fijamente al terrazo blanco, resignándose a esta intrusión no deseada.

Luis continuó: — ¿Le habló el Superintendente de las muertes de los dos policías que encontraron a su padre?

—Sí...es demasiado espantoso para pensar en ello, comenzó a llorar. — ¿Qué clase de persona haría tal cosa? se llevó el pañuelo a la boca mientras las lágrimas se filtraban de sus ojos.

—Señorita, ¿conoce a la mujer que vive en el apartamento donde encontraron a su padre?

Frunció el ceño, se frotó los ojos y dijo: —Creo que es el lugar de Amparo.

— ¿Amparo?

Una mirada de extremo disgusto arregló su cara. —Una vieja conocida. Su pañuelo hizo que la idea desapareciera. — La presenté a mi padre hace un año y...bueno...creo que la perra tenía una aventura con mi padre.

— ¿Era, señorita?

—Era...es... ¡qué diferencia hay! exclamó enfadada, congelándolo con una mirada hostil. — ¡Es una puta y no es mejor que una puta callejera! ¡La odio! ¡Ella es la causa de esto! acusó, el veneno goteando de su lengua. —Ella es un don nadie. Su padre era un don nadie. Espero que se pudra en la cárcel por esto.

Luis hizo una pausa para que se recuperara y luego preguntó en voz baja: — ¿Su padre la veía a menudo?

— ¡Cómo podría saber, soy su hija! ¡No me habló de su vida amorosa! ella miró, y luego se abanicó, indignada por tener que responder a preguntas tan indignas.

¡Ay! pensó Luis, decidiendo otra línea de interrogatorio. —Señorita, mientras caminaba por la casa me di cuenta de muchos objetos de arte. Algunos de ellos parecen ser muy valiosos. ¿Su padre era coleccionista?

—Por supuesto...es obvio, pasó su brazo por el patio, indicando los numerosos pedestales con estatuas y estelas. — Todo el mundo sabe que mi padre amasó viejas piezas de arte. La casa está llena de su basura. Hay demasiada, si me pregunta. Se abanicó a sí misma. —A veces, creo que pasó más tiempo recolectando basura arqueológica que manejando los recursos naturales del país. Siempre buscaba alguna pieza, o alguien que le adquiriera algo. Especialmente ese pequeño y agradable hombre del museo, Raúl Córdoba.

Luis, garabateando en su cuaderno, preguntó: — ¿Tenía su padre alguna pieza particularmente valiosa?

— ¡Seguramente usted bromea, capitán! El ventilador empezó de nuevo. —Mi padre probablemente tiene la colección privada de arte precolombino más extensa de México...tal vez del mundo, añadió.

— ¿Dónde? preguntó Luis.

—La mayoría de las piezas verdaderamente valiosas están en su museo privado. En realidad...es más bien una gran bóveda. El ventilador se detuvo. —Sólo he estado dentro unas pocas veces. Muy pocas personas saben de él o lo que contiene. Él era muy reservado al respecto.

— ¿Está aquí, en la casa?

—Allí, a través de esa puerta, el ventilador señaló una puerta blanca poco llamativa.

—Me gustaría ver, si puedo...

—Eso no es posible. Hay una llave de acero en la caja fuerte de su dormitorio y no sé la combinación. Mañana me reuniré con el abogado de mi padre para arreglar sus asuntos. Dudo que permitamos a alguien husmear en sus pertenencias personales durante al menos un mes o más...o al menos hasta que hayamos evaluado la situación nosotros mismos. El ventilador empezó de nuevo. —Las inversiones y propiedades de mi padre eran extensas y un misterio para mí. Tomará un tiempo saber dónde estoy parada, dijo con firmeza.

Luis se quejó interiormente, pero mantuvo una cara plácida. Necesitaba entrar a la bóveda ahora y esta perra rica estaba obstruyendo. Cuando su padre estaba vivo, había vivido como uno de la élite de los intocables y podría haber evitado cualquier investigación. Pero ahora estaba en el fondo de la cadena alimenticia, pudriéndose en la morgue, y algunos de los privilegios de la señorita estaban a punto de ser revocados. Aunque aparentemente no lo sabía, su vida sin duda cambiaría drásticamente con la muerte de su padre.

Luis haría que su jefe arreglara el problema. La intuición le dijo que la conexión entre el coleccionismo de arte y la muerte de Héctor Vicario era una conclusión inevitable. ¡Dios mío! El hombre había sido asesinado por una pieza de arte. Y este Raúl Córdoba del Museo Nacional de Antropología, estaba involucrado de alguna manera. Se entendería mucho examinando la relación entre Héctor Vicario y el museo.

—Señorita... ¿su padre tenía algún enemigo?

La chica estalló en risa entre lágrimas, se frotó el pañuelo en los ojos, y luego agitó su abanico una vez en la cara a Luis. —Usted es un comediante, capitán. Mi padre era una persona muy poderosa. Parece un hombre educado, conoce la historia de nuestro país. ¡Por supuesto que tenía enemigos!, dijo enfáticamente. — ¿Quiénes eran? ¿Quién sabe? No estoy segura de que eso importe. Abrió los brazos. —Lo escuché discutir con mucha gente a lo largo de los años. Tosió nerviosamente en el pañuelo.

—María sálvanos, continuó, cruzándose de brazos. — Recuerdo que tuvo una terrible discusión con El Presidente por teléfono. Discutió con el director del museo sobre arte. Una vez, un hombre horrible que trabajaba para el Sr. Córdoba...Juan Degas...les causó problemas. Suspiró y dejó caer ambas manos en su regazo. —Mi padre discutía con mi madre todos los días hasta que ella murió. La señorita Vicario se encogió de hombros. —No era un hombre fácil de tratar, capitán. Era exigente y estaba acostumbrado a salirse con la suya... ¿qué puedo decirle? Se sonó la nariz: —Era un hombre difícil de entender.

Luis terminó sus notas y guardó el bloc. Quedaba mucho por investigar, pero la señorita Vicario se negó a continuar. Tenía una mirada distante y comenzó a suspirar, luego lo ignoró por completo. El interrogatorio se deterioraría rápidamente ahora. Ella había absorbido suficiente dolor por el día. Tendría que pedir los registros telefónicos del apartamento y de esta casa y José tendría que llevarlo a esa bóveda lo antes posible.

— ¿Capitán Alvarado? interrumpió un sirviente.

— ¿Sí?

—Teléfono...aquí, por favor.

—Perdone, señorita, sonrió Luis. Siguió al sirviente a la sala de estar. Las paredes estaban decoradas con mantas de lana tejidas a mano de varios estilos: zapoteco, tarasco, maya y azteca. Luis apostaría la paga de un mes a que no tenían precio. Tomó el teléfono.

— ¿Bueno?

— ¿Luis? José... ¿a dónde vas después de la casa del Vicario?

—Ya casi he terminado. Pasaré por el museo para hablar con el director, y luego me reuniré con el equipo más tarde.

—Por eso llamé...para ir rápido al museo. Luis frunció el ceño, confundido. —Sí... ¿por qué?

—El museo fue bombardeado. La mitad del recinto y todos los camiones de bomberos de Coyoacán están allí. ¿No oíste las sirenas?

— ¿Bombardeado? ¿Quién...? De alguna manera, antes de que las palabras salieran de su boca, su intuición ya había respondido a Raúl Córdoba.

—El director y su coche volaron en pedazos. ¡Mueve el culo hasta allí! José ordenó, y luego añadió amargamente: —Luis...inventa algo rápido, o todos estaremos limpiando letrinas en Lecumberri.

Un mal chiste, pero Luis se tomó la declaración en serio. Las consecuencias eran una clara posibilidad si lo estropeaban.

—En camino, colgó el teléfono. ¿Y ahora qué? ¿Se había vuelto loca toda la ciudad? ¿Primero Vicario y ahora Córdoba?

Luis se excusó ante la señorita, prometiendo llamar de nuevo. Su mente se tambaleó con las preguntas, dejó Coyoacán y se dirigió rápidamente hacia el museo. Aquí, a ocho millas de distancia, furiosas nubes negras ondeaban sobre el horizonte. La larga noche lo había dejado fatigado, pero ahora su adrenalina estaba bombeando. ¿Quién era el loco hijo de puta que estaba matando a todos en su distrito? Pisó y pisó el acelerador con rabia, y luego desaceleró cuando se acercó a una línea de tráfico.

El tráfico avanzaba lentamente, ya que la mayoría de los conductores también se habían desviado hacia Chapultepec, y Luis comenzó un lento análisis, frustrado por la perversión de los hombres que siempre gravitaban hacia las tragedias.

Como le resultaba imposible acercarse, aparcó a seis manzanas del museo. Los coches y los camiones se turnaban al azar, bloqueando las carreteras mientras la gente de todas partes acudía en masa a la carnicería de Chapultepec. Mostrando su placa repetidamente, se abrió camino entre multitudes de mirones y buscadores de curiosidades hasta que llegó a la escena. El museo había sido evacuado y la cinta amarilla acordonada en el área. Los camiones de bomberos se alineaban en los caminos como enormes bloques, centinelas que intentaban proteger el antiguo patrimonio de México.

El fuego había disminuido enormemente, excepto por un VW en llamas y un coche demasiado carbonizado para discernir su marca. El humo negro y apestoso de los neumáticos humeantes manchó el cielo, enviando una señal de socorro. Vio a Paulo y lo saludó con la mano. El detective se acercó con dificultad, con el cuaderno en la mano, como si hubiera estado despierto una semana sin dormir. Su traje estaba arrugado y su cara redonda mostraba un crecimiento de barba de dos días.

—Hola, semental, dijo Paulo, pasándose los dedos por el pelo. —Tengo un bombardero loco, podría ser gasolina o dinamita. El tipo incinerado en el coche era Raúl Córdoba, el director del museo. Será difícil de decir, porque no queda nada de él. Paulo señaló. —Ese tipo de ahí, o lo que queda de él, es un desconocido. Puede haber sido un mecánico que trabajaba en el coche del guardia. Hay una vieja camioneta allí que dice "Garaje de Jaime" en el lado que nadie puede explicar, y el capó fue volado de un viejo Chevy que pertenecía al guardia del museo. Fue carbonizado dentro de él.

Paulo suspiró, pasando una mano por su pelo arrugado otra vez, —La bomba fue muy profesional. Parece que el mecánico pudo haber estado trabajando en el coche del guardia cuando la explosión los cocinó. Los chicos de explosivos llegaron hace diez minutos. Es todo lo que tienen hasta ahora.

Qué lío, pensó Luis, al inspeccionar la zona. Los escombros de cristales rotos, metal retorcido y hormigón roto yacían como los desechos de un campo de batalla, la retorcida Llanura del Meggido, el Armagedón de Raúl Córdoba.

—Paulo, cierra este lugar hasta nuevo aviso. Que algunos de los uniformados ayuden a interrogar al personal. Consigue una lista de los administradores. Asegúrate de hablar con las secretarias antes de enviarlas a casa; si alguien sabe algo, lo hará.

Luis buscó un parachoques para descansar una pierna, y luego continuó: —Quiero que todos los archivos del director del museo sean confiscados y llevados a la comisaría. Cuando termines aquí, haré que Pedro te ayude a revisarlos. Dos nombres Héctor Vicario y Juan Degas, mira si puedes encontrar algo, ¿bueno? Luis dudó, viendo la mirada de angustia en el rostro de Paulo.

—Sé que estoy pidiendo mucho. Este es el caso más grande en el que tú y yo trabajaremos. Te romperé el culo y haré todo lo posible para que te den una patada en el piso de arriba. Es una promesa...y puedes decírselo a Pedro también. No planees ir a casa hasta tarde, ¿de acuerdo?

—Sí...de acuerdo. Sólo que es más difícil pensar cuando estás cansado. Me alegro de que estés a cargo, o probablemente renunciaría. Sonrió débilmente, se embolsó el

225

bloc de notas, y luego se volvió para ir a trabajar, buscando testigos y buscando a Pedro.

Luis se giró para irse. El olor rancio y arenoso de las llantas quemadas le daba náuseas. No le necesitaban aquí, así que se abrió camino entre la multitud y se dirigió a su coche, respirando profundamente el aire limpio del parque.

La organización era la clave, se recordó a sí mismo. Giró la llave de encendido y puso el coche en marcha. Nunca lograría nada si no se quedaba en la tarea.

#

Diez minutos después entró en el complejo de apartamentos El Texcoco Azul y subió las escaleras del tercer piso. Tony, su compañero ocasional, estaba cerca de la mesa de la cocina etiquetando las pruebas cuando Luis entró. —¿Cómo va Clousseau? preguntó Luis con un débil intento de humor.

— ¿Luis? El gran detective de cara cuadrada se giró para ver quién entraba. —No está mal. Te he estado esperando. Puede que tenga un par de cosas.

— ¿Sí? dijo Luis, complacido. — ¿Cómo qué?

—Acabo de interceptar una llamada de la concubina de Vicario. Ella llamó para hablar con él. Tiene una llave y pasa los fines de semana aquí. Le dijo que se registrara, pero nunca contestó el teléfono, así que siguió llamando. Escucha esto...está en Vail, Colorado con un "acompañante" masculino.

— ¿Está en los Estados Unidos? ¿Con otro hombre? Luis repitió, tratando de discernir la importancia de la información. — ¿Cuánto tiempo hablaste con ella?

—Unos quince minutos...está toda sacudida. Dice que tomará un vuelo temprano esta noche si puede. Sonaba sorprendida y asustada. Le dije que alguien la recogería en el aeropuerto y, miró fijamente a Luis, no pienso levantarme a esa hora.

Luis ignoró la inferencia. — ¿Qué más tienes?

—Conseguimos las llaves del coche de Vicario y revisamos el Mercedes. Encontramos esto debajo del asiento. Le entregó a Luis un montón de papeles. —Es una lectura muy interesante.

— ¿Qué es?

—Oh...lo normal, dijo Tony, —chantaje, amenazas, algunas cosas duras, y un montón de robos han estado ocurriendo en el Museo Nacional. Parece que nuestro Ministro del Interior muerto era un ladrón y extorsionista. Pero por otra parte, era un político, ¿no?

Luis sintió una agitación de emoción. Caminó hacia el balcón, mirando primero a los altos edificios de la Universidad Nacional, luego a la calle y al estacionamiento. Tal vez esta cosa se estaba juntando. Pronto sabrían cómo; tal vez este era el por qué. Mirando el informe, se preguntó si podría decirles quién.

Regresó del balcón y se sentó a leer. El título y el nombre del autor saltó de la página y en sus labios, Juan Degas. Ese nombre otra vez. Leyó rápidamente mientras Tony trabajaba. No hay duda de ello este Juan Degas tenía un fuerte motivo. Un arqueólogo rencoroso, conocía a los muertos y tenía motivos para odiarlos a ambos. Degas fue golpeado, perdió su trabajo, y luego escribió este informe para mantener a Córdoba y Vicario lejos de él y su novia.

—Tony... ¡tenemos que encontrar a este tipo lo antes posible! Luis golpeó el informe contra su pierna. —La señorita Vicario dice que su padre solía discutir con Raúl

Córdoba sobre Juan Degas. Tenemos nuestro primer sospechoso. ¿Alguna idea de dónde podemos encontrarlo?

Tony sonrió. —Me preguntaba cuándo preguntarías. Le mencioné su nombre a la chica y ella se ofreció a trabajar en la universidad para un profesor David Wolf en el Departamento de Antropología.

Luis saltó de la silla. — ¡Eres un sabueso, Antonio! Si no acabamos en Tráfico haciendo multas de aparcamiento y robando matrículas de turistas, te invito a una noche en la Zona Rosa. Luis se dio vuelta, como si se fuera a ir.

— ¿Luis? —Sí... ¿qué es?

— ¿Sabía usted algo de los uniformados asesinados aquí anoche?

Luis bajo los hombros. —No...pero Pedro me dijo que tienen esposas e hijos. La esposa de un tipo estaba embarazada de siete meses.

—Cuando atrapemos al hijo de puta que hizo esto, quiero cinco minutos a solas para interrogarlo. ¿Cree que eso se pueda arreglar?

El Capitán Alvarado no respondió. Normalmente despreciaba las cosas difíciles. Le dio a la policía una mala reputación y fue estrictamente contra la ley, pero pasaba todo el tiempo. Los viejos hábitos son difíciles de erradicar en México. Si alguien quería una confesión, los chicos de la Sala Blanca sabían cómo conseguirla, sin importar lo que costara.

—Sí, dijo, —no veo por qué no. Pero tendrás que conseguir tus propios testigos para el interrogatorio. No quiero tener nada que ver con eso. Cuando termines, lo esposaré a una silla y dejaré que las viudas lo interroguen. Luis revisó la habitación una vez más. — ¿Cuánto tiempo falta para que termines?

—Otra hora...dos como mucho, ¿por qué?

—Sé que has estado despierto toda la noche, pero te necesito en la estación para ayudar. Paulo y Pedro están trayendo los archivos y las cosas del escritorio de Córdoba. Va a llevar horas revisar todo.

— ¿Quién es Raúl Córdoba? ¡Oh! ¿Te refieres al tipo del informe?

Luis se giró, sorprendido. —Tony...supongo que no te has enterado. Raúl Córdoba compró un arpa y se mudó arriba. Fue asesinado hace dos horas por una bomba en el Museo de Antropología.

Sus ojos se cerraron a sabiendas, entonces Tony dijo: — Empacare todo y estaré abajo. ¿Luis?

—Sí.

—Puedes contar conmigo. Me apunto a todo...lo que sea necesario.

—Gracias, amigo. Si ganamos, me encargaré de que saques algo de esto, prometió Luis.

—Sólo quiero los cojones del bastardo...aquí en mis manos, continuó Tony, extendiendo un gran puño cerrado.

—No te olvides de mis cinco minutos, le repitió a Luis que se retiraba.

Fatigado y somnoliento, Luis se estaba desvaneciendo. Necesitaba una taza de café y un panecillo dulce, pero sabía que no tenía tiempo. Era un largo viaje en coche del centro de la ciudad hasta la morgue. Con suerte, las batas blancas habrían completado la autopsia de Vicario y analizado la mierda pegajosa de la estatua.

El sol se hizo más fuerte en el cielo nebuloso, y empezó a transpirar. Se aflojó la corbata y se desplomó en el asiento del conductor, se abrochó el cinturón de seguridad y pensó en cerrar los ojos por un momento. En lugar de eso, exhaló, encendió el coche y condujo lentamente hacia el zócalo. Pensó en Juan Degas y en la novia de Vicario. ¿Por qué se había marchado a los Estados Unidos con otro hombre cuando su dulce padre y su amigo se estaban matando? Las cosas prometían ser interesantes mañana. Esperaba estar despierto cuando todo sucediera.

Luis Comete Un Grave Error

Lunes 30 de junio de 1984, Ciudad de México, 11:00 A.M.

El abrigo, el traje y la corbata de Luis estaban arrugados en el asiento del coche. El olor de su cuerpo apestaba amargamente y sus fosas nasales estaban dilatadas. Tenía un crecimiento de barba de dos días de forma desigual en su cara y su paso había perdido su cadencia. Cansado. Se estaba esforzando, tratando de mantenerse concentrado. El tráfico del zócalo parecía horrible, como siempre, y Luis estaba atascado siguiendo a un viejo Chevy Biscayne con un perro Chihuahua de cerámica cerca del parabrisas trasero. Su cabeza se movía continuamente y grandes ojos rojos se iluminaban cada vez que el conductor frenaba, lo que ocurría con frecuencia. El detective trató de mantener la calma, entrando y saliendo del tráfico, guiando cuidadosamente su Mercury modificado a través del peor tráfico del mundo. Finalmente llegó, estacionó en un garaje subterráneo, y luego caminó la distancia restante hasta la morgue más grande del mundo. Estadísticamente, en una ciudad de veinte millones, alguien moría cada quince minutos.

Caminó hacia el sur a lo largo de Independencia, respirando cáusticos gases de escape, tratando de desoír el clamor de las bocinas de los coches y los estridentes silbidos de la policía. Numerosos vendedores ambulantes lo abordaron, vendiendo todo, desde máscaras de filtración de aire de papel hasta juguetes para niños. Los trabajadores desempleados se alineaban en la calle, sentados pacientemente en la acera. Sostenían carteles de cartón que anunciaban sus especialidades: Plomero, Electricista y Carpintero. De vez en cuando un coche salía del tráfico, negociaba un precio, y el trabajador cogía su bolsa de herramientas y se subía al coche.

Luis se detuvo para armarse de valor, respiró hondo y entró en la doble puerta de cristal. Siguió las señales hasta la oficina del forense, donde recogió el informe de la autopsia, y luego fue a ver el cuerpo de Héctor Vicario. La morgue, un enorme refrigerador semi-esterilizado, tenía numerosos contenedores de carne en descomposición cuyo olor se aferraba a la membrana interna de la nariz mucho tiempo después de salir. Luis odiaba venir aquí. Después de quince años nunca mejoró.

Se puso un pañuelo en la nariz mientras estaba de pie sobre el cuerpo de Vicario. Apestaba como el infierno, observó, mirando los restos disecados del otrora poderoso ministro... y también el informe de la autopsia, decidió. Descorazonador y poco revelador, enumeró la causa de las muertes como envenenadas, una neurotoxina mezclada con goma de pino que entró a través de las membranas mucosas de las tres víctimas, Héctor Vicario y los dos policías.

Además describía el veneno como un derivado del curare, uno de los venenos más mortíferos conocidos en el mundo, que se encuentra en la piel de los anfibios. Atacó el sistema nervioso central, asfixiando a la víctima y causando alucinaciones al mismo tiempo. También se identificaron la membrana del tejido animal, la orina y el jabón de lejía. Uso probable de estos ingredientes: agentes lixiviantes para eliminar el veneno de su fuente.

—Dios mío, murmuró Luis a nadie, reflexionando sobre este modo particular de morir. Había sido testigo por su parte de la muerte de muchas formas, pero nunca de algo como esto. Esto era...era...casi exótico, decidió.

El informe no identificó la fuente del veneno. Una sustancia rara, el curare era usado por los indios sudamericanos para hacer flechas envenenadas. Trató de recordar algo que había leído, pero no pudo, y de pronto recordó - Ranas Flecha Venenosa - que era eso. Pequeñas ranas de la selva tropical de colores brillantes. ¿Pero dónde encontraría el asesino un veneno tipo curare o una rana venenosa? ¿En la Universidad Nacional? ¿Brasil?

Luis no encontró nada divertido en este extraño giro de una trama ya complicada. El caso se había vuelto extraño por cualquier definición y no necesitaba venenos extraños y esotéricos listados en un informe patológico para llevar a José como causa de la muerte. Eso invocaría la famosa "mirada", acompañada de críticas, mordaz, sarcasmo y amenazas contra su trabajo. Probablemente sería mejor esperar un día o dos antes de darle el informe.

Bostezó incontrolablemente, y luego se estiró. La larga noche sin dormir y la actividad de la mañana lo habían puesto gruñón. Estuvo tentado de llamar a José y decirle que fuera a llamar a los federales, pero Luis sabía que eso resultaría en la obligación de usar las letrinas en la penitenciaría federal. Su carrera nunca se recuperaría. No hay nada que hacer sino seguir trabajando y esperar un descanso.

—Perdón.

Sorprendido, miró por encima del hombro, y luego se hizo a un lado mientras una camilla de acero inoxidable pasaba, su carga cubierta con una sábana manchada de sangre y con olor a heces y a putrefacción. —Yech.

Su Timex le informó que su reunión programada en la casa de la comisaría empezaba en una hora y su garganta le dijo que podría atragantarse en cualquier momento si no dejaba este apestoso infierno de batas blancas y cuerpos en descomposición. Metiendo el informe dentro de su chaqueta, se dirigió a la puerta. Le tomaría el resto del día sacar el olor empalagoso de la muerte de su nariz. ¿Cómo soportaban los médicos y técnicos el olor?

Salió de las puertas de cristal de la morgue y caminó hacia Independencia. Hasta donde el ojo podía ver, los coches estaban alineados en todas las direcciones. Al acercarse a la intersección, un chillido de goma y el estruendoso choque de metal crujiente llamaron su atención.

Dos conductores saltaron de sus coches con los brazos en alto, cada uno acusando al otro y discutiendo a gritos. De repente uno de los conductores pateó el guardabarros del otro. Enfurecidos, los dos heridos respondieron agarrando un hierro de neumático y golpeando el coche del agresor. Segundos después, ambos conductores rodeaban el vehículo del enemigo, golpeando y abollando repetidamente el automóvil ofensor en un frenesí de venganza mientras se turnaban para demoler el coche del otro. Cientos de bocinas de coches tocaban y todos gritaban con ánimo, incitándolos a un mayor caos.

¡Dios mío! pensó Luis, deteniéndose para ver el circo. Pensó en intervenir, y luego recordó su última aventura con el cura y el caso de asalto. Se hizo de la vista gorda y caminó hacia su coche y cuatro casos de asesinato sin resolver. Se concentró, se recordó a sí mismo, alejándose a zancadas. Un golpe como de hierro en la cabeza le impediría ser efectivo.

#

Dos horas más tarde, el equipo de detectives de Luis estaba profundamente absorto en los asesinatos. Tony se había apoderado de un polvoriento y casi vacío almacén mientras Luis examinaba las pruebas recogidas en el atentado. Quedaba poca ropa del mecánico carbonizado excepto un par de gafas con montura de alambre de oro y una bota vieja. Los restos de su cuerpo fueron llevados a la morgue para la autopsia. Los otros detectives clasificaron sistemáticamente los documentos, compararon los testimonios de los testigos y las anécdotas, e intentaron construir una cronología de los acontecimientos. Quedaban grandes lagunas, pero los asesinatos caían en marcos individuales.

¿Estaban conectados? El veneno y una bomba estaban conectados pero cómo, faltaba un motivo, lo que, por supuesto, impedía saber quién, especialmente si había más de un perpetrador. Esto podría requerir la intervención de la Santísima Virgen, pensó Luis.

Decidió tomar el enfoque metódico y hacer una pizarra para cada asesinato. Esto tomó sólo treinta minutos, pero después de completarlos y compararlos, le pareció singular que ambas listas requirieran que interrogara a Juan Degas y a su novia. El informe de Degas podría interpretarse como una fuerte motivación para ambos asesinatos. Vicario y Córdoba estaban ambos conectados a él por el informe. ¿Pero por qué usaría métodos tan diferentes para asesinar? Esto le dio una pausa para especular, y resolvió preguntar a los otros detectives lo que pensaban.

#

Dos horas más tarde, se detuvieron para el almuerzo. Luis había pedido tacos de pollo y colas, y todos empezaron a expresar sus opiniones, devorando la comida y persiguiéndola con refrescos tibios.

Tony comenzó con, —El asesino de Córdoba es un hombre.

— ¿Cómo es eso? preguntó Luis, masticando un taco.

—Es un crimen violento, las mujeres no hacen bombas, respondió Tony.

Luis no compartió su opinión. — ¿Qué hay del veneno? Has visto el informe de la autopsia. El veneno es algo que una mujer usaría.

—Tal vez los asesinatos están relacionados, ofreció Paulo.

Esto es lo que Luis quería oír. — ¿Están? ¿Qué te dicen tus tripas, Pedro?, le preguntó al detective callado y libresco.

Después de una ligera duda, Pedro respondió. —Sí...están relacionados.

Todos dejaron de comer y esperaron expectantes a que justificara su respuesta, pero él se quedó mirando el contenido de la oficina de Raúl Córdoba que estaba tendida sobre la mesa.

— ¿Por qué? Luis se dejó convencer, no pudo esperar más.

—Esto parece un caso de chantaje y venganza, Pedro tomó un trago de su refresco, —y hay una cosa que lo une todo, esta cosa de antropología y antigüedades.

— ¿Cómo? preguntó Luis.

Pedro levantó un dedo. —Número uno...todos los sospechosos y víctimas están involucrados con la arqueología o el museo; dos...Juan Degas es arqueólogo y solía trabajar en el museo; tres...Héctor Vicario era un gran coleccionista, y Córdoba el director del museo; cuatro...lo que une todo esto es el informe que Degas escribió. Señala a Córdoba y al ministro como ladrones. Si la mitad de lo que dice Degas es verdad, entonces tenemos una gran red de robos y una conspiración de altos funcionarios del gobierno para cubrir sus crímenes. Además...mira las muertes. Una estatua envenenada y una bomba en el museo. Diferentes métodos te concedo, pero unidos por un tema de arqueología.

—Estoy de acuerdo, dijo Paulo, mordiendo el extremo de un jalapeño. Hizo un gesto con el talón de chile. —Cuatro empleados diferentes del museo mencionaron a Degas como alguien que le guardaba rencor a Raúl Córdoba. Ninguno de ellos quería al director del museo, pero Degas les gustaba aún menos. Tiene un motivo...simple y llanamente. Alguien tiene que ir a la universidad y traerlo para interrogarlo. Tomó un trago de su soda. —Me sorprendería si todavía está ahí.

— ¿Qué hay de la parte del chantaje? preguntó Luis. —El motivo de la venganza es fácil de ver debido al informe. ¿Quién está chantajeando a quién? Si Degas estaba chantajeando a Córdoba y Vicario, ¿por qué los mataría?

—Sigue siendo una buena línea para empezar, insistió
Pedro. —No tenemos a nadie más como sospechoso,
¿verdad?

Todo el mundo estaba de acuerdo en que Degas era el
mejor lugar para empezar, así que Luis cedió. —Tony y yo
iremos a la universidad. Pedro, ve a esa cosa de la excavación
en Tacuba y averigua qué está pasando. Ahí es donde
Córdoba ha estado pasando su tiempo. Habla con tanta gente
como puedas. Paulo... sé que esto suena horrible, pero quiero
que trabajes en los registros telefónicos. Llévatelos a casa si
quieres, pero quiero direcciones y nombres de todos los que
puedas identificar. Trata de encontrar un patrón o una
llamada que no debería estar ahí, algo fuera de lo normal.
Mira a ver si puedes encontrarle algún sentido. Nos
reuniremos aquí mañana por la mañana a las ocho en punto.
No llegues tarde. Tengo una reunión con José a las diez y
media y quiero comparar notas antes de verle, ¿bien?
¿Alguna pregunta?

#

Treinta minutos después, Luis y Tony bajaron los
escalones de piedra del edificio de la comisaría y se
dirigieron al Mercury de Luis. Oscuras nubes de trueno
llegaron desde el noreste y el viento sopló con fuerza,
arrojando polvo y arena en sus ojos.

—Vamos...déjame conducir, dijo Tony.

—Te he visto conducir. Tendrías que poner una garantía
primero...tu esposa o algo así en caso de que destroces mi
coche.

—Lo haré. O...podemos sacarlo a cambio o algo así. Le dio
un codazo a Luis con el codo.

238

—Voy a decirle que casi la cambias por un Mercury de 1955 y a ver qué dice, Tony.

—No me hagas ningún favor. Tony se abrochó el cinturón de seguridad. —Escucha...se está haciendo tarde. Arrestemos a Degas hasta que aparezca alguien mejor. Es obvio que está involucrado. Ninguno de estos tipos está usando sombreros blancos.

—Tú sabes mejor que eso. Escucharemos su historia...tal vez tenga una coartada. Luis giró la llave y el Mercury encendió de inmediato. Sonrió con satisfacción.

Tony sintió el viento, y luego bajó la ventana.

—Maldito burro, ¿por qué no hiciste eso afuera? Luis le dio al interruptor del ventilador y bajó la ventanilla.

— ¿Sabes algo que me molesta de que Degas sea el asesino? dijo. —Es inteligente...el tipo tiene un doctorado...pero ha dejado un rastro que lleva directo a su casa. Eso no tiene sentido. Si el contenido de ese informe se filtra podría avergonzar a todos los relacionados con el PRI, incluso al Presidente. Por otro lado...supongo...si es un fanático empeñado en la venganza...tal vez no le importe. Los fanáticos no piensan bien.

—Estos académicos tienen la cabeza en las nubes, Luis. La mayoría de ellos no se ponen los mismos calcetines de color por la mañana. Puede que sea inteligente, pero hay que tener la mente de un criminal para hacer algo así. ¿Cuántos doctores son tan inteligentes como los criminales? Estos tipos cometerían un crimen y no esperarían ser atrapados sólo porque la gente no pensaría que harían algo así. Son humanos, Luis, como los otros asesinos y matones. Aman, odian, codician y sufren de ambición como todos los demás.

—Es cierto, bien pensado, Luis. Se detuvo en Insurgentes y se metió en el tráfico. La inteligencia y el aprendizaje no te aislaron de las emociones básicas. Pensar que eras más inteligente que todos los demás podría incluso engañarte al pensar que podrías salirte con la tuya. Todo es posible, se recordó a sí mismo, y Luis comenzó a recordar otros casos en los que había trabajado que involucraban a perpetradores sorpresa.

#

Veinte minutos después se pararon detrás de la biblioteca de Murales y estudiaron un mapa de la Universidad Nacional. El campus, un monstruo que se extendía sin cesar en todas las direcciones, tenía altos edificios que impedían su visión, impidiéndoles identificar los puntos de referencia. Mientras Luis miraba el mapa, Tony miraba a las chicas.

— ¡Miren esas...grandes piernas! cacareó Tony... —y esa alta por los escalones... ¡miren ese movimiento del trasero! ¿Te recuerda algo, Luis? Tony hizo gestos toscos de entrada y salida con sus dedos.

—Tony...estamos aquí para interrogar a un sospechoso, no para alimentar tu libido con doncellas desprevenidas. ¡Quita tu mente de tu entrepierna y ayúdame aquí! respondió Luis, con severidad.

—Claro...claro, acordó Tony, continuando el seguimiento de las chicas.

—Está al otro lado de este edificio. Luis dobló el mapa. — Vamos, antes de que empieces a llamar la atención.

Luis Arresta A Juan

Lunes, tarde, 30 de junio de 1984, Ciudad de México

El astillado suelo de roble estaba manchado por numerosos derrames de líquidos y crujía ligeramente por el cansancio y tiraba de los clavos mientras Juan desplazaba su peso a la otra pierna. Dos de las cinco lámparas suspendidas del techo del laboratorio de la universidad colgaban inútiles, sin emitir luz. Las paredes, antes blancas, estaban manchadas y percudidas por la edad.

Si existía una pesadilla viviente, Juan sospechaba que era ésta. Miró por la ventana, siguiendo una línea de oscuras nubes de trueno que reflejaban su estado de ánimo, atento a su dilema personal. La espada de Damocles colgaba sobre su cabeza lista para caer en cualquier momento. Con una sensación de fatalidad inminente, consideró la posibilidad de huir. La ciudad tenía miles de escondites, pero él sabía que correr no era una opción seria. Implicaría culpa y no quería llevar a la policía a conclusiones erróneas. Mejor esperar, él decidió. Llegarían pronto y él debía estar listo.

Juan y Linda habían ido al museo tan pronto como la noticia del atentado llegó a la radio. Un noticiero había informado erróneamente que el museo había sido volado. Pero esto estaba mal, se dio cuenta al llegar. Raúl Córdoba fue volado. El museo sólo había perdido un pequeño cuarto.

Se preguntaba cuánto tiempo antes de que llegara la policía. Inquieto, cambió su peso a la otra pierna. ¿Quién querría a Raúl muerto? ¿Por qué?

¿Había traicionado a alguien? Juan odiaba a Raúl. Pero, ¿asesinarlo? Se volvió hacia su prometida.

— ¿Cuándo regresa David?

—El profesor dijo que volvería esta noche o mañana, dependiendo de si se detuvo en La Venta, repitió por tercera vez. — ¡Deja de preocuparte, Querido! No has hecho nada malo.

—No. La policía vendrá, dijo, resignado a un destino incierto.

— ¿Por qué? Sigues diciendo eso. Ella se cruzó de brazos en la irritación.

—Porque Raúl era una especie de persona importante, y se verán obligados a encontrar a quien lo hizo.

— ¡Pero eres inocente!, gritó. — ¡No has hecho nada! Ella lo miró fijamente, y luego suavizó su mirada. — ¿Qué harás si vienen?

—No lo sé, no puedo correr o pensarán que lo hice. Si no estoy aquí para ser interrogado, asumirán que soy culpable y emitirán una orden para detenerme.

—No quiero volver a la cárcel otra vez, eso fue horrible.

Linda, sorprendida, susurró: — ¿Estuviste en la cárcel? No lo sabía. Pensé que me habías dicho todo.

—Pensé que lo sabías, se encogió de hombros. —Tres días en 1968. Marco estaba conmigo. Aún estaba en el instituto y probablemente no recuerde los problemas en la universidad. Protestábamos contra las políticas del gobierno...y tenían tropas estacionadas en el campus. Todo el mundo se puso en huelga. El Presidente envió más tropas y tres estudiantes murieron en el motín. Marco y yo fuimos acorralados con cientos de otros y puestos en la cárcel. El Presidente cerró la Universidad Nacional durante seis meses como advertencia. Funcionó para mí, añadió, mirando de nuevo a la ventana. — No quiero volver nunca más. Las cárceles mexicanas son unos agujeros de mierda.

—Bueno...no vas a ir a la cárcel, ¿qué usarán como prueba? No has hecho nada, repitió de nuevo, más que nada para asegurarse.

—He hablado con la gente equivocada. He amenazado a Raúl varias veces.

Puede que ya hayan encontrado el informe. Apretando sus puños. —Estarán aquí...si no hoy, mañana. Dios, ojalá David estuviera aquí. Se apoyó contra la pared.

— ¡Te dije que no escribieras ese estúpido informe! Deberíamos haberlo dejado en paz y seguir con nuestras vidas. David te dijo que también era una mala idea, lo acusó.

—Me lo dijo después de que yo ya lo había escrito y entregado.

—Bueno...deberías haberlo comprobado primero. ¡Fue una tontería! Su cara se había vuelto rosa moteada.

243

— ¿Siempre va a ser así? Se paró, con las manos en las caderas. — ¿Tu gran boca nos mete en problemas porque siempre tienes que tener la razón? su frustración estalló.

—Están aquí, dijo, ignorando su diatriba.

— ¿Qué?

—Están aquí...mira, señaló, —dos tipos en traje con un mapa. Son ellos. Reconozco a un policía cuando lo veo, dijo con certeza.

Se asomaron al patio y vieron a dos hombres con un mapa en la mano. Los policías miraron hacia arriba y uno de ellos señaló su edificio, con el dedo dirigido a los pisos superiores. Linda se mordió el puño y sofocó un grito. Juan, ahogado por el miedo, se quedó paralizado, con los ojos clavados en el dedo que apuntaba.

#

Luis se paró frente a un escritorio de roble con ralladuras y de antes de la revolución, con un bloc y un lápiz en la mano. Observó atentamente a Juan Degas para estudiar su reacción a las preguntas. El arqueólogo se había sentado al otro lado del escritorio, con las manos ocultas a la vista, pero sabiendo que era un sospechoso. Luis apostaría la paga de un mes a que las manos le temblaban y que el esfínter del chico se apretaba como un puño. Las axilas de Degas estaban empapadas de sudor nervioso.

— ¿No has ido a trabajar durante tres días? ¿Por qué no? preguntó Luis, incrédulo de que el joven arqueólogo no tuviera coartada.

—El profesor Wolf, mi jefe, fue al sur para comprobar el progreso de algunas excavaciones. Me dijo que me tomara un tiempo libre ya que necesitaba estar aquí para supervisar mi trabajo, mintió Juan, evitando los ojos de Luis.

Luis consideró su respuesta, y luego preguntó: —Sr. Degas, usted tiene un doctorado de la universidad. ¿Por qué su trabajo requiere la supervisión de otro doctorado? Seguramente está calificado para trabajar de forma independiente.

—Sí y no. Raúl Córdoba detuvo la construcción de un tramo de la línea de metro cerca de Tacuba, y David quiso comprobarlo él mismo. Me dijo que hiciera muy poco hasta que volviera.

— ¿Y no recuerdas dónde has estado, o con quién? Seguramente entiendes cómo eso crea sospechas.

—Estuve en casa solo anoche. Juan tomó con una mano temblorosa un bolígrafo del escritorio. —La noche anterior, mi prometida y yo cenamos y vimos la televisión en mi apartamento.

— ¿Qué hay de este fin de semana?

—Fui al zoológico el viernes por la mañana. Linda vino más tarde y fuimos a El Mercado de Coyoacán. El sábado, fuimos a Puebla a visitar sitios arqueológicos y a caminar por las faldas del volcán Popocatépetl. El domingo, fuimos a misa...y eso es todo. Se encogió de hombros.

— ¿Dónde estabas el sábado y el domingo por la noche? ¿Puede alguien dar fe de tu paradero?

— ¡En casa toda la noche! Juan golpeó el bolígrafo contra el escritorio. —Mire...soy un hombre ocupado. Tengo muchos proyectos...y...y...estoy redactando un documento, mintió de nuevo, agitándose. —Espero que no esté insinuando que yo tuve algo que ver con la muerte de Raúl Córdoba. Todo el mundo sabe que no me gustaba. Eso es una noticia vieja, pero tampoco a muchos otros. Conspiró para que mi prometida y yo recibiéramos una paliza. Si has leído ese informe ya lo sabes.

—Sí, acordó Luis, garabateando en su libreta, su mente planteando la siguiente pregunta. — ¿Vives solo?

—No...tengo un compañero de habitación...Marco González, también es empleado de la universidad.

— ¿Y dónde puede ser encontrado? Luis sostuvo su lápiz listo para escribir.

—Está en los Estados Unidos con un amigo. Volverá mañana o pasado mañana. Está de vacaciones con una amiga llamada Amparo Ocampo.

El lápiz se detuvo. — ¿Amparo Ocampo, señor? La cabeza de Luis se disparó. — ¿La secretaria del museo? Una mirada de asombro se extendió por su rostro.

—Si...si, acordó Juan, su cara torcida por el desdén. —Es la secretaria de Raúl...yo personalmente no soporto a la mujer. Ella...

—A ver si lo entiendo, interrumpió Luis, eligiendo lentamente sus palabras. — ¿Tu compañero de cuarto está en Estados Unidos con el secretario de Raúl Córdoba, que también es la amante de Héctor Vicario?

Luis observó que Degas se sacudió visiblemente al unir ambos nombres en una sola frase. La connotación amenazante se mantuvo sola, un significado muy simple en una nebulosa de insinuaciones.

—No sabía que era la amante de Vicario, contestó el joven arqueólogo, sin convicción. —La conocía de cuando trabajaba en el museo.

—Ya no es su amante, señor. Vicario está muerto. Fue asesinado el viernes por la noche en el apartamento de

Amparo mientras ella y su compañero estaban en los Estados Unidos.

Mientras Luis miraba, la piel de Degas se volvió eléctrica con la tensión y se le puso la piel de gallina en los brazos. Degas los había matado. Luis lo sabía. El arqueólogo se sentó inmóvil, enmudeció ante la implicación.

¿Cómo murió? ahogó Juan.

Luis lo miró fijamente. —Envenenado, señor, por una estatua contaminada con veneno de curare. Ya sabe...el tipo de cosas a las que un arqueólogo podría tener acceso.

Degas se estremeció. La acusación fue clara esta vez. Saltó de su silla y se inclinó hacia Luis, con las manos plantadas en la mesa.

— ¿Está insinuando que tuve algo que ver con la muerte de Héctor Vicario? ¡Es tan ridículo que ni siquiera lo justificaré con una respuesta!, echaba humo.

Luis se mantuvo firme, con los ojos clavados en los del sospechoso, buscando una expresión de honestidad. Miró su bloc de notas para revisar la conversación, y luego tomó una decisión. — ¿Hay un teléfono por aquí? Metió la almohadilla en su chaqueta de traje.

—Oficina del Departamento, al final del pasillo, respondió Degas. Se sentó pesadamente, cayendo de espaldas a su silla, como si estuviera exhausto.

—No vaya a ninguna parte. Tengo que llamar a alguien, pero tenemos que hablar de nuevo. Luis salió del laboratorio y metió la cabeza en la habitación de al lado.

— ¿Tienes un minuto? interrumpió.

—Eh...claro...estábamos a punto de terminar. La señorita ha sido muy cooperativa, dijo Tony, sus ojos rasgando el cuerpo de Linda.

En el pasillo, Luis dijo: — ¿Qué tienes?

—No mucho...una chica guapa enamorada de un príncipe rana. Dice que pasó todo el sábado y el domingo con él. Es un tipo maravilloso, etcétera, etcétera.

—Escucha esto...el compañero de cuarto de Degas está en Colorado con Amparo Ocampo, dijo Luis, esperando la reacción de Tony.

— ¿La secretaria del museo?

—Llamo a José para ver qué quiere que haga. No puedo entender a este tipo. Si es inocente, no podrá probarlo. Hoy en día deben dar títulos universitarios a cualquiera. Vamos.

Luis se dirigió a la oficina del departamento y le mostró una placa a la secretaria. Ella sonrió y los llevó a una habitación privada con un teléfono.

Luis marcó el número de José y Priscila respondió. — ¿Bueno?

—Priscila...Luis. ¿Está José?

—En otra línea... ¿quieres esperar?

Pensó un momento. — ¿Ya han regresado Pedro o Paulo?

—Ambos. Pedro acaba de pasar...espera.

Los dedos de Luis tamborilearon el escritorio. No conocía todo el escenario, pero después de doce horas de interrogatorio, estaba seguro de que Juan Degas escribiría una confesión y la firmaría, probablemente antes de que Bolo y los chicos terminaran con él.

— ¿Bueno?

—Pedro...Luis... ¿qué encontraste en Tacuba?

—Más suciedad sobre Degas. A nadie le gusta Córdoba, pero Degas amenazó con matarlo el lunes pasado frente a diez testigos. Una discusión seria...mucha mala sangre entre ellos, añadió.

— ¿Algo más?

—No, sólo una gran zanja. Todo el mundo está sentado. Toda la zona está esperando a que Raúl Córdoba termine algún tipo de investigación. Deben ser diez o doce tipos tirados sin hacer nada.

—Sigue en ello. ¿Paulo está ahí?

—Sí...aquí rascándose la entrepierna. Me voy de aquí. Llama si necesitas algo, — ¿Bueno?

— ¿Bueno?

—Paulo, ¿llegan los registros telefónicos?

—No...les di a los cerebritos una llamada de atención y me dieron un montón de charlas sobre computadoras. Le pedí a José que sacudiera su jaula. Luis, todavía estoy clasificando estas cosas del museo. ¡Jesús! ¿Tuviste que traer todo el maldito lugar? Va a...

— ¿Está José al teléfono? Luis interrumpió, ansioso por hablar con su jefe.

—Veamos...sí...se parece. Te devolveré a Priscila. Dos clics después escuchó...

— ¿Luis? ¿Dónde estás? Estuve al teléfono todo el día con los federales y quieren el caso ahora...reclaman que es su jurisdicción. Se lo voy a dar. Les dije que vinieran y lo recogieran pasado mañana. Eso les dará tiempo para atar los cabos sueltos y escribir un informe.

—José... ¡escucha! Luis podía sentir el olor de la oficina de José por teléfono. —Sólo escucha...puedo tener a nuestro hombre. Metodológicamente relató el caso paso a paso, detallando los resultados de las entrevistas, las pruebas físicas, el interrogatorio de Juan Degas, el informe, todo lo que tenía.

— ¿Qué opinas, Luis? preguntó José, buscando una decisión.

—Está hasta el cuello de mierda, José. Parece que él y su compañero de cuarto sacaron a la concubina de Vicario de la ciudad, luego mataron a Vicario en el departamento y a Raúl en el Museo. No puede dar cuenta de su tiempo el viernes, sábado o domingo por la noche, y se le ha oído amenazar a Raúl Córdoba varias veces.

—No sé, Luis...José dudó.

—Entonces deberías leer el informe que Degas escribió. Es una lista de "Quién es quién" de ladrones políticos, y nombra tanto a Vicario como a Córdoba. Si los nombres en el informe se filtran al público, ambos lo tomaremos por el culo en un carguero cubano con destino a Angola.

—Arréstelo, dijo José, esta vez positivo.

— ¿Está seguro?

—Arréstelo. ¿Cuándo volverá la moza de González y Vicario?

—Esta noche a las ocho en punto.

—Arréstelo también.

— ¿Estás seguro? No tenemos ninguna prueba...

—No seas tan ingenuo, intervino José, —son compañeros de habitación por el amor de Dios. Han sido amigos durante años. ¿Cómo podría no estar involucrado? Se escapó con la novia del Ministro. Arréstenlo. Quiero que ambos sean fichados e interrogados hasta que tengamos una confesión.

—José, estos tipos son educados, de cuello blanco, buenos ciudadanos. No sé si arrestarlos es una buena idea esta vez.

—Deja de llorar. Tengo seis personas muertas que explicar. Raúl Córdoba puede haber sido un lacayo del PRI, pero Héctor Vicario era el Ministro del Interior de México y un alto asesor de El Presidente. Podría arrestar al maldito Papa si quisiera.

— ¿Qué pasa con la chica?

— ¿Quién? preguntó José.

—Amparo Ocampo, la amante de Vicario.

— ¿Por qué? ¿Crees que está involucrada?

—Todavía no...pero ¿quién sabe?

—Interróguela, pero no se haga el duro. Usa tu propio juicio...y Luis...nada a los periódicos, ¿me oyes? Nada. Nunca he estado en Angola, pero estoy seguro de que no me va a gustar. Arresten a Degas y tráiganlo. Les diré a los muchachos que te esperen... ¿Luis?

— ¿Si?

—Buen trabajo. Veré que saques algo de esto.

—Claro...gracias, José suspiró Luis, con los hombros caídos. —Tuve mucha ayuda.

—Mueve tu trasero para que tengas tiempo de dormir.

Luis acunó el teléfono, y luego se volvió hacia Tony. —José dice que lo fichen por asesinato. Lo entregará a los tipos de la Sala Blanca hasta que obtengamos una confesión.

—Hagámoslo, Tony se giró para indicar el camino, —no queremos que Degas llegue tarde a su crucifixión.

La Comedora de Suciedad

Los blancos son una forma inferior de vida hipócrita e ignorante. Su religión presupone corrección, rectitud y redención. Son una plaga en el Universo Único. Las caras blancas están seguros de su ignorancia. Es su fuerza. La creencia. Los conquistadores creían que su Devorador de Basura, su "Redentor", murió por su basura. Esto es algo terrible, un dios muriendo a causa de la suciedad mortal, pero después de presenciar su comportamiento en el Universo Único, veo que debe ser verdad.

Las pieles blancas conquistaron el Universo Único ejerciendo su audacia y codicia. ¿Los sabios cagan en su propio nido? ¿Los piadosos ensucian su propio hábitat? ¿Los virtuosos violan, esclavizan y contaminan? No lo creo. Sólo los que se engañan con la creencia.

Antes de la mezcla de las culturas sé que los habitantes del Universo Único nacieron sin contaminar ni manchar. Inmaculados, como la rara pluma de quetzal, no asumían la suciedad de los que venían antes que ellos, como insisten las caras blancas. La suciedad era el resultado de elecciones impías y actos de la voluntad, no de la herencia. Si los blancos nacen manchados con la suciedad de sus ancestros, entonces están condenados a destruir, exterminar y trastornar. Nacieron malditos. Consumirán a la gente de este planeta porque los piadosos no son sofisticados y no se unen. No tienen ningún tipo de astucia. Son carne de cañón para las pieles blancas cuyas "creencias" les permiten contaminar en nombre de su Come-Mugre, su "Santo Redentor". ¿De quién es este plan? ¿Quién podría atribuirse el mérito de tal idea o estar aliado con tales creencias? ¿Está todo realmente perdido? ¿Cómo puede existir tal suciedad sin devorar?

Marco Pierde A Su Mujer

Lunes 30 de junio de 1984, 8:00 p.m., Ciudad de México

El rugido de los motores a reacción que se preparaban para aterrizar sacó los ojos de Marco de la cara estoica de Amparo. Sentado en el asiento del pasillo a su derecha, miró más allá de ella, a través de la pequeña ventana ovalada mientras el avión se inclinaba y comenzaba a rodear al gigante metropolitano de abajo.

¡Mujeres! pensó con asco. ¿Quién podría entender el género femenino? Feliz un momento, triste el siguiente. Un minuto voluble y coqueto, al siguiente lacónico e indiferente. Después de subir al avión, apenas había reconocido su presencia, respondiendo con respuestas cortas y recortadas; —sí...no...no lo sé, o sin decir nada en absoluto. Inicialmente enfadado, finalmente se había resignado a su estado de ánimo. Sabía que pronto volvería a cambiar.

El viaje a Vail, Colorado sólo podía describirse como un fracaso abyecto, aunque los dos primeros días fueron estupendos. Caminaron, bebieron vino e hicieron el amor sin parar. Luego Amparo se enfermó, tembló y vomitó, se comportó molesta y enojada. Luego su enfermedad había cesado tan repentina y misteriosamente como comenzó. Ayer había llamado a casa, pero no había hablado con él excepto para darle órdenes o morderle la cabeza. Ahora se había convertido en la mujer de hielo; distante e inabordable, desconfiada y concisa, casi reservada en su comportamiento. ¿Qué había pasado, se preguntó? ¿La muerte en la familia? ¿Había perdido su trabajo? Dos veces había llorado, y luego gritó incontrolablemente cuando él intentó consolarla. Esta relación estaba condenada al fracaso. Algo extraño y oculto se cernía sobre Amparo. Apareció abrumada y cerca de un colapso emocional, oscilando entre las lágrimas y la ira. Por razones desconocidas, ahora no mostró ningún interés ni afecto, ni inclinación a continuar su relación. Pero eso estaba bien, reflexionó. Podría ser una perra voluble si lo deseara. Había muchos peces en el mar. Esa había sido su filosofía desde que su primo Joaquín le informó por primera vez a los 10 años de edad lo que había en las faldas de las jóvenes.

Continuando con la mirada fija en ella, vio los pistones hidráulicos del ala del avión ajustar los alerones mientras el avión daba vueltas en la Ciudad de México, y luego aterrizar precipitadamente en el valle lleno de smog. La voz del piloto emitió un protocolo para que todos permanecieran sentados al aterrizar hasta que los pasajeros especiales fueran escoltados fuera del avión.

Marco miró a su alrededor, con curiosidad por saber quién podría ser. No había notado a nadie especial en el vuelo. ¿Quizás alguien en primera clase? Miró a Amparo, esperando una señal, pero ella miró resueltamente por la ventana, una estatua inexpresiva de pelo negro, inabordable y prohibitivo. La luz del cinturón de seguridad parpadeó y las azafatas revolotearon por el pasillo recogiendo vasos y servilletas y comprobando los cinturones de seguridad. Cinco minutos después salieron de la pista y se dirigieron a la terminal para desembarcar. El mismo anuncio de antes recordaba a todos que permanecieran sentados, y esto provocó gemidos y quejas. Marco se inclinó hacia atrás en su asiento y esperó pacientemente, curioso por saber cuándo Amparo reconocería su presencia y preguntándose si se despedirían.

#

El avión se detuvo y todo el mundo miraba expectante. Amparo, todavía inaccesible, continuó mirando por la ventana hacia la terminal del aeropuerto, ignorando a propósito a Marco. La abstinencia de heroína en Vail casi la había mandado al límite y a casa llorando a Héctor, pero ahora estaba muerto. Estaba decidida a disfrutar de este pequeño respiro con Marco y alejarse de Héctor y Raúl, pero ahora estaba cerca de perderlo de nuevo. Conocía los signos y se sentía íntimamente familiarizada con la forma en que se comportaba antes de uno de sus ataques esquizofrénicos. Su cordura pendía de un hilo, conectada sólo por unos pocos zarcillos de la razón. Tenía que ser fuerte. Tendría que fingir un poco más.

Dos hombres de traje seguidos por cuatro policías uniformados, lentamente se paseaban por el pasillo, con los ojos leyendo los números de los asientos. Cuando Amparo se sacudió y se puso rígida, Marco se volvió para asegurarle que todo estaría bien.

— ¿Amparo Ocampo? dijo una voz desde el pasillo.

— ¿Eh? Marco se volvió hacia la fila de hombres, con la sorpresa en su cara.

—Sí, respondió Amparo, volviéndose para enfrentar a la policía. — ¡Gracias a Dios que viniste! Esperaba que te encontraras con el avión. Ella sonrió por la bienvenida.

— ¿Qué? Marco recurriendo a Amparo. — ¿Esperabas a la policía? ¿Qué está pasando aquí? Miró fijamente con los ojos muy abiertos, de repente se asustó.

— ¿Eres Marco González? preguntó el otro de traje. —Sí... ¿por qué? ¿Quién quiere saberlo?

Uno de los trajeados dijo —Está bajo arresto y asintió con la cabeza a los uniformados, quienes lo sacaron bruscamente de su asiento y lo esposaron mientras protestaba.

—Llévenlo al centro con el otro.

Amparo se sentó rígida, mirando estúpidamente la retirada de Marco. Los eventos en su apartamento la habían vuelto taciturna e incapaz de compartir sus miedos con Marco. ¿Cómo podría haberlo explicado? ¿Pero por qué lo estaban arrestando? Dios mío, ¿era un criminal? Sonrió débilmente a los detectives, sin saber muy bien cómo responder.

—Señora...usted también debe venir.

—Pero... ¡no he hecho nada! ¿A dónde me llevan? preguntó con voz temblorosa. Arriba y abajo del pasillo, los pasajeros estiraban el cuello para ver el drama.

—Necesitamos hacerle algunas preguntas, señora. Por favor, dese prisa para que no molestemos a los demás pasajeros.

¡Inconveniente para los otros pasajeros! ¿A quién le importan una mierda? Agarró su bolso, se agachó para evitar los compartimentos de almacenamiento y se fue al pasillo. —

Mi equipaje...empezó, agarrando su bolso al pecho en un gesto de impotencia.

—Su equipaje esperará, señora. Por favor. El detective hizo un gesto, de pie a un lado, extendiendo su brazo hacia el frente del avión.

Sonriendo para ocultar su miedo, pasó por delante de las filas de mirones sentados, con la intención de permanecer tranquila. Su mente se tambaleaba con incertidumbres, temiendo que también la arrestaran y la metieran en la cárcel. Ese maldito Héctor que se mató en su apartamento. Mientras caminaban por la explanada, un detective a cada lado, ella se sintió tentada a gritar y correr. Pero mantuvo la calma y les permitió llevarla a una habitación. Ofreció una sonrisa tentativa, luego con una pequeña voz, dijo, — ¿Le ha pasado algo malo a Marco? No es un criminal ni nada parecido, ¿verdad?

#

Una hora más tarde, en una pequeña oficina junto a la aduana, Luis se cansó de hacer preguntas. Sacudió la cabeza con perplejidad. No pudo controlar esto. La mujer, alternativamente, sedujo con risas, luego lloró y lloró lágrimas reales cada vez que mencionó el nombre de Héctor Vicario. Se sentía débil por el cansancio y quería volver a casa con Ángela. ¿Cuántos días llevaba despierto? ¿Dos? ¿Tres? Aunque a su historia le faltaba algo, se mostró sincera y abierta a las preguntas. Debía decidir qué hacer y terminar con esto.

—Un momento, señora. Luis le pidió a Tony que lo siguiera afuera. — ¿Qué te parece?

—Pieza de buena apariencia, si me preguntas, Luis. Llevémosla al centro y hagámosla en tu oficina, bromeó.

—Tony..." Los labios de Luis se extendieron en una línea delgada y amartilló su cabeza en la irritación, —ya basta. Estoy cansado y quiero irme a casa.

—No reconozco a Luis. Tony extendió sus brazos, con las palmas hacia arriba y se encogió de hombros. —Mira...la perra tiene la moral de una puta. Ha estado casada y divorciada. Admite ser "amiga muy especial" de Vicario, y ha estado retozando en la cama con el compañero de cuarto de Degas durante una semana.

Luis dejó caer el cambio en una máquina expendedora de café y presionó un botón. —Su moral no me preocupa. Se volvió hacia Tony y le puso un dedo en el pecho. —Lo que quiero saber es esto... ¿es parte de una conspiración? ¿Qué gana con la muerte de Vicario o de Córdoba? No tiene sentido. Degas ya tiene una novia, y ni él ni González tienen dinero que sepamos. No hay ningún motivo.

Tomó un sorbo del café y puso una mueca. —Vicario era su padre dulce...ahora está fuera en el frío, y su trabajo de secretaria en el museo no pagará el alquiler de ese apartamento de Coyoacán.

— ¿Qué quieres de mí, Luis? Estoy de acuerdo. Mira...sabremos más mañana cuando terminen con Degas y González. Averigüemos dónde estará y digámosle que no se vaya o emitiremos una orden de captura.

Luis bebió su café, pensó un momento, y luego se rindió. —Bien, hagámoslo.

Volvieron a la habitación. Amparo, sentada en un traje caro, cruzó y descruzó sus piernas para su beneficio, moviendo lánguidamente sus miembros en una maniobra para llamar la atención.

—Señora, comenzó Luis, tratando sin éxito de no seguir el movimiento de sus piernas, —no hemos determinado el alcance de su implicación en este asunto, pero no creo que sea apropiado que la detengamos más en este momento. Si decido liberarla hasta que tengamos que interrogarlo de nuevo, ¿dónde se quedará? Su antiguo apartamento está cerrado y no está disponible para usted.

Excitada ante la perspectiva de irse, se puso de pie y se tiró del vestido, pasando las manos por las caderas y el estómago para comprobar si tenía arrugas. Sonrió a Luis.

—Puedo quedarme en el Apolo... ¡y estaré encantada de responder a cualquier pregunta que tenga, capitán! Quiero ayudarle a encontrar a la horrible persona que hizo estas cosas.

—Hasta que le diga lo contrario, señora, llame a este número y regístrese a las 9:00 a.m. y 3:00 p.m. todos los días. Tenemos que hablar de nuevo mañana. No piense en ir a ninguna parte. Se giró y señaló. —Estos dos le llevarán al Apolo. Aquí está mi tarjeta. Si recuerdas algo más...llámame...inmediatamente. Nada es sin importancia, ¿entiendes?

Amparo, llena de alivio, inesperadamente arrojó sus brazos alrededor del Capitán Alvarado y le dio un rápido abrazo. —Gracias capitán, dijo con una brillante sonrisa, —eres un caballero.

Luis, quitando sus manos de la cintura de ella, miró al suelo, nervioso, su cara comenzando a colorearse. Tony sonrió y puso los ojos en blanco.

— ¡Señora, por favor! protestó Luis, con la compostura perdida, optando por estudiar los rasguños de sus zapatos. —Sí...bueno...como decía, le echó una mirada asesina a Tony,

—probablemente sabrá de nosotros mañana...así que no haga ningún plan sin comprobarlo, ¿está bien? Dirigiéndose a los policías uniformados dijo: —Escolten a la dama y su equipaje al Apolo. Asegúrense de conseguir su habitación y sus números de teléfono.

#

Amparo estrechó la mano de todos, su sonrisa ganadora exponiendo unos dientes blancos perfectos. Todo había ido perfectamente. Si tan sólo pudiera aguantar un poco más. Agarró su bolso, y se dirigió a la explanada de Reclamación de Equipajes. Caminó con sentido de propósito y autoridad mientras los dos policías uniformados la seguían, arrastrando los pies como si fueran cargadores de equipaje.

¿Y ahora qué, se preguntó? Héctor y Raúl estaban muertos. Marco estaba en la cárcel... ¿Por qué? ¿Todavía tenía un trabajo? ¿Dónde viviría? Un torrente de preguntas la abrumó como un torrente de emoción, el alivio de la ansiedad de los últimos dos días, la recorrió como una droga.

Se dio cuenta de que lo que necesitaba, con las lágrimas en los ojos, era un amigo. La tristeza la abrumó y comenzó a llorar. Se detuvo y buscó un pañuelo en su bolso, y luego continuó, los dos policías avergonzados la seguían. Se detuvo de nuevo y se sonó la nariz, tratando de calmarse. Metió el pañuelo en su bolso y lo reconsideró. No, no necesitaba un amigo. Lo que quería era un buen pañuelo. Visualizó las líneas marrones de polvo en un espejo y se estremeció con placer, preguntándose si ese asqueroso Cholo estaba en casa.

Con su equipaje a cuestas, y sintiéndose aliviada por haber sido liberada, caminó hacia el coche del policía designado, sin prestar atención a las miradas de los curiosos. Gracias a

261

Dios, se repitió a sí misma, empezando a pensar que podría tener la suerte de la perra Malinche.

Bolo Aprende Algo

Martes, 1 de julio de 1984, Ciudad de México

La cabeza de Juan explotó de dolor cuando el líquido le subió por la nariz. Era algo pequeño para los interrogadores de la Sala Blanca, pero lo encontraron divertido y nunca se cansaron de la diversión que les proporcionaba. Juan, desnudo y con las manos atadas a su espalda, se desplomó en una silla de madera que estaba firmemente sujeta al suelo. Jadeó para respirar y balbuceó. El grande, Bolo, agarró el pelo de Juan y le echó la cabeza hacia atrás mientras Ernesto agitaba la botella y disparaba otro chorro de Coca Cola a la nariz de la víctima, provocándole convulsiones, intercaladas con toses y gritos de indignación.

— ¡Bastardos! Escupió, con los dientes apretados y la mucosa espumosa que le salía de la nariz. — ¡Los mataré cuando salga de aquí! babeando.

—Es por eso que está aquí, Sr. Degas, le dijo Ernesto con cara de pústula y ojos saltones. —Usted es un asesino. Pero eso ya se ha acabado. Esta noche nos escribirá una declaración sobre cómo y por qué lo hizo, luego la firmará y pedirá clemencia. Agarró la cabeza de Juan por el pelo y se bajó a centímetros, su aliento amargo arrugó la cara de Juan en una mueca. —No te equivoques, imbécil. No hay nadie que te salve ahora.

— ¡Exijo ver a un abogado! ¡Conozco mis derechos! Juan balbuceó.

— ¿Derechos? Ernesto, sonrió perversamente. —Eres un enemigo del estado y México tiene soluciones especiales para lidiar con asesinos y saboteadores.

Se detuvo para evaluar a su presa desnuda. Haciendo una pausa para el efecto, continuó: —Veo que es demasiado pronto para pedir una confesión...tengo que ablandarte un poco primero. Bolo, tráeme la bolsa de toronjas.

Bolo, un bloque de granito sin cuello, trajo obedientemente la bolsa de toronjas, luego le agarró la cabeza a Juan y esperó. Ernesto tomó la bolsa para probar su peso, luego con un gran vuelo, la golpeó contra el plexo solar y el pecho de Juan. Dos veces más repitió la rutina hasta que Juan se desplomó en la silla, gimiendo e insensible.

—Cuélguenlo y le daré unos cuantos en los riñones, luego veremos si está listo para hablar.

—Hay formas más rápidas...dijo Bolo.

—Todavía no, susurró Ernesto, irritado. —No quiero dejar ninguna marca. Si sobrevive esta noche, mañana probaremos con las otras. ¡Esto es un arte, gran tonto! Presta atención y aprenderás algo.

Bolo encadenó a Juan a una polea y lo colgó por los brazos, tirando de la cuerda hasta que los dedos de sus pies colgaron a seis pulgadas del suelo. Tembloroso, desnudo y humillado, Juan retorció y apuñaló su musculoso cuerpo contra la cuerda tensa mientras la ira y el miedo lo llevaban a escapar mentalmente del tormento.

— ¿Qué te parece? sonrió Ernesto.

—Bonito culo apretado. Bolo le dio una bofetada en las nalgas a Juan. —A las maras (pandillas) de Lecumberri les gustará esta, luego movió sus caderas en una burda imitación del coito anal.

Los dos se rieron de la pantomima, y Ernesto añadió: —Sí, tal vez deberíamos seguir adelante y sacarle los dientes ahora. Ahorrarles la molestia de noquearlo. Volvieron a reírse a carcajadas y luego volvieron al asunto que tenían entre manos.

Exhausto y jadeante, el frenesí de Juan cesó, dejando sólo el dolor de la respiración. Pensó que su esternón debía estar agrietado y su estómago apretado mientras ríos de dolor fluían desde su centro. Si confesaba era hombre muerto. Si no lo hacía, podría morir por la tortura. Sabía lo que tenía que hacer, y comenzó a concentrarse, a tirar de su conciencia hacia adentro y moverse al plano beta como un viejo chamán lacandón de Chiapas le había enseñado hace muchos años.

Empezó a recitar los 206 huesos del cuerpo para enfocar su mente y redirigirla del caos y el miedo que reclamaba atención. Empezó con los huesos de la cabeza, y había recitado los parietales, occipital y esfenoides cuando la bolsa golpeó sus riñones. Se le ocurrió que podría tener todos los huesos de su cuerpo rotos por la mañana. Con humor irónico se dijo a sí mismo que no tendría problemas para decirles dónde le duele. Un miedo paralizante se apoderó de él, y las lágrimas brotaron de sus ojos. Se ensució, para disgusto de sus dos torturadores, y entonces empezó a recitar de nuevo.

El Profesor Wolf Regresa A La Ciudad de México

Miércoles 2 de julio de 1984, La Venta, Veracruz

El profesor Wolf detestaba cambiar el esplendor tropical de Tabasco y Veracruz por el altiplano y la Ciudad de México. El calor y la humedad eran enervantes y las interminables hileras de verdes montañas estaban llenas de plátano, papaya, y mango. El camino, serpenteando como la cuna de un gato a través del verde campo, se curvaba tortuosamente arriba, abajo y alrededor de las montañas. Siempre le gustaba esta parte del viaje; contemplar los huertos maduros y el ganado gordo, todo ello intercalado entre pequeños pueblos de unos pocos miles de personas, bien escondidos en un nicho de las tierras bajas.

Hoy en día no le alegraban las tórridas escenas pastorales o los coloridos atuendos de las mujeres del pueblo. Se desplomó en su asiento, cansado. Sabía que se acercaban las ocho porque el sol se pondría pronto. Entraría en la sierra de Puebla en dos horas, y el aire comenzaría a enfriarse, pero por ahora el calor seguía siendo intratable. Cortinas brillantes se levantaron del asfalto, distorsionando el camino, causando la fatiga de sus ojos. Su camisa de algodón colgaba húmeda de sudor y pegada a su piel. El aire olía pesado con la humedad y el olor de la vegetación en descomposición. Pronto se cambiaría por el frío seco de las altas elevaciones.

La noticia lo había sacudido y envió su mente a la Ciudad de México y a sus 20 millones de habitantes. Aún no conocía toda la historia. La radio informó del atentado en el Museo Nacional en las noticias de las cinco, pero no había dado ningún detalle. Las oficinas de la universidad estaban en el momento en que llegó a un teléfono. Dos llamadas a amigos no produjeron nada. Incapaz de quitárselo de la cabeza, decidió volver un día antes y ver lo que pasaba por sí mismo. Se reunió apresuradamente con sus estudiantes de postgrado, y luego salió de La Venta alrededor del mediodía. Esperaba que la bomba no tuviera nada que ver con él o su personal, pero no lo creía realmente. David se inclinó hacia adelante y entrecerró los ojos al sol. Las patas de gallo profundamente grabadas alrededor de sus ojos se movieron por la fatiga. Condujo con determinación hacia los distantes volcanes nevados, el Popocatépetl y el Iztaccíhuatl. Entonces el parloteo de la radio volvió a llamar su atención: —*El ministro del Interior de México, Héctor Vicario, ha muerto por causas desconocidas. Fue encontrado en el apartamento de un amigo, desaparecido y aparentemente muerto desde hace varios días. Las circunstancias de su muerte son sospechosas y se cree que varios policías murieron en el mismo lugar...también por causas desconocidas.*

267

El informe de las noticias continuó. —*Poco se sabe en este momento, pero el asunto está siendo investigado como homicidio, posiblemente obra de alguien con rencor contra el poderoso ministro, aunque no se ha descartado el terrorismo según el Superintendente José Ledeno de la Policía de la Ciudad de México. Cuando se le preguntó si el asesinato estaba relacionado con la muerte por la bomba de Raúl Córdoba, el director desde hace tiempo del Museo Nacional de Antropología, Ledeno dijo que no se sabía en este momento.*

—*Desde Yucatán llegan informes de una explosión en la refinería de Pemex...*

¡Aturdido! El profesor se sentó remachado en su asiento, apenas consciente de que estaba conduciendo. ¿Raúl Córdoba muerto por una bomba? ¿Héctor Vicario asesinado? ¡Dios mío! Una punzada de miedo le retorció las tripas y le cosquilleó la piel, se le erizaron los pelos del cuello. ¿Estaban los dos relacionados? ¿Caga un jaguar en la selva? ¡Por supuesto que estaban relacionados! Con un apuro de premonición, supo que sus estudiantes estaban en peligro. Metiendo velocidad en el Plymouth Volare verde en las curvas, conducía automáticamente, tratando de recordar el contenido del informe de Juan. Entonces recordó: los nombres de las personas, los objetos robados, y más. La urgencia lo agarró mientras miraba el velocímetro, y luego presionó el pedal hacia abajo. Aunque rodeado de montañas tropicales, estaba en las tierras bajas. Otros veinte kilómetros por hora no harían daño a nada en este tramo de la carretera.

El sol, un infierno blanco-amarillo, se deslizó detrás de las montañas a su izquierda, arrojando oscuras y ominosas sombras a través del camino. El denso follaje de la jungla que bordeaba el camino parecía impenetrable y prohibitivo, invadiendo y estrangulando a la serpiente de asfalto sobre la que conducía. ¡En ese momento un niño con machete y ojos salvajes salió corriendo de la selva y cruzó el camino!

Pisó el freno y se desvió. — ¡Chingada! gritó, frenando para detenerse. Miró por el espejo retrovisor, pero el niño había huido a la selva, un fantasma como los espejismos de la carretera.

—Casi golpea al pequeño bastardo, gruñó. Golpeó el acelerador en un ataque de ira, lo sostuvo en el suelo un momento, y luego retrocedió.

—Chingada, murmuró de nuevo. Esta noche sería un largo camino.

El Profesor Wolf Pide Un Favor

Jueves por la mañana, 3 de julio de 1984, Ciudad de México

Una neblina magenta pulsaba en el este mientras la tierra giraba lentamente sobre su eje, revelando su rostro al dios Sol, trayendo vida a la oscuridad y esperanza a aquellos que se desesperan. David bostezó incontrolablemente y se estiró, aflojando los zarcillos de la fatiga que lo arrastraban hacia el letargo y el sueño. Había conducido toda la noche y su cara estaba arrugada por las líneas de los ojos. Dos oscuras bolsas de media luna se hinchaban notablemente debajo de cada ojo. Al llegar y localizar el edificio de la comisaría, se enteró de que la policía no daba información, no se permitían visitas, y que Marco también había sido arrestado. ¿Se había vuelto loco el mundo? ¿Un ministro del gabinete envenenado y Raúl Córdoba explotado? ¿Juan y Marco fueron acusados? ¡Increíble! Sacudió la cabeza, perpleja. ¿Estaba en un universo alternativo?

Se estiró de nuevo, y luego sacudió la cabeza para despejar el cansancio de conducir cientos de kilómetros sin dormir. Eran las 7:30 de la mañana y la ciudad estaba resucitando. Los tranvías eléctricos hacían sonar los rieles a dos cuadras de distancia y las bocinas de los coches sonaban agresivamente mientras los conductores impacientes buscaban su posición. Se paró en su balcón, con las manos agarradas a la barandilla protectora, dejando que la energía de la ciudad repusiera sus reservas vacilantes. Los rayos, iluminados en una línea de tormentas, destellaban hacia el sur, amenazando la serenidad de la mañana. El perfume empalagoso de los rosales cercanos se mezcló con el olor de los desayunos y llevó la cálida brisa matinal a su balcón. Respiró profundamente para vigorizarse, vaciló y volvió a la sala de su apartamento.

Llamó a la casa de Linda antes, despertando a toda la casa y despertando las hostilidades no resueltas de anoche. Ansiosa por escapar de la ira de su padre, aceptó ansiosamente reunirse con David en su casa. Se sentó melancólica y preocupada en el sofá, con las manos en el regazo, mirando fijamente al suelo. De vez en cuando, levantaba una mano para acuñar su vientre. Sabía que sus peores temores se habían hecho realidad.

Su apariencia le preocupaba. Parecía dibujada y pálida, y bolsas oscuras colgaban bajo sus ojos de borde rojo. Agarraba un rosario en su mano, y él suponía que había llorado o rezado para dormir anoche. David conocía bien a su padre y estaba seguro de que Mario había entrado en uno de sus clásicos —*Te lo dije*, con mucha rabia. Mario rara vez se equivocaba, sólo pregúntale.

—Linda...David comenzó, luego se detuvo y vio cómo se tocaba la parte baja del abdomen de nuevo, un gesto peculiar de las mujeres. Esta mañana le pareció curioso y se preguntó dónde lo había visto antes. Bueno...empezó de nuevo.

—Linda...no llegaremos a ninguna parte exigiendo nuestros derechos y llamando a abogados. Este caso es demasiado grande e importante. Involucra a gente del más alto nivel del gobierno...y creo que ahí es donde tendremos que ir para obtener respuestas.

— ¿Pero dónde, David? ¿Quién? Levantó las palmas de las manos en un gesto de impotencia. —No conozco a nadie en la política, ¿y usted?

—Bueno...solía conocer a un par de personas, se ofreció, pasándose las manos por el pelo. —No he hablado con ellos en años. No sé si me ayudarán o no.

— ¡Llámelos...por favor! Enterró su cabeza en sus manos. —Sabe lo que le están haciendo a Juan y Marco, ¿verdad? Se volvió a tocar el estómago.

Esta vez lo recordó, y lo soltó sin pensar. —Linda... ¿estás embarazada?

Aturdida, su boca se abrió mucho y sus ojos se agrandaron. Lo no dicho fue finalmente expresado.

—Cómo... entonces su cara se coloreó y estalló en llanto, envuelta en una avalancha de conflictos sin resolver.

—Linda...lo siento...yo...tartamudeó, sintiéndose como un asno. *Bien hecho*, se dijo a sí mismo, caminando para consolarla. *Eres un tipo muy sensible*, David.

Cadenas de lágrimas salían de sus ojos verdes. Se sentó a su lado, sin saber qué decir.

— ¿No se lo has dicho a nadie? Puso un brazo sobre su hombro.

272

—No.

— ¿Ni siquiera a Juan? Le cogió la mano.

—No.

—Debes estar muerta de miedo.

—Sí. Ella se acercó, buscando consuelo como un niño en las garras de los terrores nocturnos.

Dos minutos después se sentó, se limpió los ojos y se quitó largos mechones de pelo de la cara. —Debo tener un aspecto horrible. Ella se hizo la fuerte, y luego le suplicó.

— ¿David...por favor? Parecía esperanzada. — ¿No puede llamar? Si no hacemos algo hoy, puede que nunca salgan de la cárcel. Han pasado dos días. Cada minuto cuenta, suplicó, con los dedos entrelazados y los brazos extendidos entre las piernas de jean.

—Lo intentaré. Parecía dudar. —Ni siquiera estoy seguro de poder llegar a ellos. Pueden negarse a hablar conmigo si lo hago. Han pasado quince años.

Se levantó para irse, y luego se dio vuelta. — ¿Por qué no haces una taza de té? Necesito estar en privado cuando llame. Se estiró de nuevo, luego se paró y se dirigió a su oficina. Linda se escabulló a la cocina con la cabeza inclinada por la preocupación.

Su oficina estaba en el mismo estado en que la había dejado, un desastre, y diez minutos después todavía estaba escarbando entre montones de papeles esparcidos por la habitación. Casi listo para abandonar la búsqueda, lo vio...una vieja invitación al 40 cumpleaños de Miguel. Los anillos de manchas de las tazas de té estropeaban la costosa invitación blanca que se había amarilleado con la edad. Abrió la tarjeta al número de teléfono y se sentó en su escritorio para marcar. Empezó con un número en el Palacio Nacional, sabiendo que sería casi imposible pasar.

—Bueno, por favor espere, siguió otro clic, y luego, —Palacio Nacional, ¿puedo ayudarle?

El profesor, tratando de ser persuasivo, explicó con quién debía hablar. Esto, por supuesto, provocó una risa de diversión de la operadora del palacio.

— ¡Seguramente no habla en serio, señor! Aunque intentara darle un mensaje, nadie dejaría que alguien como yo se le acercara.

—Señorita, dígale que el profesor David Wolf quiere hablar con él. Estoy segura de que atenderá mi llamada.

Esto evocó una alegría adicional, y la operadora dijo: —Tal vez debería decir que soy la Reina Isabel... ¡tal vez le vea! Se rió de su propio ingenio, disfrutando claramente del intercambio con este tonto. —Tal vez debería llamar a su casa y recordar los viejos tiempos, sugirió sarcásticamente, y luego —Lo siento, no puedo ayudarte. Puede escribir una carta a la siguiente dirección si lo desea...

Molesto, David colgó el teléfono. No era una sorpresa. No esperaba pasar. Tomó la invitación, localizó el otro número, y luego marcó con inquietud. Si esto no funcionaba, no sabía qué hacer.

— ¿Bueno?

— ¿Está la señora, por favor?

— ¿Quién llama?

El profesor David Wolf, de la Universidad Nacional. Se inclinó hacia adelante para apoyar un codo en su escritorio. ¡Dios nos ayude! suplicó en silencio.

El suave golpeteo de los tacones altos en el suelo de terrazo se hizo más fuerte, seguido de una conversación ahogada.

—David... ¿eres realmente tú...después de tanto tiempo? ¿Está todo bien?

— ¡Concepción, gracias a Dios que estás ahí! Exhaló con alivio. —Siento no haber escrito o llamado. No...realmente no tengo una buena excusa...supongo que ahora tenemos diferentes círculos de amigos. No soy una persona política, sólo un viejo profesor que no tiene nada que ofrecer a gente como tú y Miguel. Podía sentir el comienzo de un nudo en la garganta.

— ¡Tonterías! Eso no es lo que espero oír de un viejo amigo de la familia. Estamos eternamente en deuda contigo. Debería estar enfadada porque nunca nos contactaste. Estábamos muy preocupados por ti cuando Alicia murió.

Siguió una incómoda pausa y luego dijo: — ¿Cómo está Isabella?

— ¿Isabella? Isabella es maravillosa, gracias a ti y a Alicia. Está casada, tiene cuatro hermosos hijos, y su esposo es un exitoso hombre de negocios. Si no fuera por ti y Alicia, Dios sabe dónde estaría. Estábamos listos para que se comprometiera. Ella hizo una pausa, y él supo que los eventos de hace veinte años habían sido recordados.

—Los años sesenta fueron una época terrible para que los niños crecieran, continuó. —Cuando recuerdo las drogas, el sexo, los ataques de gritos...entonces mírala hoy, no puedo creer que sea la misma persona. Sus seis meses con ustedes dos en Guatemala cambiaron toda su vida. Miguel y yo sabemos que estamos en deuda contigo.

Eso es lo que quería oír, y ahora ha echado el anzuelo. —
Concepción, alguien que significa mucho para mí está en un
problema muy serio. Necesito hablar con Miguel lo antes
posible. Intenté llamar al palacio, pero no me permiten dejar
un mensaje.

— ¿Eso es todo? ¿Quieres hablar con Miguel? Eso es fácil
de arreglar, pero no lo haré a menos que prometas venir a
cenar. Ha pasado demasiado tiempo, David. Has tratado mal
a tus amigos, regañó.

—Te lo prometo, dijo. — ¿Cuándo podrás comunicarte con
Miguel?

— ¿Cuándo? ¡Ahora! Puede que dirija el país, pero sigue
respondiendo ante mí.

—Dame tu número y le diré que te llame.

Treinta minutos después, sus tazas de té vacías, el teléfono
sonó y David echó a Linda del estudio.

— ¿Bueno?

— ¿David?

— ¿Miguel? Gracias por llamar, yo...

— ¡David, qué demonios está pasando! Me reúno en cinco
minutos con el embajador de Venezuela, echaba humo.

Mal comienzo. Tendría que poner el anzuelo rápido. —
¿Cómo está Isabella?

—David...no quieres hablar de Isabella. Estoy seguro de
que tú y Concepción hablaron de ella. Tengo prisa...quizás
deberías venir a cenar si...

—Miguel, necesito un favor, intervino el profesor. —Esta
es la única vez que lo pediré...lo prometo. Pero tengo que
hacerlo, le suplicó.

— ¿Un favor? Eso depende David—. El Presidente
comenzó a dar marcha atrás. —No tengo el poder que la

gente asume que tengo. Probablemente no pueda ayudarte. Tal vez deberías escribir una carta.

David sintió que lo estaba perdiendo, así que repitió: —¿Cómo está Isabella?

Hubo un largo silencio y el profesor contuvo la respiración, temiendo que su viejo amigo ignorara una deuda pendiente y colgara.

— ¿Qué quieres, David?

—La policía detuvo a dos estudiantes míos por el asesinato de Héctor Vicario y Raúl Córdoba ayer. Son inocentes. Tienes que ayudarme a que los liberen. Sabes tan bien como yo lo que les está pasando ahora mismo mientras hablamos. ¡Puede que ya estén muertos!

—David...no me estás pidiendo un favor, ¡estás pidiendo la luna! ¡Estás pidiendo la devolución del oro de Moctezuma! gritó. —Pide algo que pueda darte. El hecho de que sea el presidente no significa que no responda ante nadie. ¿Tienes idea de lo importante que era Héctor Vicario? La mitad de los ministros de mi gabinete están en el lugar por él. ¿Cuánto tiempo crees que sería presidente si dejo a sus asesinos en libertad?

Pensando rápidamente, David respondió, —Entonces haz esto, Miguel. Mantenlos en custodia, pero pónganlos juntos en una celda a ellos solos... ¿Asegúrate de que se les trata bien? Sin torturas...

— ¡No torturamos a la gente en México!

—Oh...carajo. Miguel... ¡escucha! Si necesitan atención médica...asegúrate de que la reciban. David hizo una pausa, luego añadió: —Denme acceso a todas las pruebas y una semana para probar su inocencia.

Silencio. Temblor. Finalmente, El Presidente respondió: —Deberías ver a mis nietos, David, comenzó con nostalgia, —son hermosos y tan llenos de vida. Es uno de los pocos placeres que le quedan a un hombre como yo. Ya no soy libre. Pertenezco a todos, y todos quieren algo.

—Miguel...estos chicos son inocentes...son como mis hijos. Alicia y yo nunca tuvimos hijos, y ella está muerta. Son la única familia que tendré y la policía me los arrebató para decir que habían resuelto un crimen. Si no me ayudas, mis hijos son hombres muertos y lo sabes. David agarró el teléfono con fuerza en una mano mojada por el sudor.

—Está bien...te daré lo que pides...pero no más. Miguel vaciló y dijo: La próxima vez que llames no pidas nada. Voy a recibir mucha presión por esto. Mi deuda contigo está pagada.

—Miguel, yo...

—Olvídalo. He soportado cosas peores. Ven a cenar, David. Queremos verte de nuevo, a Isabella le encantaría presumir de sus bebés. Mantente en contacto esta vez, ¿está bien?

—Gracias...no lo olvidaré...bueno...llamaré. ¿Cuándo puedo ir a la comisaría?

—Dentro de una hora. Me ocuparé de ello inmediatamente. Buena suerte con tus hijos, David. El presidente de México colgó.

Las manos de David temblaban de emoción y memoria mientras se sentaba en su escritorio y dejaba que los años pasaran por su mente. Los recuerdos de sus primeros años en México, la Universidad Nacional y sus nuevos amigos inundaron su conciencia. Concepción, rica e inteligente, recorriendo el campus; Miguel, lleno de fuego y promesas, queriendo cambiar su país para mejor; y Alicia, la bella Alicia. Recuperó su fotografía de la esquina de su escritorio. Las lágrimas distorsionaron su visión mientras estudiaba su rostro sonriente. Él reflexionó sobre la fotografía y recordó los detalles más pequeños e íntimos de su vida juntos.

—Ella era hermosa.

— ¿Eh? Linda...no te escuché entrar. Se limpió los ojos.

—Debe echarla mucho de menos.

—Sí...ella era mi mejor amiga. La extraño terriblemente. Su voz se quebró, llena de emoción.

Linda puso sus manos sobre sus hombros, — ¿Averiguo algo, David?

—Sí...tenemos que irnos. Coge tus cosas y te pondré al corriente por el camino. Tenemos un breve aplazamiento para los chicos, pero debemos empezar inmediatamente.

El Profesor Intenta El Trabajo de Detective

Jueves por la tarde, 3 de julio de 1984, Ciudad de México

—Bien...te veo a la una en punto. José sonrió con satisfacción y colgó el teléfono. Se recostó en su silla y se acarició su bigote. Seguro de que Luis y los muchachos resolverían los asesinatos de Vicario y Córdoba, acababa de concertar una cita para medirse un nuevo traje. Cierto, no tenían una confesión todavía, pero los chicos de la Sala Blanca nunca fallaban. Un hombre necesitaba ropa para ser tomado en serio, y José tenía el ojo puesto en uno de los trajes con chaleco de Julio. Todos deberían celebrarlo, se dijo a sí mismo, continuó frotándose pomada entre sus dedos. Un caso así no ocurría muy a menudo, y éste había terminado felizmente, por lo mismo había cedido a su compulsión y pidió una cita. Pensó en llamar a la Habitación Blanca y comprobar su progreso, pero luego dudó.

¿Quizás debería invitar a Luis a casa de Julio? Dios sabe que le vendría bien un traje nuevo. Las chaquetas de los trajes del capitán eran viejas y estaban arrugadas. Aunque José planeaba llevarse la mayor parte del crédito, Luis podría recibir un ascenso si José consideraba oportuno tirarle un hueso. Mirando a través de su ventana de cristal, vio a Luis barajando informes en su escritorio. José cogió el teléfono para llamarle para la invitación cuando un extraño bien vestido se acercó a Priscila. Alto, en forma y canoso, rezumaba autoridad y su traje le quedaba muy bien. Cuando mostró su placa, José se molestó. ¡Chingada! ¿Qué hacían los federales aquí tan temprano? No debían llegar hasta mañana como muy temprano.

Con una expresión quejumbrosa, Priscila giró en su silla y miró en su oficina. Molesto, él la saludó para que lo enviara de vuelta. José le diría lo que piensa. Un trato era un trato, y los federales no lo habían respetado de nuevo. El alto federal sonrió, felicitó a una Priscila ruborizada, y luego se dirigió a la puerta de la oficina de José. Llamando una vez, abrió y entró. Sin dudarlo, se dirigió al escritorio de José y le echó una mano.

—Por favor, disculpe esta visita no anunciada. Soy Manuel Antonio de Marchena, el Director de la Policía Federal de la Ciudad de México. Siento llegar temprano. Sé que teníamos un acuerdo, pero ha surgido algo inesperado.

José parpadeó, y luego una mirada de asombro se extendió por su rostro. El segundo hombre más poderoso de la ciudad, tal vez del país, estaba en su oficina disculpándose por hacer su trabajo. ¿Por qué había venido él mismo? Debe tener cientos de agentes a su disposición para completar una transferencia rutinaria de prisioneros. José rápidamente olvidó la masticación del culo y asumió una actitud difidente y aduladora hacia el hombre poderoso.

El agente del servicio secreto de México continuó diciendo: —Me temo que la situación ha cambiado dramáticamente. El Presidente ha solicitado que intervengamos y supervisemos las nuevas condiciones de la investigación de los asesinatos de Vicario y Córdoba. Le aseguré que podíamos contar con su ayuda. Le sonrió a José a sabiendas.

¿Nuevas condiciones? ¿No había venido a secuestrar a los prisioneros y llevarlos al zócalo?

—No estoy seguro de entender...er...Director Marchena. ¿Qué tenía en mente usted o...eh...quiero decir...el Presidente? tartamudeó José, obsequiosamente.

Cinco minutos después dijo, —Ya veo...permítame...un momento, e hizo dos llamadas.

— ¿Bueno?

— ¿Están Degas y González en la Sala Blanca?

—Acabamos de terminar con uno...estamos listos para el otro. Lo haremos cada dos horas hasta que se quiebren.

—El interrogatorio debe cesar inmediatamente y ambos hombres serán encerrados en la celda central. Que un médico los revise. Aliméntelos. Denles un baño y algo de ropa, ordenó.

— ¡Estás bromeando! fue la respuesta.

— ¡Mueve el culo antes de que baje yo mismo!

— ¡Si, señor!

José marcó a Luis. —Capitán Alvarado, ¿puede venir a mi oficina?

Treinta minutos después, el Director asintió con la cabeza, —Estoy de acuerdo...parece una conspiración. Creo que tiene los hombres adecuados, sin embargo, El Presidente ha accedido a honrar a.... ¿cómo puedo decir esto? Un compromiso...sí...un compromiso con una persona muy preocupada; por justicia para él y en el mejor interés de la justicia.

Esto, José lo sabía, era una mierda. El Presidente parecía haberle concedido un favor a un viejo amigo, y José seguramente lo tomaría muy en serio como resultado. Sabía por experiencia que no debía usar las palabras 'justicia' y 'equidad' en la misma frase cuando se trataba de política. Frunció el ceño. Tal vez debería llamar a Julio y cancelar la demanda.

Al Director le dijo: —Le aseguro que tendrá nuestra completa cooperación. Dejo a nuestro mejor detective, el Capitán Alvarado, en el caso, José hizo un gesto hacia Luis y sonrió.

El teléfono sonó y José lo agarró, molesto. — ¡No hay llamadas, Priscila, estoy ocupado! ¿Eh? Estás bromeando, no es un buen momento para una de tus bromas, Priscila. ¿De verdad? Claro, pásamelo. ¡Sí que lo es! ¡Este es un gran honor, su Excelencia! Por supuesto que lo entendemos...pero por supuesto, Excelencia. ¡Puede contar con ello, señor! ¿De verdad? Vaya... ¡gracias! Sí, señor, haremos todo lo posible para ayudar. Es un gran honor, señor. Sí...adiós...buena suerte para usted también, Sr. Presidente.

Ruborizado por la emoción, José acunó el teléfono y se dirigió a un incrédulo Luis y al sonriente Director que le dijo: — Persuasivo, ¿no?

— ¿Era El Presidente? preguntó Luis, con la boca abierta.

—Sí...por supuesto, José disimuló, enderezando su corbata y mirando sus uñas. —Ejem, aclaró su garganta, —Sólo le aseguraba al Presidente que haremos todo lo que esté en nuestro poder para ayudar a este gringo...uh, David Wolf, en su investigación. Ignorando momentáneamente a los dos, José se relajó en su silla y reflexionó sobre las vicisitudes del cambio. Su suerte se mantenía. ¿Quizás debería ir a ver a Julio para esa cita? Pensó que el traje gris se vería mejor. El diente de sabueso era demasiado llamativo, no apropiado para los negocios.

#

Dos horas más tarde, David y Linda María se sentaron y escucharon al descontento Capitán Alvarado narrar los eventos de la investigación desde la noche del descubrimiento del ministro muerto hasta el arresto de Marco.

Un fuerte caso circunstancial, pensó David. Los chicos la habían fastidiado de verdad. El profesor juró que si los sacaba de este lío, los clavaría en una trinchera en Quintana Roo excavando huesos de pescado y tierra de carreta.

—Capitán...estoy de acuerdo en que los chicos parecen culpables a primera vista. Sin embargo, estoy seguro de que podemos descubrir la verdad del asunto. Golpeó el escritorio con el dedo para dar énfasis. — Conozco a estos chicos desde hace diez años y he trabajado con ellos en circunstancias inusuales durante largos períodos de tiempo. Ninguno de los dos es capaz de planear y ejecutar un asesinato. Apostaría mi carrera y mi reputación por ello.

#

Luis, ambivalente y disgustado por el giro de los acontecimientos, se mordió la lengua y le obsequió al profesor una expresión amarga. No sabía si gritar de indignación o reírse de la parodia que se estaba llevando a cabo. Este fue el pedo del cerebro del infierno. La oficina de José tenía el peor olor que podía recordar. La decisión de hoy sería el comienzo de las recriminaciones de mañana. ¿Por qué yo, se quejó en silencio?

El caso estaba casi completo: pruebas, arrestos, todo menos las confesiones, pero eran inevitables. Ahora esto: un gringo de mediana edad, demasiado sincero y con acento y la novia de Degas, ambos con mirada expectante, queriendo ser tomados en serio. José le debía una a Luis por este lío. Miró con recelo a su jefe, y luego se volvió hacia su antagonista.

—Profesor...

—Llámame David, por favor.

— ¿David?, el capitán se detuvo, probándolo para ver si la amargura permanecía en su lengua. —Bien...David es. De todos modos...espero que tengas razón. Nunca he trabajado con un arqueólogo antes, pero usted es un detective a su manera, ¿correcto? Supongo que estoy a su servicio, miró rápidamente a José, —pero no estoy contento con ello. Si no fuera por sus amigos políticos, no le daría la hora a un aficionado como usted. ¿Qué sabes del asesinato? Luis cruzó los brazos sobre su pecho y miró fijamente al profesor, disgustado por la perspectiva de doblegarse ante un civil cabeza de huevo.

El profesor, sin embargo, se encontró con la mirada de Luis directamente. —No soy un experto en asesinatos, pero sé algo de comportamiento humano, y sé que estos chicos son inocentes.

Se miraron el uno al otro, hasta que el detective parpadeó, mirando a José para apoyarse. Pero el superintendente se limitó a mirar, contento de ver cómo se desarrollaba el duelo. Un político experimentado, se había puesto en el papel de observador, desviando la presión hacia Luis. Su mirada pasiva lo reveló todo. Luis tendría que manejarlo ahora. La mierda rueda cuesta abajo.

Volvieron a la oficina de Luis, sorteando el caos de la sala de espera central y su multitud de inadaptados. Luis llamó a Tony para que le ayudara, y luego, a regañadientes, se volvió para enfrentar a sus nuevos compañeros. Sabiendo que tenía que sacar lo mejor de una mala situación, respiró hondo y mostró su mejor comportamiento profesional.

—Hay algunas pistas que no han sido investigadas y algunas personas que no han sido cuestionadas. Me gustaría sugerir algunos lugares para empezar, pero primero creo que es hora de que Degas y González hayan completado su limpieza. Llamaré y...

— ¿Utilizó alguna técnica especial durante el interrogatorio? El profesor interrumpió.

— ¿Cómo qué? respondió Luis, recogiendo un modelo de coche de su escritorio, y luego mirando a través de la placa de cristal a la oficina de José, donde todavía hablaba con el alto federal.

—Como la tortura y la coacción, dijo el profesor. —No nos andemos con rodeos y palabras si vamos a trabajar juntos.

Luis hizo un gesto de dolor, pensó un momento y luego dijo: —Creo que es seguro decir que ambos hombres han sido coaccionados, y cómo puedo decir...fuertemente animados por la fuerza a confesar. Este no es un caso criminal rutinario. Ambos están acusados del asesinato de un alto funcionario público y del asesinato del director del museo. Es un asunto político, así como un crimen reprensible, explicó Luis. —Tendrán un tratamiento especial durante los próximos siete días. No lo merecen, pero lo tendrán. José dice que puedes hablar con ellos en cualquier momento, y serán tratados justamente. Sin embargo, si en una semana no has presentado pruebas de lo contrario, los cargos se mantienen y serán transferidos a los federales. Él dejó el modelo con un punzón.

#

Quince minutos más tarde, sintiéndose fuera de lugar, Luis salió de la habitación, incapaz de presenciar el emotivo reencuentro de amigos y amantes. Juan cojeaba y su cara estaba llena de pelotas de golf moradas.

—Esta vez sí que lo has hecho, chico, regañó el profesor en voz baja.

— ¿Tienes un arma para rogarte que me dispares? murmuró Juan, apenas capaz de enunciar.

—Si tuviera una pistola...te dispararía dijo Marco.

—Estoy meando sangre, y mis costillas están rotas. Linda, llorando suavemente, había tomado la mano de Juan y lo llevó a un sofá en la esquina. Era una visión lamentable. Mientras Juan yacía inmóvil, Marco se sentó en el suelo de espaldas a la pared, con una almohada de sofá sosteniendo su cabeza.

—Yo no lo hice, David, susurró Juan.

— ¿Qué no hiciste, Juan? intervino Marco. — ¿Por qué estoy aquí? ¿Tuviste una aventura con la esposa de El Presidente o algo así?

— ¡Idiota inmaduro! gruñó el profesor. —Si no fuera por el Presidente, ambos se estarían pudriendo en una celda y preparándose para un pelotón de fusilamiento.

—Perdone si parezco desagradecido, respondió Marco. — Sé que debería apreciar esto mucho más de lo que lo hago. Se alejó de la mirada del profesor.

Frunciendo el ceño, David se volvió hacia Juan. —Necesito tu ayuda. Tenemos una semana; luego perteneces a los federales. Moví algunos hilos para hacer esto, pero si no te pones tus gorras de pensar, volverás a estar donde estabas. ¿Listo para seguir adelante?

— Listo dijo Juan, con la lengua hinchada.

#

Dos horas más tarde, poco se había logrado. Luis envió a Pedro y Tony a interrogar a la Señorita Vicario y a buscar la llave de la bóveda que faltaba. Paulo todavía perseguía los esquivos registros telefónicos. Marco, arriba y moviéndose, se les unió mientras alternaban entre la sala de pruebas y la oficina de Luis. Juan dormía bien en el sofá, contribuyendo a un ocasional gemido. Había sido golpeado gravemente, y mandaron llamar a un médico cuando empezó a toser sangre.

—Esto no está funcionando. Lo estamos haciendo todo mal, dijo el profesor.

— ¿Cómo es eso? respondió Luis, irritado. Tiró su bolígrafo sobre el escritorio y se sentó pesadamente en el borde del mismo. —Estamos procediendo de manera lógica. Para probar una hipótesis se mide la validez de sus premisas. Si nuestras premisas son exactas, la conclusión se revelará por sí misma. Se inclinó hacia adelante agresivamente, con el cuello ligeramente extendido. —Siempre me ha funcionado.

—Ese sistema no siempre funciona bien, argumentó David. —Es posible empezar con una buena premisa y sacar una conclusión errónea. Ocurre todo el tiempo en los estudios antropológicos cuando se trata de determinar las relaciones de causa y efecto.

—No te sigo, David, dijo Luis, saludándolo. Se puso de pie. —Sólo soy un policía, no un filósofo.

—Mira...esto es lo que quiero decir. David comenzó a contar, levantando un dedo por cada declaración. — Suponemos que el odio de Juan por Raúl Córdoba, el informe que escribió sobre el robo en el museo, su deseo de venganza, sus amenazas de matar a Raúl, y su falta de coartada están relacionados, ¿correcto? Estas son las premisas que nos llevan a concluir que él asesinó a Vicario y a Córdoba. El profesor plantó sus brazos en el escritorio y se inclinó hacia Luis. —Si presentara un trabajo con un razonamiento tan defectuoso, se reirían de mi profesión."

—Todavía no te sigo, dijo enfadado Luis, paseando por la habitación. —He investigado con éxito cientos de asesinatos usando razonamiento deductivo. Se detuvo y se giró para dirigirse al profesor. —No estamos hablando de cerámica y huesos, estamos examinando las emociones y el comportamiento humano, y tengo más experiencia que nadie aquí en esa área.

—En circunstancias normales esa línea de razonamiento sería adecuada, pero...el profesor hizo una pausa, buscando la analogía correcta... —Bien, míralo de esta manera. ¿Crees que es un asesinato rutinario de venganza por odio?

Luis frunció el ceño, su frente se formó con surcos mientras consideraba la pregunta. —No, absolutamente no.

— ¿Por qué?

—Debido a la forma en que las víctimas murieron. Vicario fue envenenado con una estatua fea y Córdoba murió por una bomba.

— ¿No le parece que estos dos métodos de matar son singularmente diferentes? Casi como si no estuvieran relacionados. ¿Quizás incluso cometidos por personas distintas por razones diferentes?

—Lo he considerado, David, dijo Luis, casi perdiendo la paciencia. —Desafortunadamente, no hay pruebas para ese escenario.

— ¡Ese es mi punto, capitán! dijo el profesor, golpeando con la palma de la mano en el escritorio. —Estamos mirando el tipo de hipótesis equivocadas para apoyar nuestra conclusión. En antropología, hay un paradigma llamado —El problema de Galt. Es esencialmente un desafío de causa y efecto. Por ejemplo, en esta sala, tres de cuatro hombres llevan el bigote mexicano y usan gafas. ¿Las gafas causan bigote, o los bigotes causan gafas? ¿Están ambos relacionados?

—Eh...estás hablando en círculos, gringo. Luis, sacudió su cabeza con perplejidad. — ¿Qué sentido tiene?

—El punto es...deberíamos considerar otras posibilidades desde diferentes perspectivas. Ya sabemos lo que Juan Degas ha hecho o no ha hecho. Investiguemos la relación de Raúl Córdoba y Héctor Vicario. Tal vez estaban involucrados en algo totalmente ajeno a un escenario en el que Juan pudo ser el que causó sus muertes.

Luis comenzó a andar de nuevo. —He pensado en eso, David, pero hay poco que hacer. Se detuvo y miró al profesor. —Sabemos que eran amigos. Sabemos que Raúl le compró objetos prehispánicos a Héctor, y que hay un tema arqueológico común en el caso, miró al dormido Juan. Confundido, levantó las manos. —Estoy abierto a sugerencias...avísame cuando lo descubras.

— ¿Tal vez necesitamos entrar en la bóveda de Vicario? añadió Marco. —No se sabe qué hay ahí.

—Eso será difícil, al menos por un par de días, dijo Luis.

—Tal vez los federales puedan ayudarnos en eso.

#

Una hora más tarde el doctor había venido y se había ido. Luis y el profesor estaban mirando la mesa de pruebas y comprobando las etiquetas de cada objeto recuperado de la bomba y del apartamento de Amparo. David fue inmediatamente a recuperar la estatua de boca abierta de Tlazolteotl. Había sido limpiada en la morgue y llevada a la sede de la comisaría.

— ¿Qué es? preguntó Luis. —Es una Comedora de Suciedad.

— ¿Qué?

—Una "Comedora de Suciedad", la diosa azteca Tlazolteotl. Ella da la absolución de la suciedad. Ella devora tus pecados para que puedas entrar al Paraíso del Sol.

Extraño, pensó Luis. Pero era algo que no había conocido antes.

Tal vez el gringo sería bueno para algo después de todo.

#

Hablaron largo y tendido y la tarde pasó rápidamente, pero no llegaron a ningún acuerdo sobre cómo proceder. David consideró sus opciones, y luego decidió.

—Me voy a Tacuba para ver en qué estaba trabajando Raúl antes de irme.

¿Qué hora es?

—Cuatro y media, dijo Luis, mirando su reloj, —casi es hora de irse a casa. Hora de encerrar a tus chicos por la noche.

Marco gimió y su barbilla golpeó su pecho.

El profesor Wolf caminó hacia el sofá. —Juan... ¡despierta!

Juan se estremeció, y luego rodó para enfrentarse al profesor, su dolor era evidente. —Déjeme en paz. ¿Todavía está Linda aquí?

—Juan...escucha... ¿estás escuchando?

—Sí.

— ¿Quién sabría lo que está pasando en Tacuba? Una larga pausa.

—Sebastiano.

— ¿Quién?

—Sebastiano, dijo Marco. —Ya sabe, el tipo que accidentalmente desenterró la piedra de Coyolxhauqui.

—Linda...llama a Dina a la oficina de Antropología y consigue su dirección. Me dirijo a Tacuba. ¿Podrías ir a la casa de Sebastiano y hablar con él?

—Lo que quiera, David, aceptó, mirando a Juan y tocándose la barriga.

—Capitán, aunque hemos logrado muy poco, aprecio su ayuda. Empezaremos de nuevo mañana. ¿Puedo contar con usted para que cuide a los chicos?

—Por supuesto. ¡No somos un grupo de incompetentes! Luis resopló, ofendido. —Tony... ¿conoces las nuevas reglas? Cúmplanlas para la noche.

#

Treinta minutos después Linda partió hacia la casa de Sebastiano y el profesor se dirigió a la excavación de Tacuba. Luis limpió su escritorio y se preparó para ir a casa cuando Morales llamó.

—Luis...acabo de llamar para agradecerle la pista del caso de asalto en el que trabajó la semana pasada. Creo que tenemos una identificación positiva de la Interpol sobre el extranjero con los aros de oro. Es colombiano y ex sicario del

Cartel de Medellín. Colombia lo extraditará si lo encontramos. Hemos emitido una orden. Gracias por la pista.

—Sí...bueno...me alegro de que se haya convertido en algo.

Mientras descendía los escalones de piedra de la casa del recinto de doscientos años, Luis tuvo la clara sensación de que sabía algo pero que de alguna manera lo había perdido. Se alegraría cuando las cosas volvieran a la normalidad. Había estado montando una montaña rusa de emociones. Las cosas se veían muy bien hasta que apareció el profesor. Era difícil ser cortés con el gringo. Un académico no tenía por qué interferir con los profesionales. El caso había terminado hasta que los malditos políticos intervinieron. Aún así, Luis pensó a regañadientes que el profesor parecía un tipo simpático y que el problema de Galt merecía ser pensado. ¿Quién sabe? Tal vez sus ideas se convertirían en algo. Y también, ¿tal vez Luis no tenía nada que perder? Si David fallaba, el Capitán Alvarado ganaba. Si la idea de David resultaba ser correcta, Luis aún ganaba, porque había ayudado. Esto lo tranquilizó y puso los eventos del día en una mejor perspectiva. Lo dejaría en paz por ahora. Era hora de ir a casa y abrazar a Ángela y cambiar el aceite del Mercury. Ambos requerían mucha atención.

Sebastiano

Jueves por la noche, 3 de julio de 1984, Ciudad de México

Las cavernosas entrañas de concreto del sistema de metro tronaban con el sonido de los trenes tambaleándose y chillando, transportando a millones de personas hacia y desde el trabajo a través de su intrincada red de arterias. Sebastiano se bajó del metro a las 6:15 p.m. Cansado y sucio y preocupado por los pensamientos de su nueva esposa, subió desde el piso del túnel, pasando el pequeño templo azteca recientemente excavado a Ehécatl, el dios mono, que los excavadores descubrieron durante la construcción del metro. Apareció junto a miles de sus hermanos, todos caminando por senderos familiares y realizando rituales similares de trabajo y juego.

Una mezcla picante de comida de los vendedores ambulantes, humo de escape y olor corporal se le acercaron. El cielo estaba pintado de un gris insípido por los venenos nocivos que lanzan a la atmósfera cientos de fábricas y miles de automóviles. Masivos y oscuros truenos en el nebuloso rostro de Tlaloc se detuvieron en la cordillera sur de las tierras altas, preparados para el asalto y ganando fuerza, se deslizaron lentamente hacia el valle, amenazando con purificar el aire estancado.

Se emitió una alerta de smog. Los vendedores ambulantes entraban y salían del tráfico de defensas en defensas, compitiendo por vender mascarillas, desafiando al tráfico como intrépidos toreros. Las palmeras estaban inmóviles y abatidas, sus hojas se marchitaban y las hojas de las palmeras eran de un amarillo parduzco por el smog. Algunas estaban muertas, el resto moría.

La policía, agitando macanas de color gris azulado, soplando sus silbatos y gesticulando enfáticamente, dirigiendo multitudes de automóviles. El Paseo de la Reforma, el gran bulevar, estaba lleno de miles de automóviles. Los conductores ignoraban a la policía y cambiaban de carril en cada oportunidad, maniobrando entre los coches, amenazando a los peatones y creando un caos como algo natural.

Moviendo sus pesados brazos al ritmo, Sebastiano comenzó el paseo de trece manzanas hasta su apartamento de una habitación. Altos edificios de piedra y hormigón lo amurallaban a cada lado. Envejecidos, grandiosos y serios, sufrían el mismo abandono benigno de las calles de toda el área metropolitana.

Se movía con las masas cambiantes, sin tener en cuenta una cacofonía que lo distraía. Había trabajado en la excavación del metro durante cuatro años y se consideraba afortunado. Tenía un trabajo. Después de graduarse de un programa técnico de nueve meses en operación de equipo pesado, su cuñado le había ayudado a encontrar un trabajo en el equipo de excavación. La fama de Sebastiano como el hombre de la pala que inadvertidamente descubrió la Piedra de Coyolxhauqui seis años antes le había abierto algunas puertas. Con un salario de cien dólares a la semana, se consideraba parte de la creciente clase media mexicana. Había ahorrado un poco más de trescientos dólares que planeaba destinar a la compra de una vieja camioneta GMC.

Continuando su camino en el barrio, se bajó de las escaleras y soñó despierto con María, su esposa desde hacía un año. Miró a la distancia, imaginó su cara sonriente, su pelo largo y las suaves ondas de su cuerpo bajo los coloridos vestidos de estampado floral. Su abstracción se trasladó a la habitación y se cristalizó en imágenes del amor de ayer. Una sensación de urgencia lo abrazó fuertemente. Parte fantasía, parte recuerdo, su ensueño se rompió con un empujón por detrás y un codo a su izquierda mientras la multitud lo empujaba.

Se aceleró, moviéndose con la corriente, y se concentró en los recados que debía completar. Entrando en la farmacia de la esquina, compró artículos a la señora del mostrador mientras tres niños sin zapatos y con ropas sucias y rotas sorbían cocas calientes y observaban con curiosidad. Bolsa en mano, salió y caminó dos cuadras hasta la zapatería para recoger sus botas reparadas. Tres cuadras después entró en una abarrotera, una pequeña tienda de comestibles, y compró tortillas de maíz, pan dulce y papel higiénico.

Con Reforma a su espalda, caminó hacia el norte por las calles sucias y llenas de basura del barrio, el ruido de El Centro se disipó mientras caminaba. El olor familiar de la comida, la basura de la acera y el desorden de los perros le dieron la bienvenida a casa. A continuación, un grupo de seis jóvenes se preocupó ruidosamente por un balón de fútbol que subía y bajaba por la acera de asfalto, deteniéndose sólo cuando el balón se alojaba debajo de un coche. El balón se recuperó, el juego continuó, pasando de una banqueta a otra mientras Sebastiano pasaba. Las lavanderas colgaban encima de tendederos improvisados y barandillas de balcón. Las fregonas y los cubos se sentaban al lado de las macetas de crotón y hoja de noche. Una matrona gesticulando desde el balcón de arriba dirigió una voz vitriólica a una adolescente. Aceleró su ritmo, pensando sólo en su esposa y en su hogar.

Girando a la derecha por la calle Madero, caminó treinta metros y entró en una escalera. Haciendo una pausa para tomar la llave, abrió la puerta. Cruzó el umbral y puso sus bienes sobre la mesa, luego volvió a poner el pestillo de la puerta. Las puertas nunca se dejaban abiertas en México.

—!María, estoy en casa! Colocó los sacos sobre la mesa, luego, sintiendo su presencia, se volvió hacia una chica delgada y sonriente y aceptó su abrazo y beso de bienvenida. Sus hombros se tensaron y empezó a tocarla expectante, su deseo creció, pero ella se rió y se alejó. —Sebastiano, tenemos un invitado. Linda María, La prometida del Sr. Degas, quiere hablar contigo. Está en el cuarto de atrás mirando las fotos de nuestra boda. Iré a buscarla.

Viendo su expresión abatida, ella sonrió y se burló: —No te preocupes, tonto, habrá tiempo para eso más tarde. Olfateó e hizo una cara. —Necesitas un baño, de todos modos.

El Profesor Encuentra Una Tumba

Jueves por la noche, 3 de julio de 1984, Sitio de Tacuba, Ciudad de México

Un techo de nubes colgaba oscuro y sombrío, prometiendo más lluvia para la tierra ya empapada. Los relámpagos aún no se habían manifestado, pero los ecos de descontento resonaban en el sur. El aire se sentía pesado y espeso. Pronto llovería a cántaros. David aparcó su coche a casi cien metros del lugar. Dudó, considerando si ponerse o no las botas, entonces sucumbió a su impaciencia y siguió una amplia zanja fangosa, examinándola mientras caminaba en busca de irregularidades estratigráficas u otras evidencias de la obra del hombre. Prácticamente toda la tierra excavada había sido transportada en camión.

Con la excepción de una ocasional pila de escombros, un compuesto de arcilla cubría gran parte del suelo de la Ciudad de México. Antiguamente un lecho de lago prehistórico, ocasionalmente presentaba una sorpresa. En la época de la

Conquista, el lago de Texcoco, aunque bastante grande, era todo lo que quedaba de la antigua masa de agua. Los aztecas habían transportado roca de las montañas circundantes para construir calzadas que conectaran su ciudad isla de Tenochtitlán con el continente y para construir sus templos y pirámides. Debido a la base de arcilla del valle, cualquier cosa de cualquier peso usualmente se hundía en el fondo del lago, para nunca más ser encontrado. De hecho, una de las mayores frustraciones de la construcción en la Ciudad de México fue el lecho del lago, siempre en movimiento. Era difícil encontrar una estructura antigua que no se hubiera asentado o inclinado, y en algunas zonas el problema había dado lugar a que las iglesias y los edificios se volvieran inhabitables.

Mientras David caminaba, se dio cuenta de que había rocas dispersas por todas partes. Esto, le pareció curioso. La piedra parecía ser volcánica; basalto, granito y trozos más grandes de roca volcánica muy ligera llamada tezontle, formada por gases violentos. Los aztecas habían usado el tezontle, una roca muy ligera y porosa, para apuntalar el interior de sus pirámides y caminos con el fin de inhibir el hundimiento y el asentamiento.

Aquí, a cien metros de distancia, vio el contorno de un equipo pesado y lo que parecía ser una gran pila de rocas. Esto lo excitó mucho, y aceleró su ritmo, corriendo hacia el oeste a lo largo de la trinchera. Se olvidó de Juan y Marco, su mente cambió inmediatamente a las implicaciones de tanta roca en medio del lecho del lago. Estaba pensando en sus viejos mapas y en el proyecto que le había asignado a Linda, cuando alguien lo saludó.

—Hola, Profesor Wolf, lo llamó un guardia de seguridad. —No le he visto en mucho tiempo. Llega tarde. Todo el mundo se ha ido a casa.

David se acercó al guardia que le esperaba y le dio la mano, diciendo: —El mejor momento para mirar alrededor...cuando no hay nadie aquí para molestarme.

—Nada más que lodo y roca. El guardia levantó una bota llena de barro. —La policía vino dos veces a hacer preguntas sobre su hombre Juan y Raúl Córdoba. Leí sobre el Sr. Córdoba en el periódico. Es una mala manera de morir, pero un hombre como él debe tener muchos enemigos.

—Eh... ¿por qué dices eso? preguntó David.

El guardia se encogió de hombros. —No le gustaba a nadie. Habla con todo el mundo y era grosero con los trabajadores. No se derramaron lágrimas por aquí cuando nos enteramos de su muerte.

El profesor consideró las palabras del guardia. Escuchó lo mismo en todas partes. El director del museo había sido universalmente despreciado y vilipendiado.

— ¿Qué está pasando aquí? Juan me dice que Raúl detuvo la construcción hace dos semanas. ¿Por qué lo hizo?

El guardia cambió su peso a la otra pierna. —Le dijo a todo el mundo que encontró un montón de huesos, y luego acordonó el área. No se permitió a nadie en esa área excepto a Raúl. Esa cuerda, señaló el guardia, —es lo más lejos que puede llegar alguien sin que le den una patada en el culo.

— ¡Eso es ridículo! dijo David. —Esto es muy irregular y poco profesional. ¿Por qué no se informó de esto?

—Sólo soy un vigilante nocturno, profesor. El guardia sacudió la cabeza. —Incluso cuando Raúl trabajaba de noche no me dejaba cruzar la cuerda. No confiaba en nadie. Un par de veces trajo a una mujer con él en la camioneta del museo. La cargaban con algo y luego cubrían la caja con una lona.

Las alarmas sonaron en la cabeza de David y su emoción creció. Todo el escenario tenía la apariencia de que Raúl robaba una tumba o algo. Miró directamente a los ojos del guardia y dijo: —No esperarás que crea que no has estado al otro lado de esa cuerda, ¿verdad?

El guardia tosió y sacó un paquete de cigarrillos de su bolsillo. Le ofreció a David un cigarrillo, y luego dijo: — No...Raúl tampoco lo creyó. Una vez me acusó de tomar algo, pero no lo hice. Sí...he estado allí un par de veces. Golpeó la punta de un cigarrillo sin filtro en su uña del pulgar. —No había nadie aquí por la noche excepto el Sr. Córdoba, y tenía curiosidad. Solía venir a trabajar todas las noches, pero ahora está muerto y nadie va allí excepto yo.

— ¿Te gustaría darme un tour?

—Adelante...es sólo un montón de huesos viejos y basura. El guardia se abrió paso a través del barro. No habían caminado treinta metros antes de pararse junto a una imponente pila de roca, gran parte de ella era ligera y porosa tezontle.

El corazón del profesor se aceleró al observar el montón, y luego caminó hasta el borde de la trinchera. ¡Allí! ¡La calzada! Un ciego podía verlo...unos diez metros de ancho y quince metros de profundidad, el viejo camino azteca de la isla ciudad de Tenochtitlán que conducía a Tacuba!

Raúl lo había descubierto y no se lo había dicho a nadie. ¿Por qué el secreto? Habría recibido el crédito por el descubrimiento, pero en su lugar había cerrado la construcción, dejando a los equipos de excavación inactivos. ¡La respuesta apareció como una revelación! Había descubierto algo importante y no quería que nadie lo supiera. ¡Había estado robando!

— ¿Hay una escalera por aquí? David miró alrededor.

—No puede hablar en serio, respondió el guardia, mirando con recelo. Miró al cielo oscuro y a las nubes de truenos, y viendo la mirada resuelta del profesor, añadió: — Hay mucho barro ahí abajo, profesor. Arruinará sus zapatos. El guardia fue a traer una escalera mientras David miraba dentro del abrevadero.

La trinchera, que cortaba la calzada justo al noroeste de la vieja carretera, corría aproximadamente paralela a la carretera antes de dirigirse en línea recta a Tacuba. Se paró en el lado norte mirando hacia el sur en un recién creado y muy erosionado callejón sin salida. Una pared de arcilla húmeda se había derrumbado, causando que una pequeña avalancha de barro se hinchara, para luego caer en cascada en la zanja. Grandes charcos de agua fangosa yacían por todas partes, y se habían extendido lonas de plástico para cubrir las zonas en las que Raúl había trabajado. El sitio no había sido medido y estacado. No había líneas visibles de cuerda para demarcar la distancia, ni controles o límites para referencia científica. Raúl definitivamente había estado apurado y no había hecho nada bueno.

Agarrado por la impaciencia, David casi saltó a la trinchera antes de que el guardia de seguridad trajera una escalera de extensión de aluminio, permitiendo que el profesor se escabullera hacia abajo antes de hundirse en el barro por encima de sus tobillos. Colocó cuidadosamente un pie delante del otro, tratando de no resbalar en la traicionera y húmeda arcilla. Los sonidos de chupar y aplastar acompañaban cada paso mientras se abría camino hacia las lonas. Levantando un borde, hizo rodar una lona hacia atrás, drenando el agua de su parte superior mientras la apartaba. Debajo había un gran esqueleto.

La visibilidad era pobre en la trinchera porque el cielo nublado y las sombras oscuras obstaculizaban la visibilidad. Gritó: —Tírame tu linterna. Al atraparla en el aire, la encendió y pasó el rayo de luz por la zona, revelando los huesos de un gran animal, probablemente un caballo.

Trozos de hierro oxidados, muy corroídos y no identificables inmediatamente, yacían adyacentes a los huesos, y las costillas parecían haber sido separadas y movidas. El área de excavación era un desastre. Esto no fue el trabajo de un arqueólogo. Un ladrón de tumbas había trabajado aquí.

Se movió alrededor del esqueleto y rodó otra lona, dejando al descubierto cráneos y huesos largos, algunos desechados al azar. Algo le llamó la atención, causando que se diera la vuelta y caminara hacia un gran agujero en medio de la trinchera. Su pie tropezó con un objeto pesado. Haciendo brillar el rayo de luz en el óvalo, se estiró para recogerlo, cuando un rayo de reconocimiento lo sacudió. El cráneo de un Conquistador sin nombre, permanentemente enterrado en su casco, miraba vacío al profesor. Era imposible confundir el estilo del casco.

Su aliento se produjo en jadeos superficiales y una oleada de euforia inducida por la adrenalina lo cubrió, permitiendo que su mente se centrara en el descubrimiento. ¡Eso era todo! Esto es lo que había soñado descubrir cuando era un niño pequeño sentado bajo la sombra de los aguacates de su tío en Veracruz, leyendo libros sobre la Conquista.

Colocó el cráneo con casco en el suelo y barrió la viga sobre la erosionada pared sur. Las lluvias habían causado el colapso de grandes secciones, exponiendo una mezcla de objetos. Los huesos humanos eran claramente visibles. Se deslizó hacia adelante, casi cayendo mientras atravesaba el fango. Moviendo cuidadosamente la luz sobre la pila de barro, un destello metálico le llamó la atención. Se arrodilló sobre la pila para estirarse hacia arriba y extraer el trozo brillante. Era pesado y se había alojado en la tierra húmeda, requiriendo varios hombres fuertes extraerlo. Con manos temblorosas, raspó el barro de la pieza y lo colocó sobre su rodilla. Sus dedos revelaron un diseño elevado, así que enfocó la linterna en él. Parecía ser un escudo ceremonial con un motivo. Limpió más lodo, entonces, de repente, reconoció la imagen del dios de la guerra Huitzilopochtli grabada en el frente! Raspó el barro de un borde con su uña para verificar el hallazgo.

Tal como sospechaba, Raúl Córdoba se había topado con el mayor cementerio de conquistadores del nuevo mundo y había descubierto el oro perdido del templo de Moctezuma. David se estremeció, lleno de asombro ante el descubrimiento. — ¡Dios mío!, susurró. — ¡He soñado con encontrar esto toda mi vida!

La luz de la linterna barrió de nuevo el área y se detuvo en el casco del Conquistador. Según los registros históricos esta área contendría cientos de cuerpos; caballos muertos, cañones y el oro del tesoro de Moctezuma. Había sido arrojado a la tumba acuática del lago de Texcoco por los conquistadores que huían de los furiosos aztecas. El oro nunca fue recuperado, y su valor sería imposible de calcular, fácilmente valía millones. En forma de objetos de arte, esculturas, etc., no tenía precio.

Una ligera lluvia cayó y se reflejó en el escudo de barro, emitiendo ejércitos de círculos concéntricos a través de la trinchera inundada. Miró a su alrededor, haciendo brillar la luz por todas partes, su excitación alcanzó un crescendo cuando, inesperadamente, un trueno crujió como un disparo de rifle, asustándolo. Los rayos trazaron una red incandescente a través de los cielos, iluminando el área y creando una realidad espeluznante y surrealista.

—Profesor... ¿se encuentra bien? ¿Encontró algo? llamó el guardia preocupado. —Profesor, se está ensuciando en el barro. Vuelva mañana cuando las condiciones sean mejores. ¡Está lloviendo! Profesor... ¿está usted bien?

Silencioso y maravillado, David se arrodilló, inmóvil, aborrecía hacer otra cosa que no fuera disfrutar de la euforia del descubrimiento. En cuclillas en el barro junto a la pared derrumbada, pasó amorosamente su mano sobre el escudo de oro. La lluvia se aceleró y ráfagas de aire fresco barrieron la trinchera con cortinas, haciendo que se preguntara si el dios de la lluvia, Tláloc, estaba enfadado. Recordaría esta noche para siempre, pensó con alegría.

Pero estaba extrañamente solo en su descubrimiento. Un momento de arrepentimiento se apoderó de su mente mientras sus pensamientos se movían fugazmente hacia Alicia. Lástima que ella no haya vivido para compartir el descubrimiento. Eso habría hecho todo perfecto.

—Ven...por favor ven, llamó al preocupado guardia. —Has hecho un maravilloso trabajo vigilando este lugar. A partir de mañana este sitio estará lleno de guardias, policías y gente de la universidad. Hablaré bien de ti, prometió, deslizándose por la escalera. —Toma esto, ordenó, luchando por mantener el equilibrio, entregando el pesado escudo de oro al guardia antes de subir el peldaño superior. Cubierto de mugre, jadeante y exhausto, la alegría del descubrimiento corría por sus venas, dándole la fuerza de un hombre más joven.

— ¿Qué pasa, profesor? preguntó el guardia desconcertado, girando el pesado escudo una y otra vez en sus manos.

—Es el colibrí a la izquierda, Huitzilopochtli, respondió el profesor. —Ha estado enterrado junto con sus víctimas durante quinientos años.

El Profesor Llama Al Inspector Alvarado

Noche del jueves 3 de julio de 1984, Ciudad de México

La furia de la tormenta había disminuido con el golpeteo de las gotas de lluvia contra las puertas del balcón de cristal del apartamento de David. Venas dentadas de relámpagos parpadeaban e iluminaban nebulosas fluorescentes en las espirales de los truenos. El aire apestaba a ozono.

Linda y David, llenos de la emoción de sus descubrimientos, se sentaron a tomar té caliente y a compartir historias. El profesor se duchó y se puso una bata. Incapaz de contener su emoción, se levantaba del sofá y hablaba de su descubrimiento en Tacuba, recordando diferentes relatos escritos y comparándolos con la leyenda.

Linda escuchaba cortésmente, pero no podía compartir su emoción. —David... ¿qué pasará con Juan y Marco? ¿Cómo encajan en todo esto? Sebastiano me dijo que Raúl encontró una estatua de oro con una boca muy grande. Se fijó en la zona para que nadie más pudiera entrar y molestarla.

El profesor, muy pensativo, paseaba por la habitación. Se detuvo, su rostro se puso en blanco, y una sonrisa le iluminó la cara mientras la perspicacia se congelaba en la comprensión.

— ¡Lo tengo! Levantó un dedo. —Raúl había estado robando el sitio de la excavación y vendiendo las piezas a Héctor Vicario. Se pelearon y de alguna manera ambos terminaron muertos: una pelea entre ladrones. ¡Ya está! Es muy sencillo. Abrió los brazos. —Ese es el motivo: ¡el oro y la avaricia!

—Voy a llamar a ese policía en casa. David fue a su estudio y marcó el número de la tarjeta de visita de Luis.

— ¿Bueno?

— ¿Capitán Alvarado?

—Sí... ¿eres tú, David?

—Lo tengo... ¡escucha atentamente! Detalló los hallazgos en Tacuba y la visita de Linda con Sebastiano y su nueva esposa.

Veinte minutos después el capitán dijo a regañadientes: — Me alegro por ti, gringo. Parece un descubrimiento increíble. Parece que Córdoba estaba... ¿cómo se dice...robando tumbas? Sin embargo, a menos que se me pase algo por alto, todavía no hay pruebas para culpar de las muertes de Héctor o Raúl a nadie excepto a Degas. Ya sabemos por el informe que robaron del museo. Tal vez Degas descubrió que Raúl Córdoba había descubierto la calzada azteca y discutieron. Tal vez mató a los dos hombres por eso. Eso encaja con el escenario y proporciona un motivo adicional para el asesinato. Necesito pruebas que impliquen a Vicario o a Córdoba en la muerte del otro.

— ¿Qué pasa con la estatua? ¡Sebastián la vio!

—Era una estatua de oro. Viste la que mató al ministro en mi oficina. Está hecha de ónix verde barato.

—Luego las cambió. ¿No lo ves?

—Entonces, ¿dónde está el original, David? Encuentra ese y tendremos un lugar para empezar a buscar. Necesito evidencia para probar un vínculo entre los dos hombres.

Con el teléfono en la oreja, David se desplomó en una silla, desinflado y cansado. Se pasó los dedos gruesos por el pelo y frunció el ceño, incapaz de refutar el escenario del detective. Ninguno de los dos habló, cada uno asimilando la nueva información Entonces el profesor dijo: —Dígame esto... ¿no cree que mi descubrimiento en Tacuba, el robo de la tumba de Raúl, la estatua de oro y los asesinatos están todos relacionados?

Luis consideró la pregunta, y luego respondió: —He estado pensando en su afirmación de que estamos abordando esta investigación desde la dirección equivocada, centrándonos en los conjuntos de relaciones equivocadas, y confundiendo causa y efecto. Sí... hay una posibilidad de que estén relacionados. Pero de nuevo, debemos relacionar los asesinatos con alguien que no sea Juan y Marco. Lo pensaré un poco y tú harás lo mismo. Mañana nos pondremos de acuerdo, ¿de acuerdo?

—Sí...claro...siento haberte molestado, murmuró David, enfadado por su fracaso. Colgó y se volvió hacia Linda.

—Mañana dejaremos de buscar las razones por las que Juan y Marco son inocentes. Vamos a buscar pruebas de que Vicario y Córdoba son culpables.

El Capitán Alvarado Se Despierta

Viernes, 4 de julio de 1984, 3:00 A.M. Ciudad de México

Sus piernas se movieron y se sacudió, luego Luis se levantó de la cama. Empapado de sudor, su pulso se aceleró y jadeó buscando aire; la pesadilla siguió siendo vívida y reciente. ¿Qué era? ¿Quién en su sueño había hecho que se despertara? Los lentes, esos lentes de borde de alambre de oro puestos en la mesa de pruebas. ¡Pertenecían al terrorista colombiano de Lobo Morales! Luis los había visto en el tipo sucio con acento extranjero, y habían pedido a gritos que se les prestara atención. El muerto carbonizado del museo no era mecánico, ¡era el sicario colombiano de Morales! Debió de haber puesto la bomba que mató al director del museo y se suicidó sin quererlo.

El reloj marcaba las 3:00 a.m. y Luis se sentó con los ojos muy abiertos en el borde de su cama. Los problemas sin resolver lo convertían con frecuencia en un insomnio. Tiró las sábanas a un lado y se dirigió hacia el baño para lavarse la cara con agua fría. Se miraba en el espejo. ¿Quién conocería a un terrorista colombiano o se serviría de sus servicios? No Juan Degas, eso es seguro. Sólo un hombre rico y políticamente poderoso podría permitirse o arriesgarse.

Héctor Vicario. El nombre le vino a la mente inmediatamente. Vicario había contratado el asesinato de Córdoba. ¿Por qué? ¿Chantaje? ¿Córdoba envenenó a Vicario? Si había sido así, ¿por qué? ¿Cuál fue el motivo? ¿Quién hizo qué a quién? Preguntas que no se resolvían.

El matón de la iglesia que arrojó al sacerdote por las escaleras - Luis recordó la descripción; hombre grande, pecho peludo, brazalete de oro, zapatos de charol blanco con hebillas doradas. Trató de recordar la ropa que Vicario llevaba la noche de su muerte. Un brazalete de oro yacía sobre la mesa, y Luis apostaría un año de sueldo a que el ministro había llevado zapatos de charol blanco la noche de su muerte. ¿Por qué había ido al lado equivocado del confesionario de la iglesia? ¿Esperando al colombiano? Bizarro, pensó Luis, absolutamente bizarro.

Continuó mirándose al espejo, sopesando las pruebas dentro del nuevo marco. ¿Tal vez Degas y González eran inocentes? De repente recordó, — ¡Aww mierda! y salió apresuradamente del baño para llamar a la morgue, aunque creía que era demasiado tarde. Si no se reclamaba en tres días, los cuerpos eran cremados rutinariamente y Luis estaba seguro de que ningún miembro de la familia, angustiado y llorando, había venido a reclamar el cuerpo del colombiano.

Cinco minutos más tarde, un empleado de la morgue confirmó su temor. El cuerpo había sido incinerado la noche anterior. Luis pidió el informe de la autopsia y las fotografías, y luego agradeció al encargado. Acunó el teléfono. No sería suficiente, se dio cuenta con tristeza. Tenía que tener un cuerpo para hacer una identificación positiva, y una autopsia y fotos de Cholo no serían suficientes. Se lo mostraría a Lobo Morales mañana y vería lo que pensaba.

A las 3:30 Luis regresó al dormitorio, pensando que tal vez el profesor tenía razón. Degas y González eran inocentes y el fantástico descubrimiento del gringo en Tacuba sería una poderosa motivación para asesinar. De ser así, la policía había hecho una jugada de estupidez incalculable al arrestar a Degas y González. Le chocó pensar que había animado a José a arrestarlos, y luego consintió pasivamente cuando su jefe decidió torturarlos. La policía había procedido apresuradamente, casi condenando y ejecutando a los hombres equivocados. Consideró al gringo con nuevo respeto. Creía de verdad que sus muchachos eran inocentes y que podría tener razón. Luis se reprendió a sí mismo. Acababa de recibir una valiosa lección de un aficionado. Mañana el Departamento de Policía de la Ciudad de México se pondrá en marcha para encontrar al verdadero asesino. Pondría todo lo que tenía en la investigación. Nada importaba más que la verdad.

El Capitán Alvarado yacía al lado de su esposa dormida, pensando profundamente, su mente aún respondiendo como un tamiz. Se le ocurrió que aún no podía liberar a González y Degas, pero las cosas se veían mejor para ellos. No conocía el vínculo entre Córdoba y Vicario, pero ahora tenían alguna idea de dónde buscar. El profesor estaría encantado con el nuevo desarrollo. Cerró los ojos y exhaló. Su respiración se hizo superficial y dos minutos después estaba profundamente dormido.

La Comedora de Suciedad

Los conquistadores no entendían que las guerras de las flores eran compromisos preestablecidos con oponentes seleccionados con el propósito de asegurar a los cautivos. Si tomabas un cautivo, ganabas un gran honor. Si te convertiste en prisionero ganaste un gran honor y, en la mayoría de los casos, fuiste voluntariamente a la piedra de sacrificio sabiendo que tu alma entraría en el Paraíso del Sol. Compara esta santa práctica, si quieres, con las 'guerras" de las caras blancas. Miles son masacrados en muertes sin sentido y no santas. Las víctimas son enviadas al infierno sin el beneficio de un propósito sagrado o la bendición de su Dios. La sangre de la víctima se derrama, no se consagra y no tiene sentido, un regalo para nadie. Esto es verdaderamente una suciedad, la verdadera crueldad y violencia, y es cometida por las cara blancas en nombre de su "Redentor", a quien sacrifican y re-sacrifican diariamente en la promulgación de los rituales.

Los blancos hablan de su "Redentor" como el "Último Sacrificio". Dicen que no se necesitan más sacrificios, nadie es tan perfecto o tan puro como Él. Tal vez, pero me parece asqueroso. En el Universo Único se consideraba arrogante que la gente sacrificara un dios a otro dios. Estos eran asuntos que se dejaban a los propios dioses. Los blancos tienen una ideología sucia, débil e inconsistente. Han reemplazado la piedad y la belleza del Universo Único con la ignorancia y la suciedad.

Juan Insulta A La Mujer De Marco

Viernes por la mañana, 4 de julio de 1984, 9:00 A.M. Ciudad de México

La sede de la comisaría zumbaba de actividad. David apenas podía quedarse quieto. Aunque por la mañana temprano, la aspereza y el descontento de ayer se habían convertido en una excitación latente. Las vibraciones eran más positivas. Los descubrimientos de David en Tacuba y la nueva teoría de Luis sobre el asesinato de Raúl infundían esperanza a todos. El capitán había entregado el informe de la autopsia a la secretaria de Wolf y le pidió que llamara a su llegada. Tony traía la transcripción largamente demorada de los registros telefónicos.

El profesor Wolf, su gusto por el descubrimiento se agudizó, no podía centrarse en la investigación. El descubrimiento en Tacuba se había convertido en su preocupación inmediata. Notificó a la policía para que pusiera guardias armados en el lugar para evitar el saqueo, y

315

luego se registró en el Departamento de Antropología. Linda se enfurruñó en una silla, molesta porque Luis se negó a liberar a Juan y Marco, aunque estuvo de acuerdo en que podrían ser inocentes.

Tony llegó con los registros telefónicos e informó a todos que Juan y Marco terminarían de comer y bañarse pronto. Una rápida mirada a los registros telefónicos de la casa del Vicario trajo exclamaciones de desesperación. Llevaría un mes rastrear los números sin un ordenador, si es que tal programa existiera en este momento. Las computadoras prometían mucho, pero habían entregado muy poco que fuera útil en lo que a Luis se refiere. ¿Computadoras en el futuro? Luis lo dudaba. La casa del Vicario tenía cuatro teléfonos y las llamadas iban y venían a residencias de toda la ciudad y el país. El ministro debe haber estado al teléfono todo el tiempo que estaba en la casa. A primera vista, los registros telefónicos del museo parecían menos desalentadores y prometían ser más fáciles de identificar las anomalías dentro de los patrones. La mayoría de los números se identificaron como vendedores de bienes y servicios y otros como llamadas a la casa de la madre de Raúl, donde vivía. Las llamadas nocturnas a la casa del Vicario fueron identificadas inmediatamente, y varios de los números tenían prefijos universitarios.

—Si tuviera que marcar algo, sería esto, señaló Tony. —El prefijo los identifica como una residencia cercana al museo. Si te parece bien, Paulo y yo empezaremos a revisar algunos de estos. Tengo algunas direcciones de la compañía telefónica.

—Adelante, animó Luis, —y empieza con ese número cerca del museo. Tengo curiosidad. ¿Tenemos un empleado del museo que viva cerca?

Juan y Marco entraron con aspecto de disgusto. La hinchazón de la cara de Juan había disminuido considerablemente, pero se había vuelto oscura. Un ojo se había hinchado. El otro tenía rayas rojas y estaba insertado en un hematoma hinchado de color púrpura negro. Marco, ahora completamente ambulante, se movía con facilidad e hizo comentarios sarcásticos sobre la hospitalidad de la cárcel.

—Buenas y malas noticias, chicos, dijo el profesor, ansioso por relatar su descubrimiento a alguien que lo apreciara. Pero antes de empezar, Linda, que había estado observando a los recién llegados, interrumpió.

— ¿Qué está pasando? ¿Han vuelto a discutir?

Ninguno de los dos habló por un momento y luego Juan dijo: —No es importante. Finalmente ha aceptado que tengo razón.

— ¡Suéltalo Juan! ¿Necesito pedir una transferencia de celda? Las manos de Marco apretando los puños. —No has tomado muchas decisiones brillantes últimamente.

— ¿De qué se trata todo esto? preguntó David. — ¿No están ya en bastante mala situación como para discutir entre ustedes? ¡Vamos, sáquenlo!

Marco miró con recelo a Juan, quien le devolvió la mirada. Juan dijo, —Es mi culpa...supongo. Llamé a su novia puta. Frunció el ceño, retorciendo su cara hinchada. —Nunca me ha gustado. Cuando trabajaba en el museo ella se acostaba con el jefe. Solía intentar meterme en la cama a pesar de que tenía una aventura con Raúl. Si Marco no hubiera ido a perseguir su falda, ambos tendríamos una coartada.

Los ojos de Tony y Luis se unieron. Tony dijo: —Amparo Ocampo no se registró ayer. Envié a Pedro a buscarla. Está en el Apolo ahora.

Luis levantó la mano. —Degas... ¿estás diciendo que Amparo tenía una aventura con Raúl Córdoba y Héctor Vicario al mismo tiempo, mientras continuaba haciendo insinuaciones sexuales contigo?

—No sabía lo de Vicario, pero todos en el museo sabían que ella y Raúl tenían algo en común. No me sorprendería, sin embargo. La mujer no tiene límites. —Cualquiera que saliera con Marco tendría que ser un trabajador social ciego o en una misión de misericordia, bromeó, tratando de aliviar el dolor en los ojos de Marco.

Luis miró fijamente a través del cristal de la Sala Central de Investigación. ¿Engañando a su papi y teniendo una aventura con su jefe? ¿Todo el tiempo persiguiendo a Juan Degas y tratando de meterlo entre las sábanas? Espera un minuto, Luis se reprimió a sí mismo, dándose cuenta de que podría haber metido la pata otra vez. Lo pensó bien. Es una serpiente, decidió, una puta duplicadora. ¿Había jugado una contra la otra? ¿Los hombres eran juguetes y juguetes? ¿Se imaginaba a sí misma como la titiritera? Si es así, ¿cuál era su motivo? ¿Por qué lo arriesgaría todo para tener una aventura con un reptil afeminado como Raúl?

—Tony...haz que Pedro me llame en cuanto vuelva. Nuestra Pequeña Miss Inocente tiene que dar algunas explicaciones. Arréstala. Nos está tomando por tontos. Miró de nuevo a Degas y González, y luego dijo: —Bien, este es el nuevo plan. Tony en lugar del apartamento, llama a la

Señorita Vicario y arregla con Táctica para que nos abran esa bóveda. No me importa lo que cueste. Averigua dónde compró Vicario las cerraduras y haz que la abran. Derriba la maldita puerta si es necesario. Ya no puede impedirnos más. Debemos entrar para echar un vistazo. Nuestro motivo puede estar ahí dentro esperando.

A David le dijo: —Gringo, tú y yo nos detendremos en ese apartamento cerca del museo, y luego nos reuniremos con Tony en la casa de Vicario. Esa bóveda está llena de piezas arqueológicas y tu experiencia será invaluable. ¿De acuerdo?

—Me encantaría, dijo el profesor.

—Jovencita... ¿puede entretener a nuestros invitados hasta que volvamos? preguntó Luis.

—No podría hacer que me vaya, insistió, con la mano apoyada en su abdomen.

—Tony...consigue a alguien que vigile a estos tipos, y llama por radio a Pedro sobre Amparo Ocampo. Nos vemos en casa de Vicario. Se dirigió a la puerta con David.

— ¡Hola, profesor! le preguntó Juan, — ¿cuáles son las buenas noticias?

David, con una sonrisa magnificente, dijo: —Pensé que nunca lo preguntarías. ¡He descubierto el oro de Moctezuma!

— ¿Sí? Bueno...eso es genial...supongo, dijo Juan, incrédulo y decepcionado por la ausencia de buenas noticias. —Pensé que podría ser algo así.

Mientras Luis y el profesor caminaban por el oscuro pasillo, escucharon una exclamación de la oficina: — ¿Estás bromeando?... ¿En serio?

Amparo Planea Dejar

Viernes, 4 de julio de 1984, 10:00 A.M., Ciudad de México

Amparo estacionó su VW azul y caminó la última cuadra hasta El Mercado de Coyoacán. El mercado al aire libre, que cubría cuatro cuadras cuadradas, tenía virtualmente todo lo imaginable; vendedores, joyeros, trabajos en cuero de todo tipo, zapatos, sandalias, mantas, cerámica, curiosidades, comida y más. Los puestos estaban dispuestos al azar y uno no podía moverse demasiado rápido por miedo a golpearse la cabeza con las sandalias colgantes o chocar con juegos de ajedrez de ónix. Su olor era inconfundible; basura, cuero, comida para cocinar, carne podrida y gases de escape de diésel se presentaban como uno solo.

Se detuvo para comprar una bola de cuerda de sisal y cinta adhesiva gruesa. Desde allí se dirigió a un pasillo lleno de gente, buscando la joyería que vio en su última visita. Se detuvo frente a seis pollos desplumados que colgaban de una línea sobre su cabeza y preguntó al carnicero la ubicación de la joyería. La esposa del carnicero, mientras tanto, empapó tiras finas de carne de vaca en cal y sal, y luego las colgó para que se secaran sobre un hilo de poliéster amarillo entre enjambres de moscas negras. La cabeza de la vaca de la que había salido la carne estaba clavada en un pincho y miraba fijamente con ojos negros. Los clientes potenciales, por supuesto, querían ver por sí mismos el origen de su compra. Amparo escuchó atentamente, agradeció al carnicero, y luego cruzó al otro lado del mercado. Pidió instrucciones dos veces más antes de encontrar al joyero. Detestaba desprenderse del collar de oro, un regalo de Héctor, pero el dinero ahorrado de sus regalos ocasionales había desaparecido hace tiempo en frívolas compras.

Amparo había decidido dejar la ciudad con su nueva amiga. Primero irían a Chihuahua a visitar a su hermana, y luego a Nogales para hacer los preparativos para entrar en los Estados Unidos. Se había cansado de ser usada y abusada por los hombres y su nueva amiga había experimentado el mismo horror que ella. Se unieron de inmediato y en pocos días desarrollaron una intensa amistad y decidieron irse juntas de la Ciudad de México. Su amiga tenía conexiones valiosas en Nogales y Amparo tenía una hermana a la que no había visto en ocho años.

Terminó de regatear con el joyero, quien le dio un cuarto de lo que valía el collar. Por ahora, era suficiente. Abrió su bolso para poner el dinero en su cartera, apartando una pistola automática del 32 para hacerlo. La pistola despertó un recuerdo y ella reprimió una punzada de culpa cuando le vino a la mente el recuerdo de su último novio, yaciendo muerto en un charco de sangre de color escarlata, empapando la tierra dura del desierto de Chihuahua. Su novio de un mes, Gregorio, la había golpeado hasta dejarla sin sentido después de una imaginaria infidelidad. Había ocurrido una vez de más y cuando él se detuvo en una Pemex para comprar gasolina, ella le había quitado la pistola de debajo del asiento y le había obligado a salir del coche y a entrar en un tramo solitario de la carretera del desierto en Zacatecas. Llorosa, enojada más allá del control y medio loca, le disparó como el perro rabioso que era. Nadie vio el hecho. Temblorosa y temerosa con la enormidad del acto, giró el coche hacia el norte, dejando a Gregorio en un desierto despiadado y sus carroñeros. Condujo hasta El Paso, subió a un autobús en dirección sur y regresó a su lugar de nacimiento, Ciudad de México. En un país con pocos ordenadores y una ciudad de veinte millones de habitantes, nadie la interrogó ni la relacionó con el crimen. Se convirtió en un elemento más de una larga lista de actos no resueltos, vergonzosos y culpables que ella empujó a los recovecos de su memoria para que se pudrieran.

Pero había llegado el momento de contratar un camión y un conductor para transportar las seis cajas que se negó a enviar en el tren. El tren no era seguro. Las cosas eran fáciles de robar, y estas valiosas cajas eran su futuro, todo lo que tenía para mostrar de su vida en la Ciudad de México. También estaban repletos de valiosos objetos prehispánicos robados del sitio de Tacuba; cada uno de ellos valía una fortuna muchas veces.

Ver el arma le hizo recordar su promesa a sí misma y a su nueva amiga, Lupe. No más hombres. Eran todos unos pendejos; cerdos brutales, egoístas e insensibles incapaces de amar. Los hombres eran de otro planeta. Su nueva compañera había sufrido la misma misoginia una y otra vez:

abuso físico y emocional, odio y abandono espiritual. Amparo había terminado de ser receptáculo de esperma y madre/puta para hombres lisiados e inadecuados.

Héctor y Raúl recibieron lo que se merecían. Amparo no creía en el infierno, pero si existía, esperaba que ambos se asaran y sufrieran mucho por lo que le habían hecho. Eran como su padre, cretinos abusivos.

El amante colombiano de Lupe, Cholo, inexplicablemente la había abandonado a ella y a su hermoso estuco blanco en la calle Oso, pero no sin antes golpearla hasta que su cara se hinchó y sus brazos se volvieron negros y verdes con moretones ganados en su defensa. Los moretones se curarían. El dolor y la traición eran invisibles, pero permanentemente imborrables, grabados para siempre en la psique de una personalidad frágil.

Conocía a Lupe desde que Héctor la usaba para entregar mensajes a Cholo. Su atracción por Lupe había sido inmediata, y su relación se había fortalecido los últimos tres días al compartir sus historias y aspiraciones en este apartamento cerca del museo. Amparo había encontrado su primera amiga verdadera y no permitiría que nada interfiriera con sus planes de llevar este tesoro al norte y sacar provecho de una nueva vida. Pronto no volverían a necesitar nada.

Treinta minutos después, envalentonada con su plan y ansiosa por ejecutarlo, se detuvo en el estacionamiento del complejo de apartamentos. ¡Se sintió muy bien al irse! El camión y los cargadores llegarían en una hora y ella tenía que terminar de atar las cajas y de fijar los lados con cinta adhesiva. Pequeñas y resistentes cajas ya sostenían las pesadas piezas y estaban clavadas y listas para salir. Abrió la puerta del lujoso apartamento de Raúl y llamó.

— ¡Lupe! Lupe, ya regresé, querida. Ven a ayudarme a terminar con estas cajas. Pronto llegarán los de la mudanza y hay que sellarlas o habrá problemas.

Amparo dejó los artículos comprados en el sofá y fue a la cocina a buscar a su nueva amiga. Le pareció extraño que Lupe no respondiera. Amparo le había dicho que se iría en una hora. Las cajas estaban desatendidas y desempacadas, y la habitación estaba llena de piezas de joyería de oro y plata. Los valiosos artefactos robados de la excavación de Tacuba estaban por todas partes en desorden.

Consideró a la desaparecida Lupe un momento, y luego decidió ir al baño. Recuperó su bolso y, al darse la vuelta, encontró a Lupe en la puerta de la habitación.

—Amparo, algunos hombres están aquí para verte, dijo Lupe, su voz temblorosa de emoción, —y uno de ellos es un policía.

El Capitán Alvarado entró en la habitación por detrás de Lupe, con su pistola amartillada y apuntando a Amparo. David salió del baño a su lado.

—Queda usted arrestada por conspiración para asesinar y por robo y conspiración para vender antigüedades precolombinas. Suelte ese bolso y ponga las manos atrás para ponerle las esposas.

Amparo se movió rápidamente y se escondió detrás de uno de los cajones, sacó su pistola y disparó a Luis, que había empujado a Lupe a un lado. La pistola de Amparo ladró tres veces, golpeando a Lupe en la cabeza y al Capitán Alvarado en el hombro y la pierna. Gimió, hizo rodar a la caída a Lupe sobre su estómago y devolvió el fuego.

Un largo y lúgubre lamento se elevó desde detrás de la caja cuando Amparo se quebró, al darse cuenta de que había disparado a su única amiga. Gritó y lanzó insultos, reaccionando como un escorpión acorralado, ya que la rabia y el miedo la llevaron a un abismo familiar de locura. Sus amigos de la infancia, clamando por los demonios rapaces, le dieron la bienvenida a su casa. Una íntima oscuridad la cubrió al entrar en su infierno personal, ajena a la razón y al propósito, una mártir de los pecados de su padre.

Una lluvia de balas estalló y astilló el apartamento mientras Luis la mantenía inmovilizada detrás de una caja. El profesor se sumergió en el dormitorio y buscó frenéticamente un arma o un modo de escapar. En su primer tiroteo sin arma, un rápido terror se apoderó de él como las terribles mandíbulas de un cocodrilo. Su cerebro vibró con respuestas inducidas por la adrenalina que insistían en que corriera o luchara. Frenético, vio la puerta del balcón y la abrió rápidamente mientras el tiroteo se desataba en su interior. ¡Pop! ¡Pop! Un gemido de Lupe y un gorgoteo húmedo mientras se ahogaba. Un grito de Luis.

Desde el balcón, vio a los coches de policía entrar en el aparcamiento, respondiendo a su apresurada transmisión de radio para pedir ayuda. Tony saltó de un coche con su Colt .45 automática en la mano y corrió por la acera.

—Tercer piso... ¡apartamento 312!" gritó David desde el balcón. El gran detective hizo un gesto de reconocimiento con su pistola y se fue por las escaleras, cogiéndolos de dos en dos, hasta que llegó al último piso jadeando por aire. Comprobó rápidamente los números de habitación, escuchó dos disparos más y cargó hasta el final del pasillo. Disparó un tiro a la cerradura de la puerta y la abrió de una patada.

Se puso de pie con el arma agarrada con ambas manos apuntando directamente a la espalda de Amparo.

— ¡Quieta perra, o estás muerta! le gritó a la aterrorizada mujer que de mala gana dejó caer su arma al suelo.

—Por favor...papá, gritó la joven fuera de sí. Ella le dio al confundido detective una sonrisa pálida. —No me hagas daño, papá. Podemos hacerlo si quieres. No necesitas un arma para hacerlo conmigo.

— ¿Qué...él...? Confundido, la boca de Tony estaba floja y se recuperó rápidamente. —Perra loca. ¡Túmbate en el suelo antes de que te ponga en el suelo con tu madre Malinche!

Juan Y Linda Beben Champaña

Sábado, 5 de noviembre de 1984, Palacio Presidencial (Tres meses después)

Copas de champán y risas alegres se enfrentaron con los ritmos alegres de la banda de mariachis dentro de la residencia presidencial de Los Pinos. Agentes del servicio secreto vestidos de oscuro patrullaban las paredes exteriores del patio trasero de dos acres mientras otros se mezclaban con los invitados. Linda María y Juan celebraban su recepción de bodas en la casa de El Presidente y su esposa, Concepción. Niños bien vestidos corrían de un lado a otro a través de los espaciosos y verdes jardines, jugando juegos de persecución y dando energía al patio trasero del palacio. Juan y Linda, con las copas de champán en la mano, se pararon a la sombra de una larga fila de cipreses calvos, aceptando las felicitaciones de los invitados a la boda.

Era una celebración de México y una reunión de ganadores. Los escritores de los periódicos de la ciudad habían anunciado sus aventuras sin vergüenza, convirtiéndolos en héroes de la noche a la mañana. El sufrimiento de Juan y Marco, los asesinatos de ciudadanos prominentes, el oro de Moctezuma, el intento de robo de antigüedades de valor incalculable, y el tiroteo culminante en el apartamento de Coyoacán fueron el sueño de un escritor hecho realidad.

El Capitán Alvarado, cojeando pero con un nuevo traje blanco, entabló una seria conversación con El Presidente y Marco sobre los automóviles antiguos.

El padre de Linda María, Mario, se deleitaba con la atención, gloriosamente borracho y feliz como un cerdo en un revolcón de excrementos. Aprobaba totalmente a los amigos de Juan y siempre supo que el chico sería grande algún día. El ascenso de su yerno a la Dirección del Museo Nacional de Antropología hizo que su pecho se hinchara de orgullo, y alternadamente lloraba y reía con alegría.

Concepción condujo al profesor hacia la mansión y al cargo de una hermosa y rica viuda de 55 años que quería toda la historia. Se sentó en el borde de su silla, embelesada, puntuando su narración con sonidos apropiados de incredulidad, simpatía y risa. David no se había sentido tan cómodo en presencia de una mujer madura en veinte años, y comenzó a ser elocuente en su interpretación.

—...y así...entonces supimos que Raúl había encontrado el lugar de la masacre de los Conquistadores. Antes, había quitado una estatua de oro de la diosa azteca Tlazolteotl, también conocida como La Comedora de Suciedad, y cometió el error de decírselo a Héctor Vicario. Héctor, por supuesto, la quería, pero no sabía que estaba hecha de oro. Raúl se dio cuenta de que Héctor lo querría todo y entró en

328

pánico. Amparo, la amante de Héctor, fue plantada en el museo por Vicario para espiar a Raúl, pero inmediatamente comenzó a tener una aventura con Raúl. Se reunían para hacer citas durante el día en un apartamento cercano y Amparo dormía con Vicario por la noche. Mujer intrigante, ¿no estás de acuerdo? Tomó un sorbo de su champán.

— ¿Pero cómo se mató el uno al otro, sin que el otro sospechara? preguntó, poniendo su mano en su rodilla por un instante, y luego quitándola.

—Amparo forzó el asunto trayéndole a Héctor una copia del informe de Juan. Juan lo había escrito hace un año, pero Vicario no sabía nada de él. Lo asustó mucho, y culpó a Córdoba por no decírselo. Así que...contrató a un terrorista para matar a Raúl con una bomba. Mientras tanto, Amparo y Raúl robaban en la excavación de Tacuba todo el oro que podían encontrar, que era mucho. Hemos descubierto casi una tonelada métrica. Sonrió radiantemente, mostrando sus dientes nacarados a la viuda.

—Ella animó a Raúl a matar a Héctor, antes de que Vicario matara al director del museo, y luego se fue a los EE.UU. con Marco González. Esto implicó que tanto Marco como Juan tenían un motivo, y no les dejó ninguna coartada.

— ¡Qué fascinante! Dime David, ¿podríamos dar un pequeño paseo por el patio? Ella sonrió y se inclinó hacia él, con su mano apoyada ligeramente en su rodilla. —Me vendría bien otra copa de champán y un poco de aire.

— ¡Por supuesto! se ofreció como voluntario, ofreciendo su brazo. Pasaron a la fuente de champán para rellenarla, y luego caminaron a la sombra del muro oeste. El profesor se sintió vivo y vibrante en compañía de Alexandra, y los viejos comportamientos familiares, largamente descartados por falta de uso, se reafirmaron. Caminaba con un resorte a su paso, mirando ocasionalmente a la refinada y elegante española que lo acompañaba. Su perfil bien formado le llamaba la atención de una manera que ninguna mujer había tenido durante muchos años.

— ¿Alguna vez identificaron el veneno usado para matar a Héctor Vicario? Se detuvo a sorber de su vaso, aún con curiosidad por la historia.

—Fue asesinado por un derivado del curare, una neurotoxina extraída de la piel de las ranas venenosas para las flechas envenenadas encontradas en el Amazonas. Amparo dice que Raúl las robó del Zoológico Nacional, al otro lado de la calle del museo. Se las llevó a una bruja en Puebla que le enseñó a extraer el veneno con orina y lejía.

—"Uff". Su nariz se arrugó. — ¿Qué pasó con esa estatua de oro legitima? Leí en alguna parte que una estatua falsa fue usada para matar al ministro.

"No lo sé, pero según un testigo medía medio metro de altura y pesaba más de seis kilos. Mi teoría es que probablemente era una reliquia familiar, La Comedora de Suciedad usada por el propio Moctezuma. Puede haber estado en su familia durante generaciones. ¿Quién sabe?

—David, eres un hombre fascinante, ¡tan interesante! Debe ser maravilloso trabajar con cosas tan intrigantes. Ella se apoyó en él mientras caminaban bajo las sombras protectoras de los muros de El Pino. Después de unos pocos pasos más, cambió repentinamente de tema.

—David... ¿bailas?

Alarmado, dijo: — ¡Oh no! No he bailado en más de veinte años. Estoy seguro de que he olvidado cómo.

— ¡Tonterías! dijo la elegante dama librando su codo. Tomando su brazo, ella lo guió hacia la casa y la banda de mariachis. —Es como hacer el amor...una vez que empiezas, nunca lo olvidas.

La Comedora de Suciedad

Hay muchos entre los cara blancas que emplean su religión como una herramienta de engaño. Los españoles eran un pueblo así. Sus sacerdotes destruían rutinariamente lugares en el Universo Único que tenían un significado religioso especial. Se erigieron nuevos edificios, algunos de ellos hermosos y grandiosos, pero siempre en un lugar considerado sagrado por los dioses. Esto era sucio, colocar subrepticiamente estructuras e ideas profanas en los lugares sagrados del Universo Único. La confusión resultante de este acto sucio es aún evidente hoy en día, 500 años después de la llegada de los Blancos.

Los campesinos de los muchos pueblos del Universo Único promulgan ritos religiosos que no son ni cristianos ni aztecas. Son una fusión, una síntesis de sistemas de creencias que son sucios porque el nuevo sistema es impuro. Esta síntesis es una mentira.

Cuatrocientos años de esclavitud y quinientos años de pobreza cambiaron a los habitantes del Universo Único en un pueblo separado. Ahora profesan haber nacido sucios como los cristianos, pero sus ritos religiosos criollos muestran que añoran el significado y el ritual de los antiguos dioses. Pero, me temo que es demasiado tarde. Aunque no lo sepan, la gente del Universo Único se involucra en la suciedad diariamente. Se han convertido en esclavos de la religión de sus devoradores de inmundicia cristianos y adeptos sin sentido al dogma no relacionado con sus enseñanzas. Los que no son creyentes no tienen un sistema de creencias alternativo ni conciencia. ¿Quizás sea cierto? ¿Tal vez los blancos nacieron sucios? Si es así, mis servicios son seguramente necesarios.

Epílogo

Sábado 30 de septiembre de 1984, en la Sierra de Puebla, tres meses después

Ochenta millas al suroeste, en lo alto de las montañas de Puebla, un niño pequeño se paró a fumar tabaco para ahuyentar los malos espíritus y demostrar su respeto por la chamán. Odiaba el tabaco y le hacía sentirse mal, pero palideció en comparación con la aprensión que sentía al estar aquí en la casa de la bruja. Su casa estaba separada de la aldea, cómodamente ubicada entre un pequeño y estrecho arroyo de agua que serpenteaba desde las tierras altas hacia los verdes y fértiles valles de abajo. Los picos nevados de los volcanes Popocatépetl e Iztaccíhuatl, amantes primordiales en las primeras tradiciones de los indios, se alzaban enormes y cristalinos bajo el sol de la tarde.

— ¡Vete a casa, pequeño! Conozco a tu abuela. Dile a tu padre que iré cuando el cura termine.

El asustado niño de diez años corrió sin parar hasta que llegó al otro lado de la ciudad y entró en una pequeña casa. Su exterior blanco estaba manchado y sucio y el yeso destemplado y agrietado y caído en la acera. Poca iluminada, pero inmaculadamente limpia, el mobiliario de mimbre y pino de la casa identificaba a los habitantes como pobres. Se habían colocado cuadros de la Virgen de Guadalupe en cada habitación y se habían encendido velas para dar luz. La casa no tenía baño, ni agua corriente, ni electricidad.

Un sacerdote católico, con la espalda doblada por la concentración, se sentó en un taburete junto a una anciana moribunda, escuchando su última confesión. El sacerdote la conocía desde hacía muchos años y sabía que era una buena persona, pero parecía preocupada por las cosas que había hecho hace setenta años de joven. Escuchó cortésmente su corta lista de pecados veniales, y luego le dio la absolución. Rezaron juntos, luego le dio una palmadita en el brazo y salió del pequeño y oscuro cuarto.

La familia le agradeció por venir y trajo una taza de café negro fuerte, recién hecho y robusto. Conversaron sobre la tragedia de la vejez, la belleza de la promesa de Dios de otra vida, y luego se levantó para despedirse.

El sacerdote, encorvado por la artritis, cruzó lentamente la calle empedrada, y con gran esfuerzo, se levantó sobre la empinada banqueta. Pasó junto a filas de puertas, cada una de ellas una entrada a una casa separada. Las casas conectadas, un bloque de estuco, eran virtualmente indistinguibles, pero sabía quién vivía en cada una de ellas. No se podía pastorear un rebaño sin conocer a las ovejas.

#

Doña Lenora, la chamán, cruzó lentamente la ciudad. La enferma era muy amiga de su madre, y la urgencia llevó a Doña Lenora a llegar antes de que la anciana muriera. Su madre, una chamán de la vieja tradición, le había enseñado todo lo que sabía de los viejos dioses y espíritus. Doña Lenora había asumido el oneroso e ingrato trabajo de curandera e intermediaria de los antiguos dioses.

Era católica, o lo intentaba ser, pero no se podía ignorar a los antiguos dioses y espíritus. Los aldeanos la llamaban frecuentemente para realizar un viejo ritual, llevar a cabo una curación o guiar una ceremonia. El viejo sacerdote apenas toleraba sus actividades y a veces la maldijo y la injuriaba, pero a ella no le importaba. La gente del pueblo confiaba y respetaba en ella y ella valoraba esto más que nada.

La abuela de Doña Lenora fue una de las pocas sobrevivientes de la Guerra de las Brujas que tuvo lugar a finales de 1800 en el Estado de Puebla. La mayoría de las brujas murieron violentamente en una disputa cuyo principio y causa se olvidó hace tiempo. Ella recordaba bien las historias de su madre, y se había convertido en una seria estudiante de las antiguas artes y rituales de curación antes de su primera comunión a los siete años.

Hoy se la necesitaba urgentemente y no había dudado en responder al llamado de ayuda. Se ajustó la colorida bufanda de rebozo alrededor de su cuello y hombros para protegerse del frío de la altura. Su cesta estaba muy cargada y era torpe con el peso. Al doblar la esquina, chocó y casi aplastó al viejo sacerdote que volvía a la iglesia.

— ¡Ahhg, eres tú! ¿Y qué mal estás perpetrando en este oscuro día?

—Disculpe, padre. Estaba de camino para hacer un mandado, respondió, tratando de evitar una confrontación.

— ¿Un mandad, dice usted? ¡Eso es mentira! ¡Sé a dónde vas! ¿Qué tienes en la cesta? ¿Más de tu basura para las artes negras? ¡Cuidado, mujer! ¡Satanás te está preparando una cama de la que nunca escaparás! amenazó, agitando un puño.

—Adiós, padre. Tengo prisa. Ignoró sus amenazas y siguió adelante, dejándole que se desahogara y despotricara contra su figura en retirada.

La familia estaba esperando, y rápidamente llevó a Doña Lenora al dormitorio trasero y la dejó sola con la mujer moribunda.

—Gracias por venir, vieja amiga, susurró la pequeña y frágil mujer con cara de pena en la cama. —Tengo mucho que decir...algo que nunca le he contado a nadie.

—Entiendo. Por eso estamos aquí, dijo la chamán mientras extraía una estatua de oro bellamente bruñida de Tlazolteotl dando a luz al dios del maíz, Centeotl.

Cuando se le acercó el calvo burócrata con las manos suaves, Doña Lenora había hecho un duro negocio. Le había traído el ídolo de oro, Tlazolteotl bajo el pretexto de la investigación académica, buscando su conocimiento esotérico de venenos y animales. Pero ella sabía que era un mentiroso y que no tenía ningún propósito, e inmediatamente después de ver el a la Comedora de Suciedad de oro la reconoció como lo que era: un antiguo y sagrado tesoro de los Grandes, los aztecas. Ella había insistido en un oficio, queriendo salvarlo de la corrupción segura que soportaría en sus manos. Un trato era destruir su conocimiento y una barata imitación de ónix verde del Comemierda a cambio del de oro. Desesperado por su ayuda, él había capitulado.

Pero ahora, en las sombras parpadeantes, la única luz provenía de las velas y el único sonido era la laboriosa respiración de la anciana. Doña Lenora sostenía a la diosa en su regazo como un niño. Cerrando sus ojos y abriéndose como un recipiente a través del cual fluyen los misterios espirituales, dijo: —Puede empezar, señora. La Comedora de Suciedad está aquí para comer los pecados de su larga vida.

Fin

www.ingramcontent.com/pod-product-compliance
Lightning Source LLC
Chambersburg PA
CBHW071050250626
47159CB00002B/431